DREAMBOOKS★

루비와 황금저울

6

렘넌트 판타지 장편소설

ORIGINAL FANTASY STORY &ADVENTURE

dream
books
드림북스

루비와 황금저울 6

초판 1쇄 인쇄 2017년 12월 19일
초판 1쇄 발행 2017년 12월 26일

지은이 렘넌트
발행인 오영배
기획 박성인
책임편집 편집부
디자인 권지연
제작 조하늬

펴낸곳 (주)삼양출판사 · 드림북스
주소 서울시 강북구 도봉로 173
대표 전화 02-980-2112 **팩스** 02-983-0660
편집부 전화 02-980-2116 **팩스** 02-983-8201
블로그 blog.naver.com/dreambookss
출판등록 1999년 3월 11일 제9-00046호

ISBN 979-11-313-0672-7 (04810) / 979-11-313-0666-6 (세트)

드림북스는 (주)삼양출판사의 판타지 · 무협 문학 브랜드입니다.

루비와 황금저울

6

렘넌트 판타지 장편소설

ORIGINAL FANTASY STORY & ADVENTURE

dream
books
드림북스

Contents

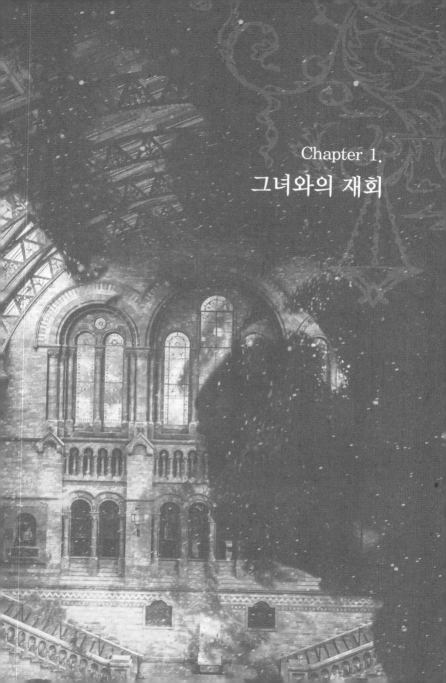

Chapter 1.
그녀와의 재회

　노틸러스 제국을 받치고 있던 한 개의 축이 무너졌다.

　제국은행이 지급 불능으로 영업 정지되면서 제국의 경제가 파탄 난 것이다.

　제국 내 돈줄이 집중되어 있는 제국은행의 파산으로 경제는 한동안 마비되었다.

　피라미드 투자 상품에 피해를 입은 수많은 제국민들이 빚쟁이가 되어 거리로 쫓겨났다. 또한 대출 때문에 울며 겨자 먹기로 제국은행이 판매한 투자 상품을 구매해야 했던 중소 상단들은 자금이 묶여 줄줄이 파산할 지경이었다.

　성난 시민들과 중소 상인들은 연일 황실 앞에서 시위를

벌이며 대책을 마련해 달라고 하소연했다.

하지만 더 큰 문제는 따로 있었다.

국가 간의 무역에서 창구 역할을 하던 제국은행이 사라지면서 제국 금화 가치가 폭락하였다. 그러자 원자재를 수입하는 스탠 상단과 무기를 판매하는 그루먼 상단이 제국 화폐를 거부했다.

황금이나 다른 나라의 통화가 아니면 받지 않겠다고 발표했다.

제국은행 하나로 인해 노틸러스 제국은 건국 이래 최대의 위기를 맞이하게 되었다. 이 문제를 해결하기 위해 황실에서는 황제파 신료들과 귀족파인 원로원 의원들이 모여 연일 비상 회의가 열렸다.

"재무대신은 도대체 뭐 하는 사람이오! 제국은행이 저 지경이 되지 않게 관리 감독을 똑바로 해야 하는 것 아니오!"

"당신 지금 뭐라고 했어! 자작 주제에 백작님께 그 무슨 말버릇인가? 당장 사과해!"

"나라가 망하게 생겼는데 백작, 자작 그거 따질 때입니까? 당장 재무부에서 이 일에 대한 책임을 지시오!"

"그렇게 따지면 은행 인허가를 내준 사람이 누군가? 황제 폐하 아니신가? 황제 폐하도 이 일에 책임지셔야 한단 말인가?"

"뭐요? 황제 폐하를 왜 이 일에 거론한단 말이오!"

황실의 특별 회의장에서 황제파와 귀족파 간에 싸움이 났다. 그들은 경제 파탄을 어떻게 극복할 것인가에 대한 해결책을 논의하기보다는 누구 책임인지를 가리기 위한 공방에만 열중하고 있었다.

회의실에 모인 신료들은 제국이 풍전등화의 위기에 놓여 있는데도 불구하고 위기를 극복할 생각은 전혀 없어 보였다. 오히려 정국의 주도권을 잡을 절호의 기회라고 생각하고는 서로 열심히 상대를 물고 늘어졌다.

중앙 귀족과 지방 귀족들의 공방이 극에 달하면서, 황제가 보고 있는 앞에서 멱살을 잡고 크로스로 주먹을 날리는 일도 벌어졌다.

하지만 그 모습을 지켜보는 몇몇 신하들의 심정은 초조했다. 특히 정계에서 오래 묵은 신하들일수록 끙끙거리면서 한 사람의 눈치만 살피고 있었다.

'이 새끼들이 싸우려면 스승님 없을 때 싸우든가. 곧 있으면 우리한테 불호령이 떨어질 거 같은데…….'

평소 황제 앞에서도 거리낌 없이 고함을 치는 신료들이 한 사람의 눈치를 살핀다. 제국에서 한가락 한다는 신료들은 눈치를 살피는 인물이 고개를 움직일 때마다 움찔거렸다.

드디어 한 인물이 자리에서 일어났다.

'쾅!' 하는 소리와 함께 회의장 안에 큰 호통이 울려 퍼졌다.

"철 좀 들어라! 망할 제자 놈들아!"

레이놀드 총장이었다.

회의장을 쩌렁쩌렁 울리는 총장의 목소리에 고성을 지르던 의원들은 물론이고 황제 팔라디오 2세의 얼굴까지 흙빛으로 변했다.

"학창 시절에도 서로 못 잡아먹어서 그렇게 난리치더니, 나이가 몇 살인데 아직까지 싸워대는 것이냐. 내가 낯부끄러워서 다닐 수가 없다! 어디 가서 제국 아카데미 출신이라고 절대 말하고 다니지 마!"

"스승님! 하지만……!"

"스승님이고 나발이고 간에! 저 밖에 있는 시민들의 고달픈 울음소리가 들리지 않느냐! 어떻게 해야 시민들을 진정시킬 수 있는가에 대한 토론을 해도 부족한 마당에 싸워대면 어떻게 하자는 말이냐!"

따따딱!

총장의 마법 지팡이가 싸워대던 두 신료들의 머리통을 시원하게 갈겼다. 두 신료들은 '아아악!' 신음을 흘리며 지팡이를 양손으로 막아 보지만, 총장은 요리조리 빈틈만 찾아서 때린다.

'역시 가만히 있기를 잘했다.'

황제와 청장들, 그리고 반대편에 앉아 있던 대신들이 가슴을 쓸어내리며 안도의 한숨을 쉬었다.

"그리고!"

레이놀드 총장이 몸을 돌려 안심하고 있는 각 진영 우두머리들의 얼굴을 하나하나씩 쳐다본다.

"황제 폐하와 각 계파의 대가리들! 한 번만 더 회의실에서 물어뜯는 광경이 보이면 이번에는 지팡이로 안 끝나!"

"……."

분노한 총장의 눈빛을 받은 황제와 황실 청장들, 그리고 각 부처 대신들이 몸을 떨었다.

"다음에는 연대책임이야! 알아들어? 그러니까 한시라도 빨리 대책을 만들어 내. 안 그러면 오늘 집에 갈 생각은 꿈에도 하지 마!"

모든 신료들의 입이 떡 벌어졌다. 그들은 멍하니 서로를 쳐다보다가 시뻘게진 얼굴로 하소연 아닌 하소연을 했다.

"스승님! 대책이라는 것이 뚝딱 하고 나오는 것이 아니지 않습니까?"

"맞습니다. 서로 차근차근 의견들을 수립해서 충분히 토론을 거친 다음에 법안을 만들어야 혼란을 피할 수 있지 않겠습니까?"

싸우다가 지팡이 세례를 받은 두 신료들이 매를 벌었다. 총장의 지팡이가 다시 현란하게 춤을 추며 말대답한 신료들에게 응징을 가한다.

"뭐라? 지들 이권 걸린 문제는 번개같이 통과시키면서 시민들 죽어 가는 문제는 천천히 해결하겠다 그거냐? 이 멍청한 것들아! 시민이 없으면 귀족도 없는 것이고, 제국이라는 나라도 없어지는 것이야. 그걸 왜 몰라!"

레이놀드 총장의 이야기에 신료들은 아무 말도 하지 못했다. 서로를 바라보며 제국은행 사태에 대해 어떻게 풀어가야 할지 고민하는 눈치다.

"황제 폐하! 할 말은 다했으니 저는 이만 가 보겠습니다."

"아닙니다, 스승님. 이렇게 어려운 발걸음을 해 주셔서 얼마나 고마운지 모르겠습니다."

총장은 제자들 앞에서 화를 푼 것이 민망했는지 황제에게 인사를 하고는 문을 닫고 나갔다.

회의실에 남은 신료들은 방금 전과는 달리 미묘한 상황이 되어 있었다. 한판 더 싸우고 싶지만 대책을 내놓기 전까지는 꼼짝없이 갇혀 있어야 하는 신세라 서로를 죽일 듯이 노려보고만 있었다.

"이제 경들의 의견을 듣겠소. 좋은 대책이 있으면 서슴

없이 내놓아 주시오. 귀를 열고 경청하겠소이다."

황제의 말을 시작으로 수많은 의견이 오고 갔다. 하지만 서로의 입장 차이가 있는지라 작은 것 하나라도 쉽게 일치되는 의견이 없었다.

폭풍과 같은 토론 시간이 끝나고 소강상태가 된 시점에 한 금발 청년이 손을 들었다.

"한마디 의견을 올려도 되겠습니까?"

클라우스가의 유일한 후계자 루시르 폰 클라우스였다. 아직 작위를 물려받지 못해 자작의 위치에 있는 그는 회의실 말단 자리에 앉아 있었다.

"루시르 정보청 1국장이구려. 말씀해 보시오."

다들 제국 최고 가문 후계자의 발언에 기대하는 눈빛이다. 단지 임시 의장의 자격으로 원로원 대표 자리에 앉아 있는 골드만 백작의 안색만이 똥 씹은 표정이 되었다.

'어린놈이 너무 설치는군. 벌써부터 공작 행세를 하는 거냐?'

골드만 백작은 불만 가득한 표정으로 루시르를 노려봤다. 차기 원로원 의장 자리를 노리는 그로서는 루시르가 부각되는 것을 원치 않았다.

하지만 루시르는 그런 백작의 시선에도 꼿꼿이 신료들을 향해 입을 열었다.

골드만 백작이 불편한 표정으로 보는 가운데 루시르는 회의실에 앉은 신료들을 한 번씩 바라보며 입을 열었다.

　"황실과 원로원이 각자 맡은 파트가 다르다 보니 지금과 같은 토론은 무의미한 거 같습니다."

　"무의미하다?"

　오늘의 회의를 주관한 황실파 신료들은 물론이고 제국의 황제인 팔라디오 2세의 얼굴에서도 불편하다는 티가 팍팍 났다.

　"제국은행의 사건으로 발생한 국외의 문제는 황실에서, 국내의 문제는 원로원에서 맡는 것이 어떻겠습니까? 서로의 의견을 종합해 한자리에서 발표하는 것이 더 효율적인 것 같습니다만."

　절묘한 발언이다.

　외교의 문제는 황실에서 알아서 하고, 국내의 문제는 원로원에서 처리하자는 말이었다.

　루시르의 발언에 황제와 각 계파의 우두머리는 머리를 굴리며 이해득실을 따졌다. 책임을 떠넘기는 것이 이득인지, 각자 책임질 부분을 나누는 것이 이득인지 서로 눈빛을 나누며 의견을 교환했다.

　"역시 드래곤 밑에 오크 자식 없다더니, 좋은 계책이군요."

"그렇습니다. 긍정적으로 생각해 보는 것이 어떻겠습니까? 황실 대변인에게는 황실과 원로원이 손잡고 조만간 확실한 대책을 마련하겠다고 기자들에게 전하라 하겠습니다."

확실한 것은 회의실 안의 공기가 방금 전보다는 확실히 활발해졌다는 것이다. 또한 단 한 번의 발언으로 신료들의 머리에 루시르에 대한 인상이 강렬하게 각인되었다.

* * *

에레나는 아카드의 얼굴을 보자마자 이빨이 덜덜덜 떨리기 시작했다. 심장은 쿵하고 멎어 버릴 것 같다.

얼굴이 가려질 만큼 자료들을 잔뜩 가지고 방에 들어온 에레나는 아카드를 보자마자 손에 힘이 탁 풀렸다. 그녀의 손에 있던 서류들이 바닥에 흩어졌다.

"당신이, 제 방에 어떻게……?"

에레나는 너무 놀라 말도 잘 나오지 않았다.

"지금 그게 중요한 게 아닐 텐데."

아카드가 무서운 표정으로 점점 다가왔다. 덩달아 그녀의 몸은 점점 구석으로 몰렸다.

"할 말 없어?"

쾅!

아카드가 소리치며 벽을 '쾅' 하고 내리쳤다.

에레나는 그의 팔에 가로막혀 피하려고 해도 더 이상 움직일 공간이 없었다.

'용서해 주지 않겠지? 내 정체를 알았으니 얼마나 놀랐을까? 거기다가 오빠가 그를 정보청에 가두기까지 했으니……'

아카드가 에레나의 옆쪽으로 고개를 숙였다. 그의 입술이 그녀의 귓가에 닿을 듯 말 듯했다. 아카드의 거친 입김이 고스란히 전해진다.

"예전에는 나한테 그렇게 대들면서 할 말 다 하더니 왜 아무런 말이 없지? 그 잘난 입은 얼어 버렸나?"

아카드가 방 전체를 얼려 버릴 듯이 차갑게 말했다. 하지만 에레나의 귓가에 느껴지는 그의 숨결은 용광로처럼 뜨거웠다.

그녀는 곁눈질로 슬금슬금 아카드의 눈치를 살폈다.

한 학기 동안 그와 밤낮으로 마주치면서 이렇게 차갑고 굳은 표정을 본 적은 처음이다. 의견이 충돌하여 다투기도 했지만 이렇게 화를 내는 건 처음 보았다.

에레나는 자신이 잘못했다는 것을 알았지만, 이렇게 그를 앞에 두니 자신의 잘못이 새삼 실감난다.

'아, 무섭다. 지금은 저렇게 차갑게 말하지만 사과하자마자 소리 지르면서 불같이 화를 내면 어쩌지? 내가 도대체 무슨 짓을 한 거야. 그냥 얌전히 아카데미만 다닐걸. 왜 상단 일에 재미를 붙여서 이 사달을 냈을까. 그리고 그때라도 고백했으면 됐잖아……. 뭐라고 사과해야 하지?'

에레나는 지난 6개월간의 행동을 자책했다. 그녀도 앞에 있는 그에게 모든 것을 밝히고 용서받아야 한다는 것을 알고 있었다.

'누가 봐도 내가 잘못한 거야. 아카드 군에게 사과하고 싹싹 빌자. 그리고 그의 처분만 기다리자.'

에레나는 조심스럽게 양손을 내밀어 공손하게 모았다.

"아카드 군, 잘못했어요. 정말 많이많이 잘못했어요. 진짜 끝까지 속일 생각은 아니었어요. 저는 단지 상단 사람들과 만나는 것이 너무 즐거웠고, 아카드 군과 함께 있는 것이 너무 즐거워서 그만……. 진짜로! 진짜로! 많이 잘못했어요."

에레나는 말하는 도중에 자신도 모르게 눈물이 났다. 심연처럼 깊고 어두운 눈동자가 그녀의 눈을 바라보았다.

에레나는 고개를 푹 숙이고 양손을 모아 다시 외쳤다.

"진짜 잘못했어요. 많이많이 잘못했어요. 세상에서 제일 많이 잘못했어요."

에레나는 눈가에 떨어지는 투명한 물방울을 닦을 생각도 하지 못하고 아카드에게 잘못을 빌었다.

'미치겠네. 지금 잘못한 사람이 누군데 울긴 왜 울어?'

아카드는 순간적으로 말문이 막혔다.

그녀의 표정은 아카드의 마음을 흔들 만큼 애처로웠고, 눈동자는 보석처럼 반짝거렸다. 제국은행 비밀 금고에서 기념으로 가지고 나온 에메랄드 목걸이가 떠오를 정도였다.

에레나는 아카드의 처분을 기다리며 눈을 한 번 깜박거렸다. 그러자 아카드가 손으로 이마를 짚으며 고개를 돌렸다.

"진짜 돌아 버리겠네."

아카드의 입에서 나온 목소리는 들리지 않을 만큼 작았지만 에레나의 귀에 분명하게 들렸다. 순식간에 그녀의 표정이 어두워졌다.

'돌아 버리겠다고? 그거 남학생들이 정말 화났을 때 하는 말인데. 정말 용서할 수 없을 만큼 많이 화가 난 건가?'

아카드는 한마디를 뱉고는 아무 말이 없었다.

적막이 길어질수록 에레나의 방망이질치는 심장소리는 점점 더 빨라지고 온몸에는 힘이 바짝 들어갔다.

"뭐 잘했다고 울어?"

아카드의 표정이 조금 풀렸다.

그의 표정을 확인하자마자 에레나는 몸에서 힘이 풀리고 바닥에 푹 주저앉았다.

"하나만 확실하게 하지."

"뭘요?"

"날 속이고 상단에 취직한 것은 당신의 자의인가? 당신 오빠가 사주한 건가?"

"오빠랑은 아무 관계없어요. 제가 상단에서 일하는 것이 너무 즐겁고 재밌어서 그랬던 거예요. 오해하지 마요."

에레나의 말을 들은 아카드가 약간은 만족했다는 듯이 고개를 끄덕였다.

"시간이 늦었으니 고백은 다음 기회에 듣도록 하지."

아카드는 몸을 휙 돌리더니 방문 손잡이를 돌렸다.

"그럼 저 용서해 주는 거예요?"

에레나는 나가려는 아카드를 다급하게 붙잡았다. 그녀의 눈동자는 사탕을 기다리는 어린아이처럼 반짝반짝거렸다.

"맨입으로?"

아카드의 대답에 에레나의 표정에는 당황한 기색이 역력했다. 전혀 생각지도 못했던 대답이었기에 뭐라고 말해야 할지 망설였다.

'그가 원하는 게 뭐지? 학생조합에 투자한다고 돈이 한

푼도 없어서. 당장은 그가 원하는 걸 사 주기가 어려운데.'

에레나의 얼굴에 고민이 한가득이다.

그녀를 바라보는 아카드의 표정에는 왠지 엉큼함이 살짝 엿보였다.

"당신의 잘못을 고백할 때, 내가 원하는 것을 말하도록 하지. 그동안 많이 반성하도록 해."

아카드가 에레나를 한번 쳐다보더니 문을 닫고 나갔다.

"아우웅, 부끄러워."

아카드가 나가자마자 에레나는 침대로 뛰어들었다. 아카드와의 오해를 조금은 푼 것 같아 가슴이 후련해졌다. 근데 자꾸 볼이 달아오르고 민망해진다.

에레나는 이불 속으로 얼굴을 파묻었다.

"아, 맞다. 아카드 군에게 선물하려고 챙겨 둔 정령석이 있었지?"

그녀는 벌떡 일어나 침대 밑에서 여행 가방을 꺼냈다. 가방 속에서 반짝반짝 빛나는 동그란 돌 두 개가 그녀의 양손에 쥐어졌다.

"아카드 군이 정령석을 선물로 주면 좋아할까?"

이불 속에 얼굴을 파묻고 정령석을 바라보는 에레나의 눈동자는 반짝거렸다.

*　　*　　*

"내가 무슨 짓을 한 거지?"

에레나의 방문을 나선 아카드는 화가 나서 어쩔 줄 몰랐다. 자꾸만 에레나의 모습이 머릿속에서 맴돌았다.

잘하면 꿈속에라도 나올 기세다. 아니지, 벌써 악몽 확정이다. 벌써 바보처럼 그녀의 이야기만 믿고 순순히 물러난 것을 후회하고 있었다.

에레나의 방에서 점점 멀어질수록 화는 커져 갔다.

에레나를 마주치기 전까지만 해도 그녀를 떠올리는 것조차 끔찍하게 생각했다. 어쩌다가 자신도 모르게 생각날 때면, 그녀를 죽이고 싶었던 적도 있었다. 그녀 때문에 가문도 박살 나고 아버지도 중태에 빠졌다고 생각했기 때문이다.

그래서 에레나의 뒷모습을 보는 순간 그녀에게 속은 자신에게 화가 났고, 따지고 싶었다. 왜 나를 속였냐고 말이다.

하지만 아카드의 마음속에 들끓고 있던 본심은 끝내 나오지 못했다.

에메랄드처럼 반짝이는 눈동자는 여전하지만, 예전보다 핼쑥해진 얼굴과 나뭇가지처럼 말라 버린 팔목을 잡는 순간 분노보다는 안타깝다는 생각이 먼저 들었다.

그리고…….

"아카드 군. 잘못했어요."

병아리처럼 두 손을 모으고 싹싹 비는 에레나를 보는 순간 웃음이 터질 뻔했다.

창, 칼로 가슴을 찌르는 것보다 더 강력한 공격이라 말할 수밖에 없었다. 아카드의 심장을 쑤시는 정도가 아니라 콱콱 박혀 버리는 공격이었다.

'미치는 줄 알았지.'

아카드는 자신도 모르게 피식 웃으며 복도를 걸어 나왔다.

보석처럼 빛나는 눈동자로 미안해요, 날 용서해 줘요, 사실 제 마음은 그런 게 아니에요 등을 말하는 에레나와 마주하는 순간 아카드의 심장은 또 다른 의미로 콩닥콩닥 뛰기 시작했다.

그는 자신도 모르게 에레나에게 이렇게 말할 뻔했다.

'다시는 다른 사람 앞에서 그런 행동 하지 마!'

다른 사람 앞에서 에레나가 그런 행동을 한다면 미칠 것 같았다. 만약 다른 사람 앞에서 자신에게 한 것처럼 두 손을 모으고 빈다면 그 상대를 다시는 빛도 보지 못하게 두 눈을 파 버릴 것 같다.

'아니면 영원히 시체도 못 찾게 갈기갈기 찢어 버리든 가.'

아카드는 남들이 들으면 소름 끼칠 만한 생각을 아무렇지도 않게 하고 있었다.

"혈통은 못 속인다고 하더니 아비가 한 짓으로도 모자라 아들까지 도둑질하러 왔나?"

치이이잉!

클라우스 가문의 후계자 루시르의 목소리와 함께 아카드 목덜미에 날카롭고 차가운 금속의 감촉이 느껴졌다. 조금이라도 움직이면 금방이라도 목을 베어 버릴 듯한 기세가 칼끝에서 느껴졌다.

"환영 인사치고는 너무 과격한데?"

"우리 집에 도둑고양이처럼 몰래 기어들어 온 목적이 뭐지?"

루시르의 목소리에 힘이 들어갔다. 떨리는 칼끝에서 그의 분노가 고스란히 전해졌다.

"이곳에 빚 갚아야 할 사람들이 제법 있어서 말이지. 내가 빚지고는 못 견디는 성격이라."

루시르가 고개를 돌렸다. 아카드가 걸어 나온 쪽에는 자신의 동생 에레나의 방이 있다.

"내 여동생 방에 들어갔나?"

"왜? 갑자기 이복동생 걱정이라도 되는 모양이지?"

루시르가 갑자기 아카드의 멱살을 잡고 흔들었다.

"내 동생에게 무슨 짓을 한 거냐!"

"그렇게 걱정되면 나를 스파이로 몰아붙이지 말았어야지. 나를 염탐해서 우리 집안을 이렇게 풍비박산 냈으면 그에 합당한 벌을 받아야 하지 않겠어?"

아카드가 어깨를 들썩이며 딴청을 피웠다. 그러자 칼끝이 아카드의 목에 파고들었다.

"개자식! 내 동생은 아무 죄도 없다. 죄가 있다면 네놈한테 홀려서 따라다닌 죄밖에 없단 말이야! 도대체 무슨 짓을 한 것이냐!"

루시르의 목소리에서 살기가 뚝뚝 떨어졌다. 아카드가 자신의 여동생을 죽였다고 생각했는지 칼을 쥐고 있는 손에 힘이 점점 들어간다.

동시에 아카드의 목에서 떨어지는 핏방울의 속도가 점점 빨라진다.

"여동생을 그렇게 끔찍하게 아낄 줄은 몰랐네. 소문에는 이복동생 따위는 혈육으로 인정 안 한다는 말이 자자하던데."

루시르의 칼이 자신의 목에 파고들고 있음에도 아카드의 목소리는 밝았다. 아직 완전히 믿는 것은 아니지만 에레나에 대한 오해가 조금씩 풀려 가고 있었다.

"내 동생을 어떻게 했냐고 물었다!"

"네 동생은 털끝 하나 건드리지 않았으니 뒷감당할 자신 없으면 이 칼 좀 치우지?"

"집에 잠입한 도둑 하나를 죽이는 데 뒷감당 생각까지 해야 할 정도로 클라우스 가문의 후계자가 만만해 보이나?"

루시르의 칼도 더 이상 들어가지는 않았다. 동생이 무사하다는 소리에 방금 전까지 끈적하게 흘러내리던 살기도 사라진 느낌이다.

"필요하지. 오늘 비상 회의에 참석했으면 날 죽이는 것이 어떤 결과를 가져올지 정도는 알아야 하니까. 그 정도 머리도 안 돌아가는 인물이었나?"

"네놈이 그걸 어찌……?"

루시르는 얼굴이 종잇장처럼 일그러졌다.

아카드의 말대로 제국은행 피해 복구 안건 뒤에 메디아 가문에 대한 재조사 안건이 자연스럽게 흘러나왔다.

루시르가 당황했던 것은 메디아 가문에 대한 혐의를 재조사해야 한다고 주장한 이가 황실과 관료가 아니라 원로원 의원이었다는 점이다.

그 발언을 한 의원들 대부분이 원로원 회의에서 메디아 가문을 없애야 한다고 앞장서서 주장했던 자들이다. 그런데 자신에게 말 한마디 없이 흑마법의 희생양이 된 메디아 가문을 복구하고 보상해야 한다고 주장하니 루시르는 혼란스러울 수밖에 없었다.

"모건 백작은 흑마법사 손에서 제국을 구한 영웅이다."

"모건 백작이 저지른 의사당 파괴 행위는 흑마법사 소로스에게 인질로 잡힌 클라우스 공작을 구하는 과정에서 불가피하게 생겨난 사고이다. 그러니 메디아 가문의 범죄에 대해 사면은 물론이고 그들이 입어야 했던 피해에 대해 보상해야 한다."

"메디아 가문의 후계자인 아카드 군은 소로스의 계략에 맞서 제국의 상계를 지켜 냈다. 그러므로 그에 따른 공을 인정하고 몰수했던 상단에 대해서도 보상책을 강구해야 할 것이다."

원로원 의원들의 주장은 여기서 끝이 아니었다.

"의사당을 지키던 원로원 의원의 자제들과 기사들은 모건 백작과 함께 클라우스 공작을 구하기 위해 희생되었다."

"흑마법사의 손에서 제국을 구하기 위해 희생된 그들을 기념하기 위해 영웅비를 세워야 한다."

원로원 의원들은 의사당에서 모건 백작을 막다가 목숨을 잃은 귀족가의 자제들에 대해서도 교묘하게 사실을 조작했다. 제국은행장 소로스가 흑마법사로 밝혀진 이상, 모건 백작 앞을 막았던 사실이 밝혀지면 흑마법사를 도왔다는 오해를 살 수가 있기 때문이다.

원로원 의원들은 가문과 자신들의 안위를 유지하기 위해 모건 백작과 아카드의 행위를 정당화시키면서 자식과 기사들의 개죽음을 희생으로 아름답게 포장했다.

'말도 안 돼!'

루시르는 벌떡 일어나 정신 나간 원로원 의원들의 행태를 비난하려고 했다. 하지만 작위를 계승받지 못해 정식 원로원 의원이 되지 못한 그에게 발언권을 허락할 이는 아무도 없었다.

'망할 자식들, 두고 보자!'

루시르는 갑자기 변한 원로원 의원들의 행태에 이를 갈

았다. 회의가 끝난 후에도 그에게 다가오거나 따뜻하게 위로의 말을 건네는 중앙 귀족은 아무도 없었다.

클라우스 공작이 회생 불가 판정을 받자마자 중앙 귀족 사회에서 루시르의 입지는 점점 좁아지고 있었다. 반대로 메디아 가문과 아카드의 입지는 점점 넓어지고 있었다.

이런 상황에서 루시르는 자신의 집에 몰래 침입한 아카드와 마주쳤다. 그러니 죽이고 싶은 마음이 절로 들 수밖에 없었다.

"전부 네놈이 꾸민 짓이었나? 그렇다면 더더욱 고맙군. 아무도 몰래 네놈을 죽일 수 있는 기회를 줘서 말이지."

"내가 혼자 왔다고 생각하나?"

"관계없어. 누구랑 같이 왔든 네놈이 살아서 수작질 부리는 것보다는 덜 피곤할 테니까."

아카드의 목에서 느껴지던 날카로운 칼날의 감촉이 사라졌다. 목이 자유로워진 그는 몸을 돌려 루시르를 바라보았다.

루시르는 아카드의 목을 한 방에 베기 위해 칼을 치켜들고 있었다. 클라우스 기사단장이자 소드 익스퍼트 중급의 경지에 오른 그의 칼끝에서 붉은 마나가 넘실거렸다.

"죽일 실력은 있고?"

아카드는 자신의 몸을 압박하는 루시르의 위압감에도 눈

썹 하나 까딱하지 않고 물었다.

"네놈의 애비는 비록 해적이지만 그만한 실력이라도 있었는데 자식 놈은 죽을 때까지 허세군."

붉은 마나를 머금은 루시르의 칼날이 아카드의 목을 겨냥하며 무서운 속도로 내려왔다.

"정말 허세라고 생각하나?"

아카드의 표정이 일순간 바뀌었다. 루시르 입에서 모건 백작이 거론되자마자 그의 표정이 사납게 변했다.

쨍그랑! 쨍그랑!

어디선가 폭풍 같은 바람이 불어오더니 클라우스 공작가 저택 3층의 창문들이 하나씩 깨지기 시작했다. 모든 창문을 깨 버린 바람이 한곳에 모여들며 거대한 소용돌이를 만들어 냈다.

산산조각 난 유리 조각들이 루시르를 향해 쏟아졌다. 그는 몸을 숙이고 가드를 들어 파편들을 막았지만 몇몇 조각들이 팔목에 박히는 건 막을 수 없었다.

하지만 아직 끝이 아니었다.

유리 파편들을 막아 낸 루시르의 앞을 모든 것을 빨아들일 것처럼 회전하는 소용돌이가 가로막고 있었다.

"이게 무슨……?"

"다시 묻지. 지금도 허세라고 생각하나?"

아카드가 루시르에게 다가오며 말했다. 다가오는 그의 등 뒤로는 불덩이가 지글지글 타오르고 있었다.

"흑마법사보다 더한 놈이 내 앞에 나타날 줄은 상상도 못 했는데? 마법은 아닌 거 같고, 정령사인가?"

루시르가 허탈한 듯이 웃으며 물었다.

"아직 내 질문에 대답하지 않았다."

"대륙에 500년 만에 나타난 정령사라. 좋아, 허세라는 말은 취소하지. 대신 클라우스 가문의 모든 전력을 동원해서라도 네놈은 이 자리에서 죽어 줘야겠다."

우두두두두두!

3층에서 일어난 엄청난 소리에 클라우스 기사단원들이 움직였다. 그들은 잔치를 벌이느라 술을 먹었음에도 불구하고 절도 있고 규칙적인 발자국 소리를 내며 올라오고 있었다.

"정보청 1국이 어떻게 무너졌는지 궁금하지?"

엄청난 발자국 소리에도 아카드는 재미있다는 표정으로 루시르를 쳐다보았다.

"현장검증인가? 드디어 네놈의 죄를 제국에 낱낱이 밝힐 수 있게 되었군."

루시르는 자신의 칼을 움켜쥐고 아카드에게 달려들었다. 아카드도 달려드는 루시르를 보며 조용히 중얼거렸다.

"태워 버려라."

자신의 모든 마나를 일으켜 소용돌이를 뚫고 아카드를 죽이려는 루시르와. 그를 삼켜 버리려는 불의 정령 라그니스가 정면으로 맞부딪치려는 순간이었다.

'쿵!' 하는 소리와 함께 3층 구석에 있던 방문이 열렸다. 그 속에서 여인 하나가 사색이 된 채 서 있었다.

에레나다.

"아카드 군! 오라버니!"

그녀는 두 사람을 향해 소리를 질렀다.

에레나의 등장에 정령들은 순식간에 사라졌다.

그녀 앞에서 차마 이복 오빠를 죽일 수는 없었다.

루시르 또한 아카드를 죽이기 위해 일으켰던 붉은 마나를 회수하고는 칼을 조용히 집어넣었다. 동생 눈앞에서 사람을 죽이는 모습을 보여 주기 싫어서다.

"지금 두 사람 뭐하는 거예요. 설마 싸우려는 건가요?"

에레나의 질문에 두 사람이 동시에 외쳤다.

"너는 상관하지 말고 방에 들어가거라!"

"반성하라고 했을 텐데."

루시르가 갑자기 아카드를 바라보며 멱살을 잡았다.

"네놈이 뭔데 건방지게 내 동생에게 반성을 하라고 지껄이는 거야!"

아카드는 루시르의 팔을 걷어내며 조용히 말했다.

"실력도 없이 가문의 위세만 믿고 설치는 주제에 함부로 덤비지 마라. 정말 죽여 버리는 수가 있다."

"네놈이 여기서 끝장을 보고 싶은 모양이로구나!"

두 사람의 모습을 바라보던 에레나가 도저히 안 되겠다고 생각했는지 다가오려고 했다.

바닥은 유리 파편이 사방으로 퍼져 있는 상황.

곁눈질로 에레나를 쳐다보던 아카드가 실리안을 불렀다.

"치워."

실리안이 움직이자마자 바닥에 퍼져 있던 파편들이 공중으로 떠올랐다. 유리 파편들은 창가에 비치던 달빛에 반사되어 별처럼 반짝거리다가 창밖으로 요정 가루처럼 사라졌다.

"여동생 덕에 목숨을 건졌군."

"누가 할 소리!"

에레나가 다가오자 아카드는 서둘러 몸을 돌렸다. 하지만 3층 복도를 가로막고 있는 클라우스의 기사들로 인해 앞으로 나아갈 수 없었다.

각자의 무기를 꺼내 든 기사들은 루시르의 공격 명령이 떨어지기만을 기다리고 있었다.

"막을 건가?"

루시르는 갈등 어린 눈빛을 하고 있었다. 이대로 보내 버리면 정말로 거물이 되어 자신과 가문의 앞을 막을 것 같은 예감이 강하게 들었다.

　　하지만 루시르의 어깨를 잡는 손길이 있었다. 그가 돌아보자 에레나가 간절한 표정으로 고개를 흔들었다.

　　"보내 줘!"

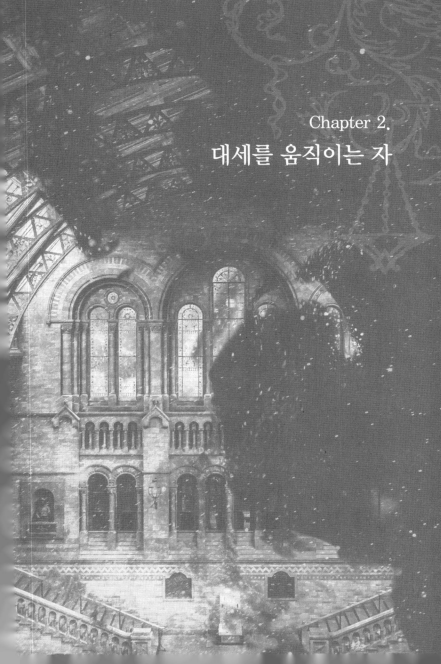

Chapter 2.

대세를 움직이는 자

　노틸러스 제국의 수도 곳곳에서 시위가 일어났다.

　제국은행으로 인해 피해를 입은 시민들이 황실과 재무부
에서 연일 시위를 벌이며 대책을 내놓으라고 아우성쳤다.

　하지만 황실 관료와 원로원 의원들이 모여 있는 황실 회
의에서도 딱히 뾰족한 해법이 나오지 않고 있었다.

　의원들은 원금 보장이 되는 예금 상품도 보상해 주지 못
한 상황에서 피라미드 투자까지 보상해 줘야 한다는 점에
난색을 표하고 있었다. 그렇다고 보상을 안 해 주자니 시민
들의 피해가 막심하여 그 피해에 제국 경제가 휘청거릴 정
도다.

그래서 나온 대책이 피라미드 피해액의 50%까지 저리로 장기 대출을 해 주자는 의견이었다. 급한 대로 시민들의 숨통을 트여 주고 멈춰 버린 제국의 경제를 다시 순환시켜 보자는 의도였다.

국가가 어려움에 처했을 때 내놓을 수 있는 가장 보편적이고 흔한 대책이다.

하지만 노틸러스 제국은 이런 흔한 대책도 내놓을 수 없는 상황에 직면했다. 제국의 금고 역할을 하던 제국은행의 파산으로 국고가 텅텅 비어 버렸다.

사건이 터지자마자 황실에서는 기사단을 파견해 제국은행을 샅샅이 조사했다. 비밀 금고에서 다양한 국가의 금화와 보석들이 다량으로 발견되었지만 제국을 운영하기에는 턱없이 부족한 액수였다.

소로스는 은행장으로 있던 시절, 제국의 금화로 타국의 국채를 사들이는 데 열을 올렸다. 그 결과 제국은행 금고에는 황실에서 발행한 금화의 1/10밖에 남아 있지 않았고, 채권은 아카드 손에 들어간 상태다.

제국은행 금고에서 건진 금화조차도 만기가 도래하는 국채 대금으로 지불하고 나면 3개월을 버티기 힘들 지경이었다.

상황이 이렇다 보니 비상 회의에 참석한 황실과 원로원

관료들은 이렇다 할 해결책을 내놓지 못하고 있었다.

며칠 동안 밤새며 회의를 거듭하던 양측 관료들은 결론을 내리지 못하고 비상 회의를 끝냈다. 예금을 보상하는 문제와, 메디아 가문의 명예를 회복하는 안건 정도만 합의한 채 회의장 밖으로 빠져나왔다.

황실 계단을 내려오는 황실과 원로원 고위 관료들의 얼굴은 모두 엉망이었다.

평소라면 두 패로 나눠 박 터지게 싸우고 한쪽은 승리에 도취한 표정으로 돌아가는 것이 보통이었다. 하지만 제국은행 사태로 그들은 위기감을 느끼고 있었다.

권력 다툼도 제국이 온전하게 남아 있을 때나 가치 있는 일이다. 제국이 망하고 나면 자신들도 망한다는 것을 알기에 평소의 위풍당당한 모습은 찾을 수 없었다.

제국은행이라는 거대 집단 하나 때문에 노틸러스 제국은 대륙 전쟁 20년 후유증보다 더 심하게 몸살을 앓고 있었다.

'제국의 운명이 고작 3개월밖에 남지 않았다는 건가?'

황실 계단을 내려오는 골드만 백작의 얼굴에 근심이 가득했다.

회의실에서 제국이 보유한 현금 보유량을 산출해 본 결과 버틸 수 있는 기간은 고작 3개월이었다. 3개월 후에 만기가 도래하는 국채에 대해서는 어떻게 처리를 해야 할지 막막했다.

평소 같으면 화폐가치 하락을 각오하고서라도 금화를 추가로 발행했을 것이다.

하지만 상단은 물론 타국의 왕실에서까지 노틸러스 금화는 받지 않겠다는 분위기가 확산되고 있었다. 타국의 화폐나 국채, 식량을 제외하고는 받지 않겠다는 입장을 비공식 루트를 통해 전해 왔다.

대륙의 거상인 스탠 상단과 그루먼 상단은 벌써부터 제국에서 철수하겠다는 입장을 공공연하게 밝히고 있고, 그들을 따르는 중소 상단까지 부동산을 내놓는 실정이었다.

몇몇 철없는 귀족들은 타국으로 망명하기 위해 영지를 알아본다는 소문까지 들렸다.

연이어 들리는 암울한 소식에 제국의 경제를 책임지는 골드만 백작은 앞이 깜깜했다.

"백작님, 잠시 이야기 좀 나눌 수 있겠습니까?"

굳은 표정으로 마차를 향해 걸어가는 골드만 백작을 향해 누군가가 말을 걸어왔다. 고개를 돌려 보니 클라우스 가문의 후계자 루시르가 자신을 향해 다가오고 있었다.

'가뜩이나 심기가 불편한데…… 에잉!'

골드만 백작은 인상을 찌푸렸다.

클라우스 공작이 재기 불능이라는 소식이 들리고 아카드로부터 비밀 장부를 손에 넣는 순간, 백작의 마음속에는 차기 총리대신이라는 야심이 타올랐다. 장부를 이용해 원로원 계파 거두들과 연합하며 원로원을 장악한 그의 입장에서는 클라우스 공작가가 껄끄러울 수밖에 없다.

"밤이 늦었는데 다음에 이야기하는 게 어떻겠나?"

골드만 백작은 은근히 거절의 의사를 표시했다.

하지만 루시르는 그를 편히 놔두지 않았다.

"잠시면 됩니다. 부탁드리겠습니다."

"좋네. 회의 때문에 많이 피곤하니 30분 정도만 시간을 내 주겠네."

골드만 백작은 할 수 없다는 표정으로 고개를 끄덕였다.

＊　　　＊　　　＊

12시가 넘은 시각에 두 사람이 이동한 곳은 황실에서 멀지 않은 카페였다.

보통의 카페는 10시쯤 마치는 것이 정상이다. 특히 요즘처럼 시위가 빈번한 시기에는 더 일찍 문을 닫는 경우가 대부분이다.

하지만 루시르는 골드만 백작과의 독대를 작정했다. 카

페 주인에게 하루 매상을 지불하고는 장소를 빌릴 수 있었다.

"차는 뭘 드시겠습니까?"

"차는 필요 없고 용건만 간단히 하지."

루시르의 눈에는 골드만 백작이 자신과의 만남을 별로 탐탁지 않게 여기는 것 같았다. 그는 마음속에서 화를 넘어 분노마저 치밀었지만 꾹 눌렀다.

'아무리 정치가 비정하다지만 이럴 수가 있단 말인가. 아버지가 건강하실 때만 해도 대문이 닳도록 드나들던 자가 어떻게 이렇게……!'

하지만 아쉬운 쪽은 자신이었다.

분하지만 골드만 백작에게 머리를 숙여야 하는 입장이다. 바다 한가운데 붕 떠 버린 클라우스 가문을 살리고 여동생을 지키기 위해서는 과거의 자신을 버려야 한다. 현재의 상황을 인정하고 받아들여야 정치라는 폭풍에서 가문과 여동생을 살릴 수가 있다.

루시르는 골드만 백작의 기분이 상하지 않게 공손한 자세로 이야기를 꺼냈다.

"백작님께 저희 가문의 승계 문제에 관한 조언을 구하고자 이렇게 만나 뵙자고 부탁을 드렸습니다."

골드만 백작은 이야기를 듣자마자 얼굴이 붉으락푸르락

변했다. 그는 대뜸 의자에서 일어나 루시르에게 화를 냈다.

"지금 제국이 망하느냐 사느냐 갈림길에 서 있는데, 자네는 제국 귀족의 한 사람으로서 걱정도 되지 않나!"

골드만 백작은 탁자에 있던 물을 벌컥벌컥 마셨다. 그는 잔을 내려놓자마자 기분 나쁘다는 티를 팍팍 내며 말을 이었다.

"기껏 시간을 내 줬더니 자네 가문의 안위나 부탁하다니, 같은 중앙 귀족으로서 자네에게 실망이 크네!"

말을 마친 골드만 백작은 자리를 박차고 카페를 나가려고 했다.

"크크큭!"

고개를 숙인 루시르가 어깨를 들썩였다. 예상대로 골드만 백작이 딴마음을 품고 있다는 확신이 들자 그의 웃음소리가 점점 커졌다.

"저자가!"

루시르의 웃음소리에 골드만 백작은 몸을 휙 돌려 노려보았다. 명백히 재무대신인 자신을 향한 비웃음이라고 느낀 그는 손을 부르르 떨었다.

"좋습니다. 방금 전 이야기는 없었던 걸로 합시다. 대신!"

루시르가 자리에서 일어났다. 골드만 백작을 노려보는

그의 눈은 야수처럼 거칠었다.

"안 보이는 곳에서 대세를 움직이는 자가 누굽니까?"

"그…… 무슨 소린가?"

골드만 백작은 심히 당황했는지 목소리가 떨렸다.

"제가 태어났을 때 가장 먼저 축하 인사를 하러 온 이가 백작님이라고 들었습니다. 그렇게 따지면 백작님과 저의 인연이 30년 가까이 되겠군요."

루시르는 골드만 백작 앞으로 다가갔다. 갑자기 변한 그의 기세에 눌린 골드만 백작이 뒷걸음질 쳤다.

"내가 아는 골드만 백작은 손익계산은 빠르지만 원로원 전체를 담을 수 있는 그릇은 아니야. 그런데 아버지가 쓰러지자마자 원로원을 장악했다면 둘 중의 하나겠지."

루시르는 입구에 몰린 골드만 백작을 내려다보았다.

"아버지의 죽음에 직접적으로 연관이 있거나……."

"……."

"원로원 너구리들이 꼼짝도 못 할 약점을 알고 있다는 말이겠지. 내 말이 틀렸나?"

골드만 백작은 루시르의 기세에 눌려 그가 반말을 하고 있다는 것조차 인식하지 못하고 있었다.

"지금 제국의 대신을 협박하는 것인가!"

골드만 백작이 이를 악물고 소리쳤다.

"그럴 리가 있겠습니까? 아직 작위조차 물려받지 못한 제가 어찌 원로원을 휘어잡고 있는 재무대신 각하를 협박할 수 있겠습니까?"

루시르는 자신의 눈에 비웃음을 잔뜩 담아 비아냥거렸다.

"난 가겠네!"

"그러십시오. 밤길 조심하시기 바랍니다."

골드만 백작은 황급히 문을 쾅 열고는 밖으로 나갔다. 전용 마부를 부르는 그의 목소리에는 다급함이 가득 실려 있었다.

"안틸레온."

골드만 백작의 뒷모습을 바라보던 루시르가 누군가를 불렀다. 그러자 카페 주인으로 위장하고 있던 사내가 앞치마를 벗으며 다가와 한쪽 무릎을 꿇었다.

카페 주인으로 위장하고 있던 사내는 클라우스 기사단 부단장을 맡고 있는 안틸레온이라는 중년 남자다. 기사임에도 불구하고 호리호리한 몸매를 가진 그는 클라우스 가문의 기사들 중 가장 빠른 검술과 몸놀림으로 유명하다.

"어떻게 보이나?"

"둘 중에 하나겠지요. 지금까지 야심을 숨기고 있었거나, 아니면 최근에 든든한 뒷배가 생겼거나."

루시르가 가문의 기사를 카페 주인으로 위장시킨 것은 골드만 백작의 대답 여하에 따라 죽이기 위해서다. 아버지의 일에 조금이라도 관련이 있다는 낌새가 보이면 바로 죽이려고 마음먹었다.

그래서 대화를 나누는 내내 골드만 백작을 유심히 살펴보았지만 그런 기미는 보이지 않았다. 단지 자신을 불편하게 생각한다는 점과, 공작 승계 문제를 끊임없이 방해할 거라는 확신은 들었다.

"분명히 그 녀석이겠지."

루시르의 인상이 참담하게 구겨졌다. 아직도 자신을 내려다보며 비웃는 아카드의 모습이 잊히지 않았다.

"골드만 백작을 미행해라. 간이 작은 자이니 분명히 이 길로 누군가를 만나러 갈 것이다. 두 사람의 만남을 확인하는 즉시 나에게 보고하도록."

"명령을 받들겠습니다!"

"잠깐!"

루시르는 서둘러 쫓아가려던 안틸레온을 불러 세웠다.

'아카드와 마주치면 안틸레온 혼자 감당할 수 있을까?'

공포의 대명사로 불리는 정보부에 잡혀 와서도 눈 하나 깜박하지 않던 아카드다. 겁먹기는커녕 정보부를 박살 내빠져나갔고, 이제는 제국의 대신을 움직이려고 하는 능구렁이다.

안틸레온에게 일을 맡기는 것보다는 자신이 직접 나서야겠다는 생각이 들었다.

"같이 가지."

두 사람은 서둘러 골드만 백작의 뒤를 밟았다.

＊　　　＊　　　＊

"제기랄! 젠장!"

마차 안에 있던 골드만 백작은 의자를 주먹으로 쿵쿵 내려쳤다. 아직 작위도 받지 못한 애송이에게 당했다는 생각에 약이 올라 미칠 지경이었다.

"오냐! 두고 보자! 내가 총리 자리에 오르는 순간 잘난 네놈의 가문부터 박살 내 버릴 것이야!"

골드만 백작은 씩씩거리며 마차 안에 있던 물건들을 잡아 던졌다.

"주인님! 댁으로 모실까요?"

"아니다. 상인 지구로 가자."

집으로 가려고 했던 골드만 백작은 생각을 바꿨다. 도저히 오늘의 수치를 참을 수 없다고 생각했는지, 미래의 동반자가 될 아카드가 있는 곳으로 향했다.

쿵! 쿵! 쿵!

상인 지구 앞에서 내린 골드만 백작은 주위를 살펴보더니 토마스의 가게 문을 두들겼다.

"아이, 씨! 응답하라 시리즈 다 팔렸다니까!"

토마스가 짜증스럽게 문을 열었다. 골드만 백작은 얼마나 급했는지 문이 다 열리지 않았음에도 문을 비집고 들어왔다.

"아카드 공자 좀 불러 주게."

토마스가 퉁명한 표정으로 한마디 하려고 할 때 아카드가 모습을 드러냈다.

"아카드 공자! 할 말이 있네!"

아카드를 본 골드만 백작이 급한 걸음으로 다가갔다.

"내일 이야기했으면 합니다."

"무슨 말인가!"

아카드는 한 손으로 다가오는 골드만 백작을 막았다. 무슨 일인지 골드만 백작을 보는 그의 표정이 차가워 보였다.

"아무리 급하셔도 꼬리를 달고 오면 곤란한데."

"꼬리라니? 설마 내가 미행이라도 당했단 말인가?"

두 사람은 각자의 목표를 달성하기까지 협력하는 조건으로 한 가지 약속을 했다.

아카드의 정체를 절대 드러내지 말 것.

골드만 백작이 총리대신 자리에 오르고, 아카드가 제국 은행을 차지할 때까지 그의 정체는 절대 드러내지 않기로 약속했다.

아카드가 내민 간단한 조건을 골드만 백작은 흔쾌히 수락했다.

골드만 백작 입장에서는 모든 업적이 자신의 것이 되는데 거부할 이유가 없었다. 오히려 자신이 부탁해야 할 조건을 아카드가 제시해 주니 고마울 따름이었다.

아카드 입장에서도 제국의 경제를 안정시키고 상계의 인심을 장악하기 위한 시간이 필요했다. 그 전까지는 상계를 주름잡고 있는 스탠 상단과 그루먼 상단의 눈을 속여야 했다.

그런데 협약을 맺은 지 얼마 안 된 시기에 미행을 당해 버렸으니 골드만 백작으로서는 기가 막힐 수밖에 없었다.

"어느 작자가 감히! 설마?"

"오늘 개인적으로 누군가를 만난 적이 있습니까?"

골드만 백작은 이를 갈며 방금 만난 청년을 떠올렸다. 자신에게 수치를 준 것으로도 모자라 미행까지 했다는 사실에 치를 떠는 것 같았다.

"루시르…… 이 애송이 자식이!"

"클라우스가의 후계자를 만나셨군요."

"내 이 자식을 가만히 두지 않겠다."

골드만 백작은 밖에 대기하고 있는 마부를 부르기 위해 나가려고 했다. 아마 마부를 시켜 치안대를 호출하거나 가문의 기사단을 부르려는 것 같았다.

그때, 토마스가 백작을 막더니 문을 닫고 셔터를 내렸다.

"이 무슨 짓인가! 당장 문을 열게."

"대신이라는 분이 왜 이렇게 생각이 없으실까? 우리 마스터 여기 숨어 있다고 제국 전체에 광고할 일 있습니까?"

"그럼 나보고 이대로 참으란 소린가? 그깟 작위도 없는 애송이 자식 때문에?"

"그렇다고 총리대신이 될 분께서 애송이를 상대한다는 것도 우습지 않을까요? 무시해 버리세요."

"흐음."

토마스는 흥분한 골드만 백작의 어깨를 두들기며 달랬다. 그러자 백작도 고민하는 눈치다.

"오늘 자네에게 긴히 할 말이 있었는데."

"토마스랑 이야기하십시오."

"그게 무슨 소린가! 자네는 엄연히 나와 협력하기로 하지 않았는가!"

골드만 백작이 발끈했다.

총리대신이 될 몸인데 한낮 이상한 책들을 파는 서점 주인과 대화하라고 하니 자존심이 상한 모양이다.

"앞으로 토마스가 제 대신 모든 일을 맡을 겁니다. 백작님을 만나는 것도 이 사람입니다. 그러니 지금부터라도 익숙해지십시오."

"하지만 내 체면이…… 헙!"

아카드가 갑자기 쑥 앞으로 다가왔다. 그는 백작의 귀에 대고는 말했다.

"같은 말 자꾸 반복하게 하지 마. 설마 내가 준 비밀 자료 사본이 전부라고 생각하는 건 아니겠지?"

아카드의 협박에 골드만 백작은 땀을 삐질삐질 흘리며 중얼거렸다.

"자네 갑자기 왜 이러나. 서로의 목표를 달성할 때까지 함께 가기로 한 사이 아니었나?"

"함께 가기로 했으면 내 말도 들어주셔야지 자꾸 부하 다루듯이 나한테 명령하면 안 되지. 내가 다른 말로 갈아타기라도 하면 어쩌려고 그래?"

골드만 백작은 아카드의 눈동자를 힐끔 훔쳐보며 부르르 떨었다. 루시르가 상처 입은 새끼 사자 같은 눈동자라면, 아카드의 눈은 사냥감을 앞에 둔 맹수 같았다.

"잘 좀 합시다. 대신 각하."

아카드는 골드만 백작이 입고 있는 블레이저의 단추를 끼워 주며 미소를 지었다. 백작은 그의 미소가 경고라는 것을 깨닫고 식은땀을 흘렸다.

"토마스, 재무대신님을 모시고 가서 고민을 해결해 드려."

"알겠습니다. 대신님, 이리로 따라오시지요."

토마스는 두려움에 몸이 굳어 있는 골드만 백작을 데리고 밀실로 향했다.

"독이 바싹 오른 새끼 사자를 어떻게 처리한다?"

두 사람이 사라지자 어둠 속에 홀로 서 있던 아카드가 흥미로운 표정을 지었다. 그는 바깥에서 루시르의 마차를 막고 있는 바람의 정령 실리안을 불렀다.

"마스터, 이 자식들이 강제로 뚫고 들어오려고 하는데, 이참에 내가 참교육시킬까?"

아카드와 백작이 이야기를 나누는 동안 실리안은 바람의 힘으로 회오리를 일으켜 시간을 끌며 루시르의 마차를 막고 있었다.

"그냥 들여보내."

"벌써?"

바람의 정령 실리안은 시무룩한 표정으로 대답했다. 마

스터에게 자신의 실력을 보여 줄 기회가 왔다고 생각했는데 무산되자 아쉬워하는 표정이다.

실리안은 요즘 시간 날 때마다 정신의 방에서 아카드에게 암살자 기술을 배우고 있었다. 아카드의 예상대로 정령들은 신체의 제약이 없어서인지 엄청난 속도로 습득하고 있었다.

지금 당장 암살 명령을 내려도 될 정도였다.

"그럼 나는 한숨 자고 있을게. 위대한 이 몸으로 인간의 기술을 연습했더니 피곤하네."

실리안은 회색 고양이로 변신해 불도그로 변신한 라그니스 옆으로 다가가 엎드렸다.

쾅!

그때, 문이 거칠게 열리며 루시르와 부기사단장 안틸레온이 서점 안으로 들어왔다. 말들이 미쳐 날뛰는 바람에 고생을 했는지 두 사람의 머리는 헝클어져 있었다.

"이런 곳에 숨어 있었군. 골드만 백작은 어디 있지?"

루시르가 고개를 좌우로 살피며 누군가를 찾았다. 하지만 예상과 다르게 골드만 백작의 흔적은 보이지 않았다.

"골드만 백작? 아하, 재무 대신? 그걸 왜 나한테 묻는 거지? 그 양반도 야설 보는 취미가 있으신가?"

루시르는 주변을 둘러보다가 쌓여 있는 책들의 제목이

이상하다는 것을 알고는 눈살을 찌푸렸다.

"이곳을 뒤져 봐."

루시르가 부기사단장 안틸레온에게 명령을 내렸다.

그런데 안틸레온의 표정이 이상하다.

절대 복종해야 할 주인이자 기사단장인 루시르의 명령이 떨어쳤음에도 한 발자국도 움직이지 않았다. 아니, 움직이지 못했다고 해야 바른 표현일 것이다.

루시르는 소리치려고 하다가 안틸레온이 이상하다는 것을 알아채고는 무언가를 찾았다. 그러다가 그의 시선이 회색 고양이와 붉은 불도그가 있는 곳에 멈췄다.

"뭐지?"

들어올 때만 해도 있는 줄도 몰랐던 개와 고양이가, 서점을 수색하라는 명령이 내려지자마자 분위기가 바뀌었다. 안틸레온이 한 발자국 움직이려고 하자 바람과 불의 마나를 사납게 내뿜었다.

안틸레온은 고양이와 불도그의 기세에 맞서 대치하느라 루시르의 명령도 들리지 않을 정도로 집중하고 있었다.

"안틸레온, 정신 차려!"

루시르의 큰소리에 그제야 부기사단장은 고개를 돌렸다. 부기사단장의 얼굴에 땀이 범벅이다.

"죄송합니다, 단장님."

"됐어. 뒤로 떨어져 있어."

안틸레온이 물러서자마자 회색 고양이와 붉은 불도그의 몸에서 마나들이 사라졌다. 인간 세상에 소환된 실리안과 라그니스는 아무 일도 없었다는 듯 다시 잠을 청했다.

'망할. 이 자식과 만나면 일이 꼬이는군.'

루시르는 아카드만 만나면 계획이 어긋나거나 엉망이 됐다. 항상 남들에게 우월함을 가지고 있던 그로서는 가슴 깊은 곳에서 스물스물 피어나는 열등감을 참을 수 없었다.

"시치미 떼지 마라! 골드만 백작이 이곳에 온 거 다 알고 왔으니까."

루시르가 흥분한 목소리로 소리쳤다.

"난 모르는 일이래도. 온 김에 이런 서적에 관심 있으면 몇 권 팔아 주시든가."

아카드는 시치미를 뚝 떼며 능청스럽게 대답했다. 그는 루시르가 약 올라 하는 모습을 즐기는 것 같아 보였다.

"내가 바보로 보이나? 네놈이 골드만 백작을 뒤에서 조종하고 있다는 거 다 알고 있다. 도대체 무슨 약점을 잡고 있는 것이냐?"

그 모습에 루시르는 붉게 달아오른 얼굴로 아카드에게 다가와 멱살을 쥐었다.

"고귀하신 클라우스 가문의 후계자께서 이렇게 굴면 곤

란한데."

루시르가 아카드를 노려보았다. 정보청에서 아카드를 심문할 때 보았던 바로 그 눈빛이다.

"누가 보면 내가 죄인인 줄 알겠어? 자꾸 그러면 나도 막 나가는 수가 있는데, 그러길 원하는 건가? 그리고 말이야……."

이번에는 반대로 아카드가 루시르의 멱살을 잡아당겼다.

"한 번만 더 내 멱살 잡으면 그때는 손모가지 잘릴 각오 정도는 해야 할 거야."

루시르가 언제 이런 수모를 겪어 보았겠는가.

그는 부들부들 떨었다. 표정에는 분노와 수치심이 그대로 드러났다.

"꺼져!"

아카드는 차갑게 소리쳤다. 그러고는 상대할 가치가 없다고 생각했는지 구겨진 옷매무새를 가다듬고는 몸을 휙 돌렸다.

"하하하하하하!"

갑자기 뒤에서 루시르의 웃음소리가 들렸다. 허리를 숙이고 웃는 모습이 꼭 실성한 사람처럼 보였다.

"제대로 미쳤군."

아카드는 고개를 흔들며 중얼거렸다.

"자네 상관 좀 데리고 나가 줬으면 좋겠는데."

아카드는 굳은 표정으로 자신의 상관을 쳐다보는 안틸레온을 불렀다. 안틸레온은 무거운 발걸음으로 루시르에게 다가갔다.

"저리 치워!"

루시르는 걱정스러운 표정으로 다가오는 부기사단장을 물리치며 탁자에 있는 의자를 꺼내 턱하니 앉았다.

"내가 큰 실수를 했군. 자네를 상인으로 대했어야 하는데 중앙 귀족이라고 생각하고 상대했으니 내가 당할 수밖에."

"미쳐도 단단히 미쳤군. 당최 무슨 소릴 하는지 알아들을 수가 없군. 나가 주시지?"

루시르가 마치 주인처럼 맞은편 의자를 향해 손을 뻗었다. 방금 전 비참했던 표정은 어디론가 사라지고 자신만만한 표정으로 바뀌었다.

"무슨 짓이지?"

"명예 따위는 다 버리고 단도직입적으로 말하지. 나와 거래를 하는 것이 어떻겠나?"

피식!

아카드는 코웃음 치며 어이없다는 표정을 지었다. 그러나 속으로는 궁금했는지 루시르의 맞은편에 앉았다.

"작위도 받지 못하고 원로원 회의에 참관만 하는 주제에 나와 거래를 하겠다?"

"내가 클라우스 가문의 후계자라는 사실을 잊은 모양이군. 자네가 원로원의 권좌를 노리는 것이 아니라 상계를 노린다면 우리 가문이 지원해 줄 수 있는 것이 많을 거라 생각하는데, 자네 생각은 어때?"

"글쎄. 자네가 클라우스가의 가주라면 모르겠지만, 후계자 신분으로 해 줄 수 있는 게 있을까?"

루시르의 눈빛이 정상으로 돌아왔다. 후계자 수업을 들으며 클라우스 공작에게 배우고 보았던 것들이 빛을 발하기 시작했다.

'적의 적은 무조건 내 편으로 만들어라!'

클라우스 공작이 누누이 강조했던 말이 루시르의 머릿속에 떠올랐다.

지금 클라우스 가문의 가장 큰 정적은 골드만 백작이다. 루시르는 아카드가 정계가 아닌 상계를 노리는 이상 원하는 모든 것을 들어줄 용의가 있었다.

"골드만 백작을 돕는 대가로 뭘 받기로 했나? 메디아 가문의 복귀와 자네 개인의 작위 수여는 애피타이저에 불과한 것 같은데."

"상인에 대해서 잘 모르는 것 같군. 거래를 하고 싶으면

가지고 있는 패를 꺼내야지, 단골 거래 장부를 보여 달라고
하면 안 되지."

"좋아!"

루시르는 잠시 고민을 하더니 아카드를 쳐다보며 입을
열었다.

"제국은행. 자네가 원하는 것이 그것이겠지? 내가 원하
는 것을 들어주면 자네가 제국은행을 가질 수 있도록 원로
원을 움직이지."

"그리고 또."

"또?"

루시르가 인상을 와락 찌푸렸다. 자신이 제시한 것으로
모자라다는 표정이다.

"그 정도는 골드만 백작도 들어줄 수 있는 거야. 다른 걸
제시해."

"……."

루시르는 한참 동안 대답이 없었다. 상대가 뭘 원하는지
감을 잡을 수 없으니 섣불리 입을 열 수가 없다.

"없으면 거래는 끝내는 걸로 하지."

"뭘 원하지?"

"내가 원하는 걸 말하면 다 들어줄 수는 있고?"

아카드가 실실 웃으며 물었다. 루시르 입장에서는 명백

히 비꼬는 표정임을 알 수 있었다.

'저 자식이……!'

루시르는 분노가 치밀었지만 지금은 참을 수밖에 없는 상황이었다.

"표정을 보니 내가 꺼내는 것이 편하겠군. 클라우스 가문이 보유한 제국은행 지분은 물론이고 월 상단과 차일드 상단의 지분 전체를 주면 생각해 보지."

아카드가 루시르의 심기를 살살 긁었다. '과연 네까짓 놈이 가능하겠냐?' 라는 눈빛이다.

"흠……."

"안 됩니다! 단장님!"

망설이는 주인의 모습에 안틸레온이 다급히 소리쳤다. 생필품을 다루는 월 상단은 몰라도, 식량을 다루는 차일드 상단은 절대 불가다.

클라우스 가문의 저력은 밀 생산량에 있었다. 노틸러스 제국에 유통되는 밀 생산의 10%를 차지할 정도로 광활한 곡창지대를 소유하고 있다.

하지만 밀 시장에서의 영향력은 미비했다.

중간에서 밀을 유통하고 가격을 결정하는 차일드 상단의 존재 때문이다.

'어떻게 빼앗은 상단인데…… 다시 상인의 손에 휘둘릴

순 없어!'

안틸레온은 루시르를 바라보며 고개를 흔들었다. 부하의 눈빛을 본 루시르가 원래의 차분한 모습으로 돌아왔다.

"윌 상단은 넘겨주지. 하지만 차일드 상단은 불가능해."

"협상은 결렬됐군."

아카드는 미련 없이 자리에서 일어났다.

"말은 끝까지 듣지 그래?"

루시르가 아카드를 잠시 불러 세웠다.

"더 할 말이 남았나?"

"차일드 상단은 가문의 밥줄도 걸려 있는 만큼 공동출자로 하지. 그 정도면 크게 양보한 거 같은데."

루시르는 잠시 곰곰이 생각해 보더니 크게 양보한다는 표정으로 또 다른 조건을 제시했다.

"전부가 아니면 관심 없어."

아카드는 여전히 심드렁한 표정이다.

어차피 아쉬운 쪽은 루시르다. 시간이 지나면 더 많은 것을 뺏을 수 있는데 공동출자라는 동업의 형태가 마음에 들리가 없다.

"어쩔 수 없지. 자네가 거부하면 다른 쪽과 거래할 수밖에 없군."

루시르의 표정이 의외로 여유롭다. 뭔가 믿는 구석이 있어 보이는 표정이다.

"아직 달콤한 꿈에 젖어 있나 보군. 과연 후계자 신분인 자네의 손을 잡아 줄 상대가 있을까?"

"있지. 윌슨 대사."

"뭐? 윌슨 대사?"

루시르의 눈이 웃고 있었다. 그는 마치 약점이라도 찾았다는 듯이 의미심장하게 아카드를 쳐다보았다.

"얼마 전 윌슨 대사를 만난 적이 있지. 그런데 이런 말을 하더군."

"……."

"윌슨 왕국 황태자가 혼기가 가득 차서 신붓감을 구한다고 혼담이 왔는데, 자네 생각은 어때?"

＊   ＊   ＊

한밤중에 토마스의 서점에 들어갔던 루시르 일행은 새벽이 밝아서야 서점 밖으로 나올 수 있었다.

루시르의 얼굴에는 핏기가 하나도 없었다. 축복받은 혈통으로 불릴 정도로 화려한 후광은 어디론가 사라지고 몇 시간 만에 푸석푸석해진 얼굴로 새벽 공기를 들이마시고 있다.

"징그럽군. 마라톤 회의를 해도 이렇게 피곤하지 않을 거야."

루시르는 고개를 세차게 흔들었다. 서점 안에서의 일을 다시는 떠올리기 싫다는 표정이다.

결과적으로 루시르의 승부수는 제대로 먹혀들었다.

에레나의 정략결혼을 입에 올리자마자 협상은 다시 시작되었다. 아카드는 굳은 표정으로 자리에 앉았고, 공작 작위를 승계받는 조건으로 서로의 줄다리기가 시작되었다.

조금이라도 더 뺏으려는 자와 지키려는 자의 싸움은 치열한 전쟁터를 방불케 했다. 서로 고성을 지르다가도 언제 그랬냐는 듯이 차분한 목소리로 조항 하나하나를 살펴보며 동맹을 맺기 위한 기반을 다졌다.

결국 4시간에 걸친 치열한 전쟁 끝에 아카드와 클라우스 가문은 서로 동맹을 맺었다.

루시르가 아카드로부터 얻어 낸 조건은 다음과 같다

1. 다음 원로원 회의가 열릴 때까지 루시르가 공작 승계를 확정 지을 수 있도록 전적으로 돕는다.

2. 차일드 상단은 클라우스 가문과 아카드가 공동출자 형식으로 지분을 나눈다. 클라우스 가문이 생산을 맡고, 유통은 아카드가 담당하는 유한 책임 형태로 운영한다. 단, 곡물 가격은

상호 협의 후 결정한다.

3. 에레나가 아카데미를 졸업할 때까지 두 사람 사이에 절대 추문이 나지 않도록 주의한다.

4. 위의 세 가지 중 하나라도 지켜지지 않을 시에 계약은 파기되고 차일드 상단은 클라우스 가문에 귀속된다.

아카드가 요청한 조건은 다음과 같다.

1. 클라우스 가문이 보유하고 있는 제국은행과, 윌 상단의 지분 전량을 아카드에게 처분한다. 단, 처분 가격은 현 시세로 측정하며 분할 상환하는 조건이다.

2. 클라우스 가문은 아카드 소유의 상단을 보호할 의무를 지닌다. 아카드가 진출하는 사업 분야에 대해 필요할 때마다 보증할 의무가 있고, 타국에 진출할 시에는 적극 지원해야 할 의무가 있다.

3. 윌 상단의 유통망에 대한 소유권은 아카드에게 이전한다.

4. 클라우스 가문은 아카드가 제국은행의 지분 50%를 확보할 수 있도록 적극 지원할 의무가 있다.

5. 클라우스 가문은 에레나 폰 클라우스의 감금 조치를 당장 해제하고 졸업할 때까지 자유를 보장한다. 또한 클라우스

가문은 졸업하기 전까지 예례나에게 들어온 모든 혼담을 거절하고, 졸업 후 결혼에 대해서도 본인의 의사를 적극 반영한다.

두 사람의 협상은 시작될 때만 해도 꽤 순조롭게 진행되었다. 제국은행과 상단 지분 문제도 세세한 조항에 대해서 따지기는 했지만, 고성이 오고갈 정도는 아니었다.

두 사람이 동시에 폭발한 것은 각자의 마지막 조항에 이르러서다.

루시르는 클라우스 가문에 대한 지나친 침해라며 아카드의 조건에 대해 절대 불가를 선언했다.

루시르 입장에서는 아카드의 마지막 조항이 자존심 상할 수밖에 없었다. 중앙 귀족 방계도 아닌 직계 혈육에 대해 타인이 왈가왈부하는 것은 있을 수 없는 일이다.

하지만 아카드의 태도가 완강했다.

항상 이성적이고 냉철하다고 판단 내렸던 아카드가 마지막 조건에 대해서는 생떼 수준으로 요구하고 나섰다. 그의 말로는 아카데미에서 소동이 이는 걸 원치 않기 때문이라고 했지만 루시르는 믿지 않았다.

결국 자신도 마지막 조건을 추가했고, 그로 인해 또 한 번의 멱살잡이가 오고 갈 정도였다. 결국 곁에 있던 안틸레온이 두 사람을 떼 놓고 나서야 소동은 마무리되었다.

에레나에 대한 마지막 조건 하나를 협상하는 데 2시간이 걸렸다.

"단장님, 하나 궁금한 것이 있습니다."

"뭐가 궁금하지?"

아카드와 협상하느라 진을 다 뺀 루시르가 휘청거렸다. 안틸레온은 자신의 상관의 어깨를 황급히 잡으며 입을 열었다.

"정말로 에레나 아가씨를 윌슨 왕국으로 보내실 작정이셨습니까?"

"미쳤나?"

루시르가 안틸레온의 팔을 밀쳐내며 노려보았다. 그러고는 쓸쓸히 마차 위에 올랐다.

"아니면 아닌 거지, 왜 저렇게 화를 내시는 거야?"

얼떨결에 욕을 먹은 안틸레온은 멍하게 상관의 뒷모습을 바라보았다. 그는 허겁지겁 마차를 향해 달려가며 피식 웃었다.

'그러면 그렇지. 저 여동생 팔불출이 정략결혼을 시킬 리가 없지.'

*　　　*　　　*

"아가씨! 일어나세요. 이러다가 지각하겠어요."

귓가를 시끄럽게 울려 대는 전속 시녀의 목소리에 에레나는 점점 더 이불 속으로 파고들었다. 그러다가 눈을 동그랗게 뜨며 이불을 걷어차고 벌떡 일어났다.

"제니, 방금 뭐라고 그랬어? 지각이라니?"

"루시르 도련님께서 아카데미에 가는 것을 허락하셨어요. 얼른 일어나세요."

어릴 때부터 에레나를 보살펴 주었던 시녀 제니가 그녀를 내려다보며 따뜻한 미소를 지었다. 에레나는 그 모습에 사실이라는 것을 깨닫고 침대에서 폴짝폴짝 뛰었다.

"얼른 내 옷 좀 챙겨 줘. 아니지, 먼저 씻어야겠다."

에레나가 고양이 세수를 마치고는 번개처럼 준비를 끝냈다. 오랜만에 등교한다는 설렘에 그녀는 계단을 뛰어 내려갔다.

"귀족으로서 체면은 좀 지키시지?"

1층으로 내려가니 루시르가 소파에 앉아 있었다. 그는 벌써 샤워까지 끝낸 후, 그 비싸다는 다인 왕국산 모닝커피를 마시며 신문을 읽고 있는 중이었다.

"오라버니, 고맙습니다."

에레나는 귀족 특유의 우아한 걸음걸이로 소파로 다가갔다. 그러고는 루시르를 향해 공손하게 허리를 숙였다.

물론 평소처럼 에레나의 인사에 루시르는 어떤 대꾸도 하지 않았다. 그는 아무 소리도 못 들었다는 표정으로 무심하게 신문만 넘겨 대고 있었다.

"아카데미 다녀오겠습니다."

"아직 시간이 남았는데 아침이라도 먹고 가. 널 생각해서가 아니라 클라우스 가문의 여식이 밥도 못 먹고 다닌다는 소리는 듣고 싶지 않아."

말을 끝낸 루시르는 평소처럼 자기 방으로 들어가 버렸다.

"네! 제니, 빨리 먹을 수 있는 걸로 부탁해."

에레나는 몸이 근질거려 참을 수가 없었다.

조금이라도 아카데미에 빨리 가고 싶었다.

그동안 밀린 수업도 복습해야 했고, 무엇보다 눈치 보면서 만날 수밖에 없었던 친구들과 마음껏 수다를 떨 수 있다고 생각하니 온몸이 쿡쿡 찌르는 것 같다.

"제니, 빨리빨리."

에레나가 식당으로 사라지자 루시르의 방문이 열렸다. 방문 틈으로 루시르의 고개가 불쑥 튀어나왔다. 그는 좌우를 살피며 기사들을 살펴보다가 익숙한 부하 하나를 불렀다.

"안틸레온, 이리 와."

까딱까딱.

기사들을 훈련시키고 화장실로 향하던 부기사단장 안틸레온은 손가락을 까딱거리는 루시르에게 불려 갔다.

"단장님, 무슨 일이십니까?"

루시르는 아무도 듣지 못하게 안틸레온의 귀에 손을 대고는 조용히 속삭였다.

"아무래도 불안해. 아카드라는 녀석이 뭔가 수작을 부릴 것 같단 말이야. 당분간 가문의 일은 신경 끄고, 에레나 뒤를 미행하면서 지켜줘야겠어."

안틸레온은 동생을 과보호하는 루시르를 보며 몰래 고개를 흔들었다.

*   *   *

"어머, 이게 누구셔? 저택에 갇혀 있었던 우리 공주님 아냐."

"응!"

역시 누구보다 부지런한 절친 안나가 에레나를 향해 후다닥 달려왔다. 그녀는 에레나의 등을 팍 치며 어깨를 감쌌다.

"아프다고!"

에레나는 어깨를 움츠리며 얼굴을 찌푸렸다. 그녀는 어깨를 문지르며 도끼눈으로 안나를 흘겨보았다.

"오랜만에 엄살은! 어떻게 빠져 나왔어? 설마 지난번처럼 줄 타고 내려온 건 아니겠지?"

"아니야! 오늘부터 아카데미에 다녀도 된다는 오빠의 허락이 떨어졌어."

"정말? 의왼데? 너희 오빠 성격상 한번 결정한 걸 쉽게 뒤집는 스타일은 아니잖아."

에레나에 대해 누구보다 많이 알고 있는 안나가 고개를 갸웃했다.

"그게 뭐가 중요해! 내가 아카데미에 있다는 게 중요한 거지. 아, 좋다."

에레나는 양팔을 벌리며 자리에서 한 바퀴 돌았다. 그동안 집 안에만 있어야 했던 답답함이 아카데미의 생기 넘치는 공기를 마시자마자 먼지처럼 사라지는 것 같았다.

"총장님께 인사는 드렸니? 겉으로 말씀은 안 하셔도 네 걱정 많이 하시는 거 같던데."

"응. 방금 찾아뵙고 오는 길이야."

안나는 기특하다는 표정으로 에레나의 머리를 헝클어뜨렸다.

"그동안 빠진 수업은 어떻게 처리해 주신대? 수업 시작한 지 벌써 한 달이나 지났는데."

"리포트로 대체하기로 했어. 교수님들이 많이 양보해 주셨지, 뭐."

"잘됐다, 정말 잘됐어."

안나는 진정으로 기뻐하며 에레나와 손뼉을 마주쳤다. 그러다가 갑자기 시계를 보더니 다급하게 외쳤다.

"늦었다. 지각하겠어."

"그럼 어서 교실로 갈까?"

안나와 에레나는 손을 잡고 교실을 향해 뛰었다.

잠시 후, 두 소녀가 서 있던 곳에 안틸레온이 나타났다. 그는 에레나가 사라진 곳을 확인한 후, 품속에서 수첩 하나를 꺼냈다.

에레나 아가씨, 안나 양과 손을 잡고 교실로 뛰어 들어가다.

"사소한 거 하나 놓칠 수 없지."

안틸레온은 예리하게 주변을 살피더니 에레나가 향한 건물 속으로 사라졌다.

*　　　*　　　*

에레나가 강의실로 들어서자마자 친구들과 후배들이 격한 환영 인사를 하며 다가왔다. 그중에서도 가장 친한 친구들이 에레나 주변에 자리를 잡으며 끊임없이 수다를 떨어 댔다.

에레나와 친구들은 겨우 며칠 못 봤을 뿐이지만 마치 이산가족이 상봉한 것처럼 수다가 끊이질 않았다. 그렇게 영원히 끊이질 않을 것 같은 학생들의 수다도 교실 문이 열리자마자 쥐 죽은 듯이 고요해졌다.

"한 학기 동안 다들 얼굴이 좋아졌네? 하지만 3학년들은 이번 학기가 진로를 결정짓는 중요한 시기라는 건 알고 있지?"

경영학과 담당인 마가렛 교수가 에레나를 비롯한 3학년 학생들을 둘러보며 말했다.

보통 4학년 1학기가 시작되면 인턴 생활을 시작한다. 그렇기 때문에 2학기를 맞이한 3학년 학생들이 아카데미의 최고 학년이 된다.

"여러분들이 앉아 있는 책상 서랍을 열어 보세요."

학생들이 책상 서랍을 열자마자 두툼한 책자가 보인다. 인턴 안내서. 강의실 여기저기에서 학생들의 한숨 소리가 절로 튀어나온다.

'3학년 2학기에 자유를 만끽하라던 선배는 누구야?'

에레나는 울상을 지으며 한숨을 쉬었다. 등교했을 때의 감격은 어느 순간 사라지고 치열한 구직 전쟁이 기다리고 있다는 현실에 걱정이 앞섰다.

"우선 알파벳 순서대로 나열되어 있으니 한번 살펴보세요."

진로가 정해져 있는 상단 자제와 중앙 귀족 직계 자제들을 제외한 나머지 학생들이 책을 집어 들었다. 물론 안내서에 나와 있는 직장이라고 해서 마음대로 갈 수 있는 것은 아니다.

선착순으로 뽑는 곳이 있는가 하면, 특정 과목의 성적을 제출하라는 곳도 있으니 말이다.

'어차피 나랑 관계없잖아? 졸업하자마자 어디론가 팔려 갈지도 모르는데.'

에레나 주변에는 책장 넘어가는 소리밖에 들리지 않았다. 학생들의 무거운 침묵과 한숨 소리 사이에서 그녀는 고개를 들었다.

에레나 앞에 빈 의자 하나가 보인다. 그녀의 머릿속에 한 사람의 얼굴이 떠오르면서 가슴이 먹먹해진다.

'이제 아카데미에서 볼 수 없는 걸까?'

비어 버린 의자를 쳐다보는 에레나의 눈동자에 미안함과

아련함, 그리움이 뒤섞였다. 입에서는 절로 한숨이 흘러나온다.

"에레나, 갑자기 왜 그래? 무슨 안 좋은 일이라도 있어?"

"아니, 아니야."

말을 하는 에레나의 눈에서 한 방울의 눈물이 흘러내렸다. 아카드에 대한 죄책감 때문인지 그녀는 친구에게 털어놓지 못하고 속으로만 마음을 삭였다.

그때, 갑자기 강의실 문이 열리며 익숙한 목소리가 파고들었다. 동시에 에레나는 적잖이 놀랐는지 벌어진 입을 손으로 막았다.

"지각해서 죄송합니다."

남학생 하나가 강의실 학생들의 시선을 사로잡으며 에레나 앞에 있는 빈 의자로 걸어갔다. 적대적인 남학생들의 시선 공격을 자연스럽게 뚫고 자리에 앉은 그가 조용히 중얼거렸다.

"오랜만이야, 빚쟁이."

*   *   *

타 학과 학생들도 수업을 비슷하게 마쳤는지 교문은 나

가는 학생들로 빽빽했다. 몇몇 급한 약속이 있는 학생들은 기다리지 못하고 담을 넘어간다.

"어떻게 두 사람이 약속이나 한 듯이 같은 날에 복학할 수 있을까? 궁금하지, 얘들아?"

안나가 에레나를 수상한 눈빛으로 쳐다보며 노려본다. 다른 친구들도 안나의 말에 동조하는지 앞을 막고 에레나를 향해 포위망을 좁혔다.

"너, 너희들…… 갑자기 왜 그러니?"

"솔직히 말하시지? 둘이 무슨 사이야?"

그 말에 에레나가 펄쩍 뛰었다. 그녀는 두 손을 완강히 흔들며 부정했다.

"절대 아니야. 아카드 군과는 아무 사이도 아니라고."

"정말 아닌가요? 수상합니다."

케리가 가늘어진 눈으로 에레나를 노려본다. 그녀뿐만이 아니라 안나와 피오라, 항상 졸린 눈으로 기대고 있는 제이나까지 동그란 눈으로 에레나의 입만 쳐다보고 있었다.

하필 같은 날에 복학한 것도 수상한데, 학년도 다른 두 사람이 수강 과목까지 일치했다. 우연도 여러 번 겹치면 필연이 된다는 말이 있다.

친구들이 에레나를 의심하는 것은 어쩌면 당연한 일이다.

"뭐해?"

에레나가 친구들에게 극구부인하고 있을 때 아카드가 다가왔다. 에레나는 그를 보자마자 얼굴이 환해졌다. 친구들의 오해를 풀 절호의 찬스라고 생각했다.

"친구들이 말도 안 되는 오해를 하고 있네요. 아카드 군이 말 좀 해 주세요."

"무슨 오해? 새벽에 선배 방에서 있었던 그 일 때문에…… 우읍!"

"호호호! 무슨 말을 하는 거예요!"

"읍읍!"

에레나는 다급하게 양손으로 아카드의 입을 막았다. 그녀는 친구들의 눈치를 보며 떨리는 목소리로 무마해 보지만 이미 늦었다.

안나는 너무도 쉽게 에레나를 떼어 냈다. 기사학부의 안나를 힘으로 이길 여학생은 존재하지 않았다.

"새벽에? 에레나 방에 같이 있었다고?"

"내가 거짓말이라도 하는 것 같나? 핑크빛 벽지와 레이스가 달린 침대…… 우읍!"

에레나가 아카드 앞을 가로막으며 그의 입을 막았다. 그녀는 하얗게 질린 얼굴로 친구들을 향해 고개를 흔들었다.

"너희들이 생각하는 그런 거 아냐. 그건 말이지……."

"갔네. 갔어."

그녀의 친구들이 에레나를 노려보며 코웃음 쳤다.

＊　　　＊　　　＊

"너 그렇게 오랫동안 웃는 모습 처음 본다. 무슨 일이야?"

"아, 그냥 웃긴 생각이 나서."

아카드는 중간에 마주친 폴과 함께 교문으로 향하던 중 길 한복판에서 웃었다. 에레나의 당황하던 표정이 떠올라 참을 수가 없었다.

평소 차가운 표정만 보여 주던 아카드가 미소를 짓자 주변의 여학생들의 얼굴에 홍조가 어렸다.

"너 그렇게 웃지 마. 무서워."

"무슨 소리야?"

아카드가 무뚝뚝함이 느껴질 정도로 고저가 없는 목소리로 물었다. 그러자 학생회장 폴은 팔뚝으로 아카드의 옆구리를 치며 말했다.

"네가 그렇게 웃을 때마다 대형 사건이 하나씩 꼭 터지니까 그렇지. 너 만나기 전에 에레나 선배가 안나 선배에게 학생회실로 붙잡혀 가던데 혹시 그거랑 관련이 있냐?"

"뭐, 아니라고 할 수는 없지."

가죽으로 된 가방을 손에 들고 가볍게 걸어가는 친구를 보며 폴은 생각에 잠겼다. 아카드를 친구라고 생각하지만 아직까지 대하기가 어려웠다.

아카드가 완벽하게 친하지 않은 사람에게는 워낙 차갑게 대하다 보니 교내에서 그와 친한 사람은 극소수였다. 그 극소수에 자신이 포함되어 있다고 폴은 자부했다.

'이 녀석이 따뜻하게 변하는 순간은 에레나 선배와 함께 있을 때가 유일할지도…….'

유일한 친구라고 자부하는 폴에게도 아카드는 차갑게 대할 때가 많다. 그런데 유독 에레나 선배 앞에서는 전혀 다른 모습을 보인다.

신경 안 쓰는 거 같으면서도 에레나 선배의 부탁을 들어줄 때도 많고, 도와주는 척하면서 방해하러 가기도 하고 말이다. 남들이 보면 친하다고 생각하겠지만 폴이 보기에는 엄연히 장난이다.

좋아하는 여자를 앞에 놔두고 벌이는 남자의 변덕이다.

"여자들이 그런 거 싫어한다. 그러다가 에레나 선배한테 단단히 미움받을지도 몰라. 여자의 분노가 얼마나 무서운데."

진지한 표정으로 충고하는 폴의 말에 아카드는 어깨를

으쓱거렸다. 여자의 분노가 무섭다는 것은 알고 있었지만 놀리는 재미를 포기하기에는 너무 아깝다.

강아지가 부들부들거리고 화를 낸다고 해서 주인이 상처 입는 건 아니니까.

매번 자신에게 당당히 따져 들던 에레나 선배가 놀라고 당황해하는 모습은 평생 담아 두고 싶을 정도로 재밌었다. 그동안 가슴 속에 쌓여 있던 그녀에게 대한 화가 생각도 나지 않을 정도였다.

"딱히 무서울 것 같지는 않은데. 그리고 말이야, 맹수가 강아지를 무서워해서는 곤란하지. 보호해 주는 거면 또 모를까."

폴은 고개를 흔들며 에레나 선배를 떠올렸다.

찰랑거리는 금발과 녹색 눈동자. 폴이 보기에 에레나 선배보다 아름다운 숙녀가 과연 있을까 싶을 정도로 독보적인 미모를 갖추고 있다. 또한 제국 최고의 미녀라는 외모에 어울리는 공작가라는 훌륭한 배경도 가지고 있다.

아카데미 남학생들은 모든 것을 완벽하게 갖춘 에레나 선배를 여신처럼 생각한다. 하지만 자신의 친구는 그저 강아지와 같은 애완동물처럼 여기는 모양이다.

"공작가의 여식을 강아지라고? 너랑 다니면 정상인지 비정상인지 가끔 혼란스러울 때가 있어."

"나야 아주 정상적이지. 모든 걸 남들이 정해 놓은 시선으로 보는 네가 이상한 거야."

폴은 졸지에 이상한 사람이 되었지만 별로 개의치 않았다. 아카드는 어떤 불가능한 일도 가능하게 만드는 친구니까.

자신에게 과분하다고 생각될 만큼 대단한 친구가 이렇게 말할 정도면 사실이겠지. 이렇게 자신감 있게 말하는 것을 보면 진심인 것이다.

"잘 알아서 하겠지. 네가 하는 일을 누가 말리겠냐? 하지만 조심해. 에레나 선배의 오빠가 누군지 잊은 건 아니겠지? 괜히 찍히지 않게 조심해야 할 거야. 그리고……."

남녀 관계에 대해서는 아카드 못지않게 단순한 폴이 조심스럽게 조언하며 대화를 마무리했다. 그런데 폴이 말끝을 흐렸다. 하고 싶은 말이 있는데 쉽게 꺼내지 못하고 끙끙거렸다.

"그리고 뭐?"

아카드는 걸음을 멈추고 폴을 쳐다보았다.

"학생조합 일 때문에 너한테 조언을 구할 일이 있는데 말이지."

"유통 문제 때문에 그래?"

"어떻게 알았어?"

폴이 아카드의 어깨를 잡았다. 말도 꺼내지 않았는데 다 아는 듯이 대답하는 아카드의 말에 놀란 표정이다.

"뻔하지. 설마 상단만 낙찰받으면 끝이라고 생각한 거야? 순진하긴."

"그런가?"

폴은 머리를 긁적이며 난감하다는 표정을 지었다.

재무부 주관 입찰에서 아카드의 상단을 낙찰받으며 핑크 빛 꿈에 부풀었던 학생회는 큰 어려움에 빠졌다.

처음 시작은 좋았다.

상단주 토마스나 몇몇 팀장이 상단을 떠났지만 기존에 일하던 직원 반 이상을 붙잡았기에 내적인 문제는 해결했다. A&M 투자상단의 운영 노하우를 물려받으면서 초보자의 위험 부담을 줄일 수 있었던 것이다.

외적으로도 우려했던 문제는 일어나지 않았다.

예전 A&M 투자상단이 눈여겨보고 있던 질 좋은 농산물을 생산하는 자유농민들과 순조롭게 계약을 했다. 또한 가공품을 판매하는 중소 상단들도 적극 협조하겠다는 의사를 보냈다.

문제는 생산자와 판매자를 연결해 줄 유통 업체들이 없다는 것이다.

중소 상단이 거대 상단을 이기지 못하는 주된 이유가 자금과 유통망 때문이다. 자금이 풍부해야 큰 규모의 경제가 일어나고, 유통으로 인한 단위 비용이 줄어든다.

즉, 유통할 물건이 일정 수준 이상 넘지 않으면 물류비용과 보관하면서 생겨나는 창고 비용이 발생하게 된다. 중소 상단들은 엄청난 초기 비용과 유지 비용을 감당하지 못하기에 유통망을 만들 엄두조차 내지 못한다.

이로 인해 대륙 상계의 모든 유통망은 4대 상단이라고 불리는 거대 상인들이 쥐고 있었다. 중소 상단들은 이들에게 일정 비용을 지불하고 유통망을 빌리는 형태였다.

결국 유통망을 공짜로 이용하는 거대 상단들은 큰 수익을 얻게 되고, 중소 상단과의 격차는 점점 벌어질 수밖에 없는 구조였다.

"이번 입찰 때문에 거대 상단들에게 단단히 찍혔는지 터무니없는 물류비를 요구하네. 이 일을 어쩌지?"

폴은 심각한 표정으로 조합의 상황을 털어놓았다.

암중으로 A&M 투자상단을 노렸던 스탠 상단은 재무부의 방해로 입찰할 기회조차 얻지 못하게 되었다. 이 일에 앙심을 품은 스탠 상단주인 데이비슨은 물류망을 이용하고자 하는 학생조합에게 두 배 이상 비싼 요금을 요구했다.

학생회장 폴이 불합리한 처사를 따지기 위해 스탠 상단을 찾아갔다. 하지만 입구에서부터 문전박대당하는 수모를 겪었다.

유통망을 확보하지 못한 학생회는 점점 초조해졌다.

곧 있으면 수확의 계절 가을이 돌아온다.

학생회 입장에서는 추수가 시작되기 전에 어떻게 해서든 유통망을 확보해야 했다. 일이 잘못되면 학생들뿐만 아니라 농가도 어마어마한 피해를 볼 수 있기 때문이다.

폴은 독자적인 유통망을 가지고 있는 몇몇 큰 상단주들에게 사정을 해 봤지만 모두 고개를 흔들었다. 그들도 '학생조합의 의뢰를 거부하라.' 는 거대상단의 지령을 무시할 수 없었다.

"설마 그 정도 시련도 극복하지 못하고 무릎 꿇은 건가? 내 것을 학생회에서 낙찰 받았다고 해서 제법 기대했는데, 완전 실망이군."

"아니, 그건 아니야. 그리고 미안해."

냉정한 아카드의 말에 폴은 우물쭈물했다. 너무 급한 마음에 아카드 입장도 고려하지 않고 질문한 자신을 꾸짖었다.

'아카드 입장에서는 학생회가 자신의 상단을 뺏은 약탈자로 보이겠지. 너무 경솔했다.'

폴은 고개를 숙이며 사과했다.

"사과할 필요까지는 없어. 내 손을 떠난 것에 대해 연연

하진 않아. 단지 상단을 너무 쉽게 생각한 너의 태도에 화
가 났을 뿐이야."

"그래도 미안. 사과는 받아 주는 거지?"

거듭된 폴의 사과에 아카드는 손을 휘저으며 신경 쓰지
말라는 제스처를 보였다.

"오늘 술이나 한잔 마시러 갈까?"

"나쁘진 않지."

"앞으로!"

아카드는 미소를 지으며 고개를 끄덕였다. 폴은 그의 반
응에 환하게 웃으며 앞장서서 걷기 시작했다.

그때였다.

"거짓말쟁이! 거기 서!"

뒤쪽에서 억울함이 가득한 분노의 목소리가 들려왔다.
아카드와 폴, 두 사람에게는 지극히 익숙한 목소리다.

"저거 에레나 님 아냐?"

"꺄아악!"

수업이 끝나고 집으로 가던 학생들이 모두 한곳을 바라
보며 수군거린다. 몇몇 여학생들은 비명을 질렀다.

에레나라는 말에 무시하고 가려고 했던 아카드의 발걸음
이 일순간에 멈췄다. 그리고 뒤를 돌아보는 순간 그의 얼굴
이 굳어 버렸다.

에레나가 학생회 건물 2층에 위치한 회의실 창문 밖으로 몸을 내밀고 있었다. 자칫하면 그녀의 몸이 아래로 떨어지기 일보 직전의 상황이다.

하지만 에레나는 아랑곳하지 않고 아카드를 향해 손짓하며 고함을 치고 있었다.

"바보! 멍청이! 사실을 말하라고!"

폴이 다급하게 아카드를 향해 소리쳤다.

"아카드, 선배가 위험해. 저러다가 떨어지겠어."

"미치겠네."

폴이 옆으로 고개를 돌렸을 때는 이미 아카드는 사라지고 없었다. 주변을 둘러보니 아카드가 엄청난 속도로 학생회 건물을 향해 달려가고 있었다.

*　　　*　　　*

패닉에 빠진 아카드가 문을 열었을 때 2층 회의실 안은 묘한 분위기를 풍기고 있었다.

'이거 뭐야?'

아카드가 문을 열자마자 에레나는 언제 그랬냐는 듯이 의자에 앉아 한 학생이 발표하는 것을 경청하고 있었다. 회의실 안에 있던 다른 사람들도 문을 박차고 들어온 그를 기대감 가득한 표정으로 힐끗 쳐다보았다.

"……현재 학생조합은 자유농민들과 계약이 모두 끝난 상태입니다. 물류 문제와 보관 문제만 해결된다면, 20% 이상 비용 절감 효과를 기대할 수 있을 거라고 확신합니다. 그로 인해 자유농민들은 작년 대비 10% 이상 수익이 상승할 것이며, 아카데미 학생들은 보다 싼 가격에 질 좋은 제품들을 사 먹을 수 있을 겁니다."

회의실 중앙에서 일어나 발표하던 학생은 말을 하다가 잠시 멈추더니 아카드를 힐끗 쳐다보며 뜸을 들였다.

"……그러므로 유통망을 확보하느냐 마느냐가 학생조합의 최대 고비가 될 거라고 확신합니다."

짝짝짝!

학생회 간부로 예상되는 여학생의 발표가 끝나자마자 여기저기서 박수 소리가 들렸다.

'완전히 낚였네. 젠장.'

아카드의 인상이 와락 구겨졌다.

대충 회의실의 분위기를 보니 자신이 속았다는 것을 알 수 있었다. 에레나의 자살(?) 소동은 월 상단과 차일드 상단의 유통망을 소유하고 있는 자신을 불러내기 위한 고도의 유인책인 것이다.

'이 여자, 은근히 사람 속을 긁는 재주가 있네?'

아카드는 에레나를 무섭게 노려보았다. 그는 화를 내며 나가려고 했으나, 에레나가 그의 팔을 붙잡고 상황 설명을 하기 시작했다.

"아카드 군, 학생조합을 좀 도와주세요."

앞뒤 다 잘라먹은 이 말에 아카드가 할 수 있는 대답은 하나였다.

"날 속인 것으로도 모자라 도와 달라고? 못 해! 안 해!"

아카드는 간절하게 자신만 쳐다보는 에레나를 향해 버럭 소리를 쳤다. 당연한 일이다. 낚시질당한 것도 열 받는데 도와달라고 하니 기가 찰 노릇이다.

"아카드 군이 황당할 거라는 건 잘 알고 있어요. 시간이 얼마 남지 않았어요. 자유농민들과 계약한 물건을 가져오지 않으면 그들도 망하고, 좋은 취지로 투자해 준 학생들도 막대한 손해를 입게 돼요. 그러니까 한 번만 도와줘요."

"하하하하, 웃겨서 말도 안 나오네. 지금 나랑 뭐하자는 거야? 학생회가 싼 똥을 나보고 치워 달라고?"

아카드의 눈이 회의실 전체를 둘러본다. 간절함과 기대 어린 시선으로 자신을 쳐다보는 학생들을 향해 그는 적개심 가득한 눈빛으로 일갈을 날렸다.

"겁도 없이 상계에 뛰어들 때는 언제고, 망할 위기에 놓이니까 나를 속여? 그래 놓고 도와 달라고? 도대체 학생회

스스로 할 수 있는 일이 뭐야?"

"후배님, 아무리 화난다고 해도 말이 너무 심하잖아. 학생조합 일로 에레나뿐만 아니라 여기 모인 학생들이 노력했는데!"

안나가 발끈하며 아카드에게 따졌다. 학생조합을 위기에서 건져 내기 위해 연극을 한 건 미안하지만, 고생한 동료들의 수고를 물거품으로 만드는 발언에 그녀는 화가 났다.

"그래서 무슨 노력을 했는데?"

"학생조합에 필요한 엄청난 자금도 모금했고, 단독 입찰이긴 했지만 낙찰도 받았잖아."

아카드가 코웃음 치며 탁자에 양손을 올렸다. 그러고는 탁자에 앉은 학생들의 얼굴을 하나씩 쳐다보며 가소롭다는 표정을 지었다.

"의외로 순진하네. 그 두 가지를 학생회 스스로 이뤄 냈다고 생각하는 거야?"

"그럼 스스로 했지, 누가……? 이번 모금과 낙찰의 배경에 누군가의 도움이 있었다는 거야?"

안나가 창백해진 얼굴로 아카드를 쳐다보았다. 다른 학생들도 마찬가지. 스스로 이뤄 냈다는 성취감이 아카드의 말 한마디에 무너지면서 믿을 수 없다는 표정이다.

"스스로도 느끼지 않았나? 거짓말같이 일이 잘 풀린다는 것을."

아카드의 비아냥거림에 폴은 이미 예상했다는 듯 중얼거렸다. 폴은 축 늘어진 팔로 아카드의 어깨를 두들겼다.

"예상은 했지만 역시 너였구나."

"알면 이제 나 좀 가만히 놔주지. 언제까지 학생들의 소꿉놀이 뒤치다꺼리만 할 수는 없잖아?"

"친구, 미안해. 학생회를 대표해서 내가 사과하지."

폴은 자리에서 일어나 옆에 있는 아카드에게 고개를 숙였다. 그러고는 아카드에게 부탁하려는 사람들을 향해 말했다.

"선배님들 그만하시지요. 아카드 말대로 언제까지 남의 도움을 받을 순 없지 않겠습니까? 이번 일은 학생회 자체적으로 해결해 보도록 하겠습니다."

"하지만…… 알았어."

안나는 밖으로 나가려는 아카드를 잡으려다가 단호한 폴의 눈빛에 팔을 내렸다.

'에휴, 저 바보. 지금은 아카드가 유일한 희망이란 말이야. 이 기회를 어떻게 만들었는데.'

그녀는 아련한 눈빛으로 폴을 바라보며 축 늘어졌다.

*   *   *

지금으로부터 30분 전.

에레나는 안나의 우악스러운 힘에 이끌려 학생회 건물로 끌려왔다. 친구들은 절대 자신의 말을 믿어 주지 않고 아무도 없는 곳에 끌고 가서 원하는 대답이 나올 때까지 고문이라도 할 기세였다.

하지만 빈 곳이라고 생각한 회의실의 문을 여는 순간 머리를 쥐어 싸매는 학생회 친구들의 모습이 그녀의 눈에 들어왔다.

자초지종을 들어 보니 아카데미에 납품할 물건을 확보했는데, 운반해 줄 상단이 없다는 것이었다. 대부분 타국의 화폐를 요구하거나 터무니없이 많은 대금을 요구한 것이다.

학생회의 하소연을 들은 피오라는 대수롭지 않게 해결책을 제시했다.

"에레나 가문이 4대 상단 중 두 군데를 가지고 있잖아. 에레나 오빠한테 부탁하면 안 돼?"

피오라의 말 한마디에 학생회는 물론 그녀의 친구들까지 고개를 끄덕이며 에레나의 대답을 기다렸다. 하지만 에레나의 대답을 듣는 순간 그들은 좌절감을 느껴야 했다.

"좀 더 일찍 말했으면 좋았을 텐데. 나랑 친한 기사분에게 가문에서 소유하고 있던 두 상단을 누구한테 넘길 거라는 이야기를 들었거든. 그래서 힘들 거 같은데."

"그럼 아카드한테 부탁하면 어떨까? 피오라 생각은 어때?"

안나가 창밖에 보이는 아카드를 발견하고는 피오라에게 질문을 툭 던졌다. 그러자 피오라는 고개를 끄덕이며 긍정적으로 생각해 볼 문제라고 대답했다.

"요즘 상단계에 이상한 소문이 있긴 해. 얼마 전 신문에 아카드랑 메디아 가문이 사면받을 뿐만 아니라 제국은행의 음모를 깬 공을 인정받아 엄청난 보상을 받을 것이라는 내용 기억나지?"

"응."

회의실에 있던 학생들이 피오라의 말에 일제히 고개를 끄덕였다.

"황실 신문에 그 내용이 나온 직후, 상계에서는 A&M 투자상단의 실질적인 소유주인 아카드 군이 상계에 화려하게 재기하기 위해 뭔가를 꾸미고 있다는 소문이 파다하거든. 만약 소문이 사실이라면 아카드 군에게 부탁하는 건 좋은 선택이라고 생각해."

"그럼 누가 부탁할 거야? 너?"

안나가 피오라를 지명하자 말이 끝나기도 무섭게 고개를

흔들었다.

"단번에 거절할걸? 난 남자의 거절에 익숙하지 않아서 말이지."

"그럼 케리가 부탁해 볼래?"

그러자 케리는 이마에 손을 대고는 피곤한 표정으로 거절했다.

"저는 심장이 약해서 그런 말 못 해요."

"제이나는…… 자고 있는 애는 빼고. 나는 지난번 MT 때 부탁한 것도 있어서 또 부탁하기가 미안한데. 분명히 안 들어줄걸? 그렇다면……."

회의실 안의 모든 학생들의 눈이 일제히 에레나에게 향했다. 그녀는 갑작스러운 시선에 놀랐는지 어안이 벙벙한 얼굴로 친구들에게 물었다.

"에이, 설마 나한테 시키려는 거 아니지? 안 돼! 절대 안 돼! 들어줄 리가 없어."

"뜨거운 밤까지 같이 보낸 사이인데, 설마 이 정도 부탁을 거절하겠어?"

안나가 능글맞은 얼굴을 에레나에게 들이밀며 물었다.

"아니야! 아카드 군 말은 다 거짓말이라고!"

"거짓말 같은 소리 하네! 그럼 벽지 색깔이 핑크색이라는 거랑 레이스 달린 침대를 아카드가 알고 있다는 걸 어떻게 설명할래? 말해 봐."

결국 이 작전은 에레나가 희생하는 걸로 결정됐고, 예상대로 아카드는 바람처럼 회의실로 뛰어 들어왔다.

※　　※　　※

'어떻게 해요? 작전 실패한 거 같아요.'

'파토 났으니까 그냥 잠이나 자자.'

'아카드 군이 그냥 나갈 것 같아. 내가 잡아 볼까?'

'아니야, 아니야. 내 경험상 지금 잡으면 에레나 너까지 피해 볼 거야. 뭔가 확실한 건수가 필요한데…… 뭐가 있을까? 아하!'

케리와 제이나, 에레나, 피오라는 서로 눈빛으로 불안한 심정을 교환했다. 그러다가 피오라가 갑자기 나가려는 아카드의 등을 향해 큰소리로 말했다.

"케리, 다음 달에 윌슨 왕국에서 사신이 온다고 하지 않았어? 아마 사신을 이끌고 오는 자가 라르손 왕자라고 들은 거 같은데?"

"으……응? 맞아. 왜?"

케리는 뜬금없는 피오라의 질문에 고개를 끄덕였다.

"그럼 그쪽에 부탁해 보는 건 어떨까? 라르손 왕자 소유의 상단도 이곳에 있는 것으로 아는데."

월슨 왕국에서는 다음 달 초, 국가 간 무역 문제를 협상하기 위해 방문하겠다는 의사를 황실로 전해 왔다. 폭락한 제국의 화폐가치를 빌미로 이권을 더 얻어 내겠다는 심산으로 방문하는 것이라 높으신 분들의 걱정이 이만저만이 아니었다.

궁내청장의 영애인 케리는 이 사실을 친구들에게 말한 적이 있었다.

"과연 들어줄까? 가뜩이나 좋은 일로 오는 것도 아닌 거 같은데."

피오라가 왜 이런 이야기를 꺼냈는지 모르겠지만, 케리는 자신의 솔직한 의견을 전달했다.

"잘하면 들어줄걸? 에레나가 직접 부탁을 한다면 말이지."

피오라의 말이 끝나자 방 안에 있던 모든 사람들의 시선이 그녀에게 집중되었다. 그리고 그녀가 입을 떼려는 순간 '쾅!' 하고 책상 내려치는 굉음이 터졌다.

범인은 아카드다.

"깜짝이야! 아카드, 무슨 짓이야! 놀랐잖아."

"오늘따라 파리가 왜 이렇게 날아다니지?"

"파리가 어딨다고 그래?"

피오라가 아무리 찾아봐도 파리는커녕 벌레도 보이지 않았다. 그녀는 따지듯이 아카드에게 말했다.

하지만 그는 먼 산을 보며 딴청을 피웠다.

"도와주지 않을 거면 가만히 있어 줄래?"

피오라가 아카드에게 주의를 주고는 친구들을 향해 말을 이었다.

"라르손 왕자가 신붓감을 구한다는 소문이 자자하거든. 여기 계신 후배님이 도와주기 어렵다면 그쪽에 도움을……."

"도와준다고."

피오라가 장난스러운 눈동자로 자신의 귀를 아카드에게 가까이 대며 한 번 더 물었다.

"잘 안 들리는데. 뭐라고?"

"한다고! 내가 도와주면 되잖아!"

아카드는 일그러진 얼굴로 회의실이 떠나가라 소리쳤다.

*　　　*　　　*

밤 9시가 훨씬 지난 시각.

드르르르르, 쾅!

토마스가 운영하는 비밀스러운 서점이 흔들릴 정도로 거

칠게 문이 열렸다.

"어떤 놈이 신성한 내 가게에…… 마스터?"

아카드는 씩씩거리는 모습으로 책들이 쌓여 있는 곳에 가방을 집어 던졌다. 덕분에 쌓여 있던 책들이 우르르르 바닥으로 떨어졌다.

"아이, 씨! 마스터, 뭐 하는 짓이에요!"

토마스가 쪼르르 달려가 떨어진 책들을 옷에 문지르며 주워 담았다. 그는 원망스러운 눈빛으로 아카드를 쳐다보며 불평불만을 쏟아냈다.

"자꾸 이러시면 저도 가만히 있지 않겠습니다. 영업 방해로 신고할 거라고요!"

"헛소리 하지 말고 클라우스가에서 양도받은 두 상단 연간 계획서 있지? 수정할 거 있으니까 얼른 가져와."

"완벽하게 짰는데 뭘 수정해요?"

"가져오라면 얼른 가져와! 두 번 말 시키지 말고."

아카드는 냉수를 벌컥벌컥 들이마시며 연신 한숨을 내쉬었다. 그 모습을 본 토마스는 구시렁구시렁대며 걸어갔다.

"황제한테 뺨 맞고 시민들한테 화풀이한다더니, 왜 여기서 화풀이람."

토마스가 서점 내에 몰래 만든 밀실로 사라지자 누군가가 서점 문을 두들겼다.

"이 시간에 누구야?"

아카드가 문을 열어 보니 아래에 작은 꼬마 하나가 서 있었다. 빵 모자를 쓴 작은 꼬마는 그를 올려다보며 감탄사를 난발했다.

"우와! 우와! 진짜 멋진 형이다! 형이 아카드라는 분 맞죠?"

"뭐냐?"

"이거요! 이따만 하게 예쁜 누나가 잘생긴 형에게 전해 주랬어요."

"나?"

작은 꼬마의 손에는 예쁜 편지가 있었다. 아카드는 금화 하나를 주고는 편지를 펼쳐 보았다.

에레나가 보낸 손으로 쓴 초대장이다.

이 늦은 시간에 요리 동아리실에서 만나고 싶다는 내용이다.

"누굴 호구로 아나. 이번에도 속을 줄 알고?"

아카드의 손안에 있던 예쁜 편지가 순식간에 구겨졌다. 그는 바닥에 편지지를 팽개쳤다.

그러고는 서점 안으로 들어가려고 하는데, 집으로 돌아가는 꼬맹이의 중얼거림에 다리가 굳어지고 말았다.

"그 누나 혼자 있던데, 위험하지 않을라나?"

"뭐? 이 시간에 혼자 있다고?"

그 순간 아카드의 모습은 빛의 속도로 사라졌다. 아카데미로 달려가는 그의 얼굴은 방금 전과는 전혀 다르게 묘한 분위기를 풍겼다.

방금 전까지의 화나 있던 얼굴은 사라지고 뭔가 기대하는 미소가 그려져 있다.

"엇. 잘생긴 형아, 어디 갔지?"

꼬마 어린이는 방금 전까지 앞에 있었던 아카드가 모습을 감추자 눈을 비비며 우두커니 서 있었다.

Chapter 3.
라르손 왕자

아카드는 번개 같은 속도로 요리 동아리실 문 앞에 도착했다. 그는 금방 들어가지 않고 창문에 비친 자신의 모습을 보다가 날린 머리카락을 가다듬었다.

그런데 갑자기 어디선가 바람이 불어오더니 기껏 정돈한 머리카락을 휘저었다. 실리안의 장난으로 아카드의 헤어스타일이 순식간에 망가졌다.

"답답하긴. 요즘은 이렇게 자연스러운 헤어스타일이 유행이지. 어때? 멋지지?"

"라그니스."

실리안의 만행을 가만히 두고 볼 아카드가 아니다. 그는 아랫입술을 깨물며 자신 대신 처리해 줄 정령계 공식 폭력 청부업자를 호출했다.

"이 새끼가 분위기 파악 못 해? 어디서 네 멋대로 끼어들고 지랄이야!"

"아아아악! 잘못했어요. 마스터! 잘못했다고요!"

"오늘 기분도 꿀꿀한데 잘 걸렸다! 일루 와!"

멋대로 아카드의 헤어스타일을 바꿔 버린 실리안의 만행은 라그니스의 등장으로 말끔히 응징되었다.

"생각해 보니 이것도 나쁘지 않네."

아카드는 흐트러진 옷매무새도 깔끔하게 정리했다.

'이 정도면 뛰어왔다고 알아채지 못하겠지?'

평소의 모습으로 완벽하게 변신한 아카드는 살짝 굳은 표정으로 바꾸며 문고리를 잡아당겼다.

끼이익.

요리 동아리실 문이 열리자마자 아카드의 눈에 에레나의 뒷모습이 한눈에 들어왔다. 그녀는 어깨를 실룩실룩 흔들며 뭔가를 열심히 만들고 있었다.

탁자에는 김이 모락모락 나는 양송이 스프와, 막 출하하기 시작한 햇사과를 잘게 썰고 각종 신선한 야채들을 찢어 반숙 달걀을 올린 샐러드가 놓여 있다.

"냄새 좋다."

에레나는 긴 국자로 스프 맛을 보더니 종이봉투에 고이 감싸여 있던 햄을 꺼내 구웠다. 스테이크 모양으로 두툼하게 썰어서 구운 햄은 프라이팬 위로 육즙을 좔좔 쏟아내어 먹음직스럽게 보였다.

"제일 비싼 햄인데 아카드 군이 좋아하겠지?"

에레나의 중얼거림을 들은 아카드가 속으로 피식 웃었다. 그녀의 모습이 눈동자에 머무는 시간이 길어지면 길어질수록 낮에 있었던 일은 머릿속에서 점점 사라지는 기분이다.

'요리도 잘하나 보네. 그럭저럭 잘 어울려.'

굳어 있던 아카드의 눈동자가 어느새 아이스크림처럼 사르르 녹아 버렸다. 앞치마를 두르고, 요리 때문에 흘러내리는 머리카락을 질끈 묶은 포니테일 스타일 에레나의 뒷모습은 어떤 남자라도 녹여 버릴 만한 가공할 매력을 가지고 있었다.

특히 지금처럼 시간이 늦은 밤이라면 더더욱 사랑스러울 수밖에 없다.

"크흠. 크흠."

아카드는 괜히 어색한지 헛기침을 하며 자신이 왔다는 것을 알렸다.

"아카드 군, 언제 왔어요? 이리 앉아요."

"흠, 그러지."

아카드는 최대한 근엄한 모습으로 자리에 앉았다. 그가 앉자마자 핑크빛 오븐 장갑을 낀 에레나가 구운 햄을 가지고 와 맞은편에 앉았다.

"급하게 만들어 봤는데, 입맛에 맞을지 모르겠어요."

에레나는 아카드에게 스푼과 포크를 건넨다.

"먹고 죽는 거 아냐?"

"흥! 그럼 먹지 말아요."

도끼눈으로 스프를 빼앗으려는 에레나의 손을 가볍게 쳐 낸 아카드가 스푼을 조심스럽게 들었다. 그러고는 하얀 머그컵에 담긴 스프를 한술 떠 맛보았다.

"어때요? 입에 맞아요?"

"이제 한 스푼 떴거든? 가만히 좀 있어 줄래?"

아카드는 '한 번만 더 말 시키면 화낸다!' 라는 의지를 담아 에레나를 노려보며 식사를 시작했다. 고기와 양송이, 그리고 각종 채소가 듬뿍 들어간 스프는 담백하고 고소한 맛이 났다.

'하루 종일 아무것도 못 먹어서 그런가? 맛있네?'

항상 차가운 표정인 아카드의 얼굴에 자신도 모르게 온기가 피어나는 것처럼 보였다. 스푼질이 계속 될수록 입꼬리는 올라가고 그의 손도 점점 바빠진다.

'아니야. 여기에 속으면 안 돼. 또 무슨 말도 안 되는 요구를 할지도 모르니 정신 바짝 차리자!'

따뜻하게 변하는 아카드의 얼굴이 살짝 경직되려는 찰나, 에레나가 포크 위에 샐러드를 올리고 그 위에 햄을 얹어 앞으로 내밀었다.

"스프만 먹지 말고, 이것도 드셔 보세요."

"내가 알아서 먹을 테니까 그냥 놔둬."

"치이."

에레나의 행동에 살짝 상기된 아카드가 샐러드로 손을 옮겼다. 그는 에레나가 했던 그대로 샐러드 위에 햄을 올려 입 속으로 넣었다.

입에 들어오기도 전에 그의 후각을 자극하는 새콤한 향. 기분 좋은 기름기가 흐르는 햄이 들어가자마자 입속을 자극하며 작은 하모니를 이룬다. 아무 말 없이 식사를 하는 것은 처음과 같았지만 점점 포크질 속도가 빨라지고 있었다.

'사실 MT 때 만들어 주려고 했는데 이렇게 기회가 닿아서 정말 다행이야. 시녀가 아카드 나이의 남자들은 한창 먹을 나이라고 하던데, 정말 잘 먹는다.'

에레나는 아카드가 밥 먹는 모습을 신기한 표정으로 바라보았다. 입에 별로 많이 넣지도 않은 거 같은데 접시가 깔끔하게 비워졌다.

"흠…… 먹을 만했어."

"정말요?"

아카드는 거짓말을 했다.

먹을 만한 정도가 아니라 언제 이런 음식을 먹어 봤나 싶을 정도로 엄청 맛있었다. 무엇보다 음식 속에서 그녀의 따스함과 진심이 느껴지는 것 같아 더없이 만족스러운 한 끼 식사였다.

"잠시만 기다려줘요. 설거지 좀 끝내고 이야기해요."

"됐어. 설거지는 먹은 놈이 해야지."

"아니에요. 제가 해도……."

"어허! 두 번 말 시키지 마."

아카드는 괜히 에레나를 향해 화난 얼굴로 말하고는 햄 한 조각 남기지 않고 다 먹어 치운 자신의 그릇을 싱크대로 가져갔다.

설거지하는 아카드의 모습이 의외인지 에레나는 입을 손으로 막으며 미소를 지었다.

'햄 담은 접시는 기름기 때문에 잘 안 지워지는데 힘이 세서 그런지 깔끔하게 잘 닦네. 차갑게 보여도 이럴 때 보면 은근히 따뜻한 면도 있는 남자라니까.'

흐뭇하게 바라보던 에레나는 천천히 일어났다. 그녀는 아카드가 있는 곳을 향해 떨리는 발걸음으로 다가가더니 그의 넓은 등에 이마를 살짝 댔다.

"항상 고마워요. 그리고 미안해요."

설거지를 하던 아카드의 두 손이 얼음처럼 굳었다. 등에서 느껴지는 그녀의 온기에 심하게 당황한 표정이다.

"뭐가?"

"그냥 모두 다요. 처음 만났을 때부터 지금까지. 난 항상 당신에게 피해만 주는 것 같아서 고마우면서도 미안해요."

"뭐 서로 돕고 사는 거지, 뭐."

당황해서 혼이 나가 버렸는지, 아카드 입에서 절대 나올 수 없는 말들이 튀어나왔다.

평소 같으면 '널 구하느라 피해 본 금액이 얼마인 줄 알아! 어떻게 보상할 거야!' 라는 말부터 튀어나왔을 것이다. 하지만 따뜻한 음식에 이은 에레나의 신체 접촉에 아카드는 녹다운이 되고 말았다.

"이번에 아카데미에 나올 수 있었던 것도 모두 아카드 군 덕분이라면서요? 제가 힘도 없고 가진 것도 별로 없어서 어떻게 갚아야 하는지 잘 모르겠지만, 마음에는 항상 빚을 간직하고 있을게요. 그러니까 오늘 일 화 풀어요, 네?"

"알았어. 대신 앞으로 잘해."

아카드의 말이 끝나자마자 에레나는 그의 단단한 허리를 양팔로 감쌌다. 갑작스러운 에레나의 행동에 아카드는 몸이 석상처럼 굳어 버렸다.

"뭐 하는 거야?"

항상 차갑고 당당하던 아카드의 목소리가 살짝 떨렸다. 그녀의 공격 앞에 아카드가 가지고 있던 정령사의 힘도, 현란한 말솜씨도 소용없었다.

단지 그녀의 공격이 영원했으면 하는 마음으로 가만히 있는 것 말고는 아무것도 생각나지 않았다. 머릿속이 텅 비어 버린 느낌이다.

"그러니까 화 푼다고 약속해요."

에레나의 말에 아카드는 자신도 모르게 고개를 끄덕였다. 이성은 '아니야! 이대로 무너질 순 없어!' 라고 소리쳤다. 하지만 에레나의 따뜻한 손길에 이성 따위는 무너진 지 오래다.

"헤헤, 고마워요. 대신 제가 선물 하나 놓고 갈게요."

"뭐?"

"안 돼요! 그대로 있어요."

선물이라는 말에 아카드가 몸을 돌리려고 했다. 그러자 에레나가 필사적으로 막았다.

"부끄러우니까 제가 나가고 난 뒤에 탁자를 확인해 줘요. 약속해 줄 수 있죠?"

끄덕끄덕.

역시 이번에도 이성의 허락 없이 감성의 힘으로 아카드의 고개가 위아래로 움직인다. 그의 약속을 확인한 에레나가 팔을 풀고 뭔가를 탁자 위에 올렸다.

"아카드 군. 내일 봐요."

촉촉한 에레나의 목소리에 다시 아카드가 고개를 끄덕였다. 달라진 점은 방금 전과는 달리 그녀와의 거리가 멀어지면 멀어질수록 아쉬움의 농도도 점점 짙어진다는 것이다.

문이 닫히는 소리가 들리고 에레나가 사라진 뒤에도 아카드는 석상처럼 꼿꼿이 서 있었다. 어느 정도 시간이 지나자 이성이 돌아오면서 그의 몸이 풀렸다.

"또 당했군."

아카드는 너털웃음을 지었다. 방금 전 충격적으로 다가왔던 일들을 웃음으로 애써 털어 보려 하지만 쉽게 깨어날 것 같지 않았다.

"정령석인가?"

탁자 위에는 에레나가 놓고 간 정령석 2개가 빛을 내고 있었다. 그가 탁자 위로 다가가자 정령사인 것을 알아보는지 점점 더 밝아지고 있었다.

"에레나, 에레나. 너를 어찌해야 좋단 말이냐."

그토록 얻고자 하는 정령석이 눈앞에 있지만 아카드는 별로 관심이 없어보였다. 오히려 그녀가 떠나고 난 자리에는 진한 아쉬움만이 남아 있었다.

* * *

학생 조합의 유통은 곡물을 다루는 상단인 차일드 상단이 담당하는 것으로 순조롭게 해결되었다. 또한 악재만 들려오던 제국의 수도에도 좋은 소식들이 조금씩 들려왔다.

황실에서는 제국은행으로부터 생긴 문제 중 가장 큰 것부터 해결했다. 예금 피해자 중 시민들을 대상으로 보상하기 시작한 것이다.

또한 예금자 보상이 끝나면 피라미드 상품으로 피해를 입은 시민들에게 2%라는 초저금리로 장기 대출을 해 주기로 약속했다.

일부 시민들의 불만 어린 항의가 있었지만, 피라미드 상품 계약서에 원금을 보장하지 않는다는 조항이 있는 만큼 끝까지 황실에 책임을 물을 수는 없었다.

두 번째 희소식은 클라우스 가문의 후계자로 머물던 루시르가 가주에 올랐다는 것이다. 원로원에서 클라우스 가문의 상황을 비상 상황으로 보고 루시르가 공작의 작위를 승계받는 데 동의한 것이다.

뒤이은 소식은 제국은행장 소로스의 음모를 밝히고 해결

한 메디아 가문의 죄를 사면하고 다시 백작 가문으로 복귀시켰다는 것이었다. 또한 음모를 밝혀 내고 화폐실명제를 막는 데 결정적인 공을 세운 아카드에게도 백작이라는 작위를 내리고 제국은행장 소유였던 저택을 하사했다.

가주가 살아 있는 상황에서 아카데미 학생이 계승 작위를 받는 전대미문의 사태가 벌어졌다. 소문으로는 황실에서 반대했지만 원로원에서 강력하게 밀어붙이면서 성사될 수 있었다는 후일담이 전해지고 있다.

하지만 제국 시민들에게 희망을 준 희소식은 따로 있었다.

10년 만에 밀 생산이 대풍년이라는 것이다.

제국민들은 자연이 선물해 준 호재를 이용하면 바닥까지 내려간 제국 경제도 점점 되살아날 것이라는 기대를 품었다.

대륙 전쟁으로 인해 농지가 파괴된 중부 지역에 위치한 왕국에 밀을 수출하면 예전처럼 경제가 안정을 찾을 것이라는 신문 기사들로 인해 데모도 줄어들고 점점 안정을 찾고 있었다.

그러나 상황은 그리 호락호락하게 노틸러스 제국의 편이 아니었다. 신문 내용은 기자들의 추측일 뿐, 제국을 다스리는 높은 양반들은 여전히 황실 회의실에서 싸워 대고 있었다.

"일주일 후면 윌슨 왕국 사신들이 도착할 것이오. 외교를 책임지는 황실에서는 윌슨 왕국의 노림수에 대처할 수 있는 대책은 마련한 것이오?"

"그들이 노리는 것은 기름진 우리 땅이 아니겠소. 그러니까 우리가 땅을 조금씩 양보해서 넘기는 것으로……."

"이 양반이 미쳤나! 우리 땅을 내놓으라고? 내 눈에 흙이 들어가기 전까지 절대 내 땅을 넘겨줄 생각이 없으니 알아서 하시오!"

"어허, 그러지 말고 조금씩 양보하자니까."

"절대 불가! 외교는 황실 소관이니 땅을 넘기려거든 그쪽 땅이나 넘기시오!"

"이 사람이! 지금 이 사태가 누구 때문인데 황실 땅을 넘기래. 이게 모두 원로원에서 행정을 제대로 못 한 탓에 벌어진 사태가 아닌가!"

어김없이 시작된 황실과 원로원의 싸움.

제국이 위기에 처한 상황에서도 그들은 여전히 상대방에게 책임을 떠넘기며 치열한 공방을 벌였다. 중부 대륙의 강자인 윌슨 왕국의 사신단이 코앞까지 도착했지만 여전히 끝이 나지 않는 싸움만 한 달째 계속되었다.

"자자자! 다들 조용하시오. 여기가 시장입니까?"

황제의 고함소리에 잠시 회의장은 조용해졌다. 하지만

다들 알고 있었다. 이 고요함은 얼마 가지 못할 것임을.

"루시르 공작은 이 일을 어떻게 해결했으면 하오?"

새롭게 공작의 직위에 오른 루시르가 천천히 자리에서 일어났다. 그의 이름이 황제의 입에 처음 오르자 맞은편에 앉은 골드만 백작의 인상이 구겨진다.

'젠장. 이번에는 양보했지만 다음에는 어림없다.'

골드만 백작은 자신보다 먼저 호명된 루시르를 보자 주먹을 꽉 쥐었다. 이보 전진을 위해 일보 양보하라는 아카드의 지시 때문에 공작 승계 문제를 통과시켰지만 화가 나는 건 어쩔 수 없었다.

일인자의 달콤함을 잠시 맛본 골드만 백작은 루시르를 못마땅하게 쳐다보았다.

"아직 원로원 정식 의원이 된 지 얼마 되지 않아 식견이 많이 부족합니다. 이 문제는 현재 원로원 임시 의장이신 골드만 백작께 먼저 여쭤보는 게 순서라고 생각합니다."

루시르의 입에서 생각지도 못한 발언이 튀어나왔다.

노려보던 골드만 백작도, 나머지 중앙 귀족들도 의외라는 표정으로 쳐다보았다.

"내가 실수했군. 재무대신은 너무 언짢아하지 않으셨으면 하오. 재무대신께서는 좋은 의견이 있습니까?"

골드만 백작은 잠시 숨을 고르더니 천천히 일어났다. 그는 돋보일 기회를 걷어찬 애송이 공작을 비웃으며 천천히 입을 열었다.

"대책은 진즉에 마련해 놓았지요."

"그게 무엇이오!"

말이 끝나자마자 '오호!' 하는 소리와 함께 모든 시선이 골드만 백작을 향했다. 황제도 벌떡 일어나 얼른 말할 것을 재촉했다.

"사신단을 상대할 적합한 인물이 있지요. 그에게 부탁하면 이번 일 또한 최소한의 피해로 넘길 수 있을 겁니다."

"오호! 제국에 그런 인재가 있었단 말인가? 재무대신은 뭐하고 있는 것이오. 당장 그 인물을 불러오지 않고."

"골드만 백작! 잠깐⋯⋯!"

갑자기 근엄하게 앉아 있던 루시르 신임 공작이 벌떡 일어났다. 주위에 보는 시선만 없다면 재무대신의 입을 꿰매 버릴 기세다.

안타깝게도 황제의 발언이 조금 더 빨랐고, 공작의 말보다는 황제의 말이 100배는 더 중한 법.

골드만 백작은 절대 말하지 말아 달라는 표정으로 고개를 흔들고 있는 루시르를 비웃어 주고는 여유로운 표정으로 입을 열었다.

"아카드 신임 백작을 지금 바로 불러들이겠습니다."

＊　　　　＊　　　　＊

　"노틸러스 제국에 최연소 원로원 의원 탄생! 호외요!"

　아스테리아 대륙 남부 최강자인 노틸러스 제국에 최연소 중앙 귀족이 등장했다는 소식은 순식간에 주변 왕국으로 퍼져 나갔다.

　북서쪽으로 인접한 다인 왕국과 북동쪽에 국경을 맞대고 있는 윌슨 왕국에서는 새롭게 등장한 신성의 출현에 촉각을 세웠다.

　특히 노틸러스 제국 영토 안으로 발을 들인 윌슨 왕국 사신단은 새롭게 중앙 귀족에 오른 인물에 대한 정보를 알아내기 위해 혈안이 되었다.

　"지금 이걸 정보라고 가져온 겁니까? 아카데미 학생이라는 것과 A&M 투자상단을 만들었다는 것 이외에는 알아볼 수 없다는 것이 말이 되는 소립니까?"

　"정보통이었던 제국은행이 파산한 데다가 노틸러스 제국이 총력을 기울여 정보가 새는 것을 막고 있습니다. 전 루시르 공작이 부상을 입은 후 사이가 나빠진 것으로 알려진 루시르 공작과 재무대신인 골드만 백작조차 손을 잡고 원로원을 통제하고 있는 상황입니다."

"제기랄, 클라우스 공작의 사생아라도 되는 건가? 그렇지 않고야 원로원에서 20살밖에 안 된 애송이에게 백작이라는 작위를 줄 리가 없어. 우리가 잠입시킨 간자들은 어떻게 되었나?"

"다른 소식은 다 들어오는데, 아카드라는 인물에 대해 알아보러 갔던 자들은 하나도 돌아오지 못했습니다. 간신히 그가 하사받은 저택에 잠입시키는 데는 성공했습니다만 역시 그 뒤로 소식이 끊겼습니다."

"만만치 않은 인물이군. 우리 쪽에서 보낸 인물들이 잡힐 정도면 황실 기사단이나 클라우스 기사단이 철벽처럼 상주하고 있다는 말인데. 젠장, 이거 제국 황실과 원로원이 손을 잡은 게 틀림없군. 제국이 안정될 때까지 손을 잡기로 모종의 거래를 한 것이 분명하다."

"어떻게 할까요? 새로운 정보가 들어올 때까지 기다려 볼까요? 아니면 좀 더 투입을 해 볼까요?"

"시간이 없다. 모든 간자들을 쏟아부어서라도 제국 수도에 도착하기 전까지 정보를 알아내야 해. 뭔가 느낌이 찜찜해. 우리 때문에 무슨 수작을 부리는 것 같단 말이야."

"알겠습니다."

"아, 제국에서 잡혀 버린 우리 간자들에 대한 소식은 없나?"

"대부분 흔적도 없이 사라졌습니다. 아마 은밀히 처리하지 않았을까 생각됩니다."

"제국과 협상을 하기도 전에 손해가 이만저만이 아니군. 그들을 키우느라 꽤 오랜 시간과 많은 자금이 소요됐는데. 알았어. 나가 봐."

'구트라'라고 불리는 특이한 은색 모자를 써서 얼굴을 가린 사내가 손을 휘저었다. 윌슨 사신단을 이끄는 안톤 백작은 사내에게 고개를 숙이고는 막사를 빠져나갔다.

윌슨 왕국은 노틸러스 제국 내부에서 벌어진 제국은행 사태를 절호의 기회로 보고 있었다. 다시는 오지 않을 절호의 찬스를 살리기 위해 윌슨 왕국에서는 인력과 자원을 아낌없이 투자했다.

"이번 협상 결과에 따라 우리 윌슨 왕국이 노틸러스 제국을 뛰어넘어 남부 대륙의 주인이 될 것인지, 영원히 2인자에 머물 것인지가 판가름 난다. 작은 변수 하나도 결코 용납하지 않을 것이야."

구트라로 얼굴을 가린 사내는 가죽 부대의 술을 들이켜며 다짐했다.

*　　*　　*

"오늘까지 사인해 주셔야 할 서류들입니다."

아카데미에서 새집으로 돌아온 아카드가 책상에 앉기도 전에 책상 위에는 서류가 산더미처럼 쌓여 있었다. 분명히 어제 미친 듯이 사인을 한 것으로 기억나는데, 또 그만큼의 서류가 쌓였다.

"장난하냐?"

"장난이라니요! 오해십니다."

"어제도 이만큼 결재한 거 같은데, 왜 그대로야?"

"그거야 마스터의 재산이 늘어났기 때문이지요. 재산이 늘어나면 관리해야 할 게 얼마나 많은데요. 일일이 제 마음대로 처리할 순 없지 않습니까."

틀린 말은 아니다. 현재 아카드의 재산은 단시간 내에 기하급수적으로 불어난 상태다.

윌 상단과 차일드 상단, 거기다가 황실에서 하사받은 전 제국은행장 소로스의 재산까지 아카드의 자산 목록에 편입되었다.

그러다 보니 총자산으로 따지면 중앙 귀족들 중 클라우스 가문을 제외하고는 가장 부자인 셈이다.

그 많은 재산을 아카드와 토마스 두 사람이 관리하다 보니 처리해야 할 서류는 많을 수밖에 없다.

"진짜 이러시는 거 아닙니다. 이것 좀 보십시오."

토마스가 자신의 눈 밑 다크서클을 가리키며 억울한 표정을 지었다.

"마스터 만나서 그 개고생 하다가 드디어 천직을 찾아서 좀 쉬려고 하는데 또 이런 시련을 주시다니요. 너무한 거 아닙니까?"

천직이란 불법 유통되는 야설 책방 주인을 가리키는 것이리라. 하긴 그때보다 얼굴이 많이 야위긴 했다.

보통 사람 같으면 안쓰럽게 여기고 '오늘 하루는 쉬어!'라고 하겠으나 아카드는 그런 인물이 아니다. '부하 직원들은 죽을 때까지 굴려야 발전한다.'라는 가치관을 가진 아주 독한 인물이다.

'여기서 더 굴리면 이 자식 성격으로 볼 때 분명히 튀고도 남을 놈이야.'

토마스는 대륙 전쟁 최전선에서도 탈영을 시도했던 인물이다. 물론 도망가면 금방 잡을 수야 있겠지만, 스스로 일하는 것과 남이 시켜서 억지로 일하는 것은 분명히 차이가 있다.

'토마스 집안을 망하게 만들었던 소로스 은행장이 저렇게 되었으니 슬슬 풀어질 때가 됐어. 그럴 줄 알고 준비했지.'

아카드는 서류를 책상 한쪽으로 밀어 두고 토마스를 앉혔다.

"밀튼이라는 인물에 대해 잘 아나?"

"피라미드 상품 만든 새끼 아닙니까!"

역시 예상대로 토마스는 발끈했다. 예상대로 반응하는 그를 보며 아카드는 속으로 '걸렸다!' 라는 생각을 했다.

"황제에게 차기 제국은행 은행장을 맡을 인물을 추천해 달라는 부탁을 받아서 말이야. 그래서 밀튼이라는 자를 추천하려는데 네 생각은 어때?"

"마스터 미쳤습니까! 절대, 무조건 안 됩니다. 제국을 말 아먹으려 한 놈인데 그런 자를 은행장에 앉히다니요."

"그 부분에 대해 알아봤더니 소로스 지시를 받고 어쩔 수 없이 만든 것이라고 하더군. 출신도 지방 귀족이라 황실이나 원로원에 휘말릴 염려도 없고, 능력도 꽤 좋던데."

토마스는 노발대발하며 자리에서 벌떡 일어났다.

"마스터, 속지 마십시오. 그 자식이 얼마나 음흉한 자식인데요. 아카데미 다닐 때부터 야비하기로 소문이 난 놈입니다. 목적을 위해서라면 수단과 방법을 가리지 않을 놈입니다."

토마스는 침을 튀기며 열성적으로 말렸다. 고스트가 준 정보에 의하면 아카데미 다닐 때부터 토마스와 밀튼은 둘도 없는 라이벌이라고 불렸단다.

아카데미에 입학했을 때부터 수석, 차석을 다툴 정도로 뛰어난 두뇌의 소유자들이었다. 하지만 사이는 극도로 나빴다고 한다.

학기 내내 토마스가 수석을 차지했지만, 졸업 시험을 망치는 바람에 마지막 승리는 밀튼이 차지했다.

졸업 시험 도중에 토마스가 식중독으로 치료소에 실려 가면서 시험을 망쳤다. 그로 인해 결과가 한 방에 뒤집어졌다. 그 일로 졸업식에서 두 사람은 한판 붙었다고 전해진다.

"난 오히려 그 점이 마음에 드는데? 그래도 내가 제일 아끼는 가신이 반대를 하니 추천하기도 그렇고, 가장 좋은 방법은 네가 은행장이 되는 건데."

토마스의 눈이 커졌다. 동시에 그의 내부에 잠들어 있던 투쟁 본능이 서서히 자극받고 있었다.

"제…… 가요?"

"바지 사장이긴 하지만 네가 상단주를 맡은 후 상계의 평가도 괜찮았고, 나도 내 부하가 제국은행장 자리에 있으면 편하긴 한데……."

꿀꺽.

아카드가 잠시 뜸을 들이자 토마스의 목젖이 크게 흔들렸다. 토마스는 마스터의 다음 이야기가 궁금해서 죽을 지경이다.

"은행은 상단과는 차원이 다른 집단이라서 말이지, 제국 전체를 움직여야 하는데 지금 네가 하는 걸 봐서는 어렵지 않을까 싶네."

보통 사람 같으면 이쯤하면 넘어올 법도 한데 토마스의 눈동자에 의심이 가득하다. 아카드 눈치를 살살 살피면서 탐색하는 모습이 마치 수사관처럼 날카롭다.

"에이, 말이 되는 소릴 하셔야지. 제국이 소로스한테 은행 맡겼다가 당한 게 얼만데. 그만큼 당하고도 또 은행을 개인한테 넘긴다고요? 저 부려먹으려고 뻥치는 거죠?"

토마스는 이번에는 절대 넘어가지 않겠다는 표정으로 철벽을 둘렀다. 하지만 불행하게도 아카드의 말은 사실이었다.

"믿지 않으면 소용없지. 밀튼한테 넘길 수밖에."

툭! 도르르르르르.

아카드가 탁자에 두루마리 하나를 툭 던졌다. 원통으로 된 두루마리가 굴러가면서 안의 내용이 토마스의 눈에 들어왔다.

노틸러스 제국 황제의 인장이 찍힌 비밀 협약서다.

적혀 있는 글자는 황실 예법에 따라 엄청나게 길지만, 요약하면 윌슨 사신단과의 협상을 성공적으로 이끌어 낼 시에는 제국은행의 지분 50.1%를 양도한다는 문서였다.

"어…… 어? 이게 아닌데."

토마스가 당황하는 표정으로 두루마리에 손을 뻗었다. 그러나 아카드가 잽싸게 보여 주면 안 되는 것을 보여 주었다는 태도로 두루마리를 말아 버렸다.

"내일 아침 일찍 황실에 들어가야 하니 후딱 처리해 볼까?"

아카드가 천천히 앉아 결재할 서류들을 살피려고 하자 토마스가 그의 손을 황급히 붙잡았다.

"제가 세상에서 가장 존경하는 마스터!"

"왜? 아까는 절대 안 속는다면서? 우리 사이에 이 정도 믿음도 없다니 실망이야."

"제가 다 처리하겠습니다. 아침 일찍 황실에 들르셨다가 아카데미로 향하셔야 하니 푹 쉬십시오. 메리!"

토마스는 수북하게 쌓여 있는 서류를 자신 쪽으로 끌어당기더니 새로 고용한 시녀 하나를 불렀다.

"부르셨습니까. 토마스 님."

잠시 후, 아카드 집무실의 문이 열리며 후덕하고 푸근한 인상의 중년 여성이 들어왔다.

"마스터 쉬실 수 있게 목욕물 좀 데워 줘. 따뜻한 차도 준비하고."

"분부대로 하겠습니다."

시녀가 나가자마자 토마스는 눈에 불을 켜고 서류들과 싸움을 시작했다. 그는 큰 전쟁을 앞두고 있는 총사령관처럼 서류들과 투쟁을 벌이기 시작했다.

"토마스, 내가 좀 도와줄까?"

"마스터, 아직 안 가셨습니까? 얼른 가서 쉬세요. 내일 큰일을 앞두고 계시는데 무리하시면 곤란하죠. 앞으로 서류는 저에게 다 맡기세요."

토마스는 주먹으로 자신의 가슴을 두들기며 믿음직스럽게 대답했다.

"맞다. 이번 주 사신단으로 방문하는 인물들에 대해서도 좀 알아봐야 하는데 말이지."

아카드의 말에 토마스가 잠시 휘청거렸다. 하지만 제국 은행장 자리가 걸려 있다 보니 토마스의 얼굴에서 힘들어 죽겠다는 기색은 빛의 속도로 사라졌다.

"고스트에게 지시해 이틀 안으로 마스터께서 볼 수 있도록 준비하겠습니다. 더 시키실 일이라도……."

토마스는 환한 얼굴로 아카드를 바라보며 다음 지시를 기다렸다. 하지만 자신에게 주어진 일이 너무 많다 보니 그는 말끝을 흐리며 아카드에게 자비를 구했다.

"없어. 그럼 난 이만 갈게. 너무 무리는 하지 말고."

마음에도 없는 소리를 내뱉은 아카드는 태연한 척 집무실을 빠져나갔다. 그의 등 뒤로 '아자! 아자!' 외치며 전의를 불태우는 토마스의 목소리가 왠지 구슬프게 들려왔다.

Chapter 4.
윌슨 왕국 사신단

노틸러스 제국 황실은 아침부터 사신단을 맞이하기 위해 분주히 움직였다. 황실에 소속된 시녀들은 물론 기사들까지 동원되어 황궁 안팎과 파티가 열릴 메인 홀 그리고 정원을 장식하느라 바쁘다.

고참 기사들은 자신들의 갑옷에 기름을 먹여 손질하느라 정신없어 보이고, 신참 기사들은 황궁 곳곳에 배치되어 만일의 사태에 대비해 철통같이 경비를 서고 있다.

꼭대기 방에서 황궁 주변을 살펴보던 아카드는 못마땅한 듯이 그 광경을 지켜보고 있었다.

똑똑.

"백작님, 일어나셨는지요."

밖에서 노크 소리와 함께 시녀장 메리의 목소리가 들려왔다.

"들어와."

아카드의 대답 소리에 문이 열리고 인심 좋아 보이는 메리가 웃는 얼굴로 들어왔다. 그녀는 그동안 난민촌에 머물다가 정보길드장 고스트의 추천을 통해 이곳으로 오게 되었다.

고스트의 말에 의하면 대륙 전쟁으로 사라진 작은 공국의 시녀장이었다고 한다. 고용된 지 겨우 한 달 남짓이지만 뛰어난 요리 솜씨와 살림 솜씨, 그러면서도 차분한 행동거지는 아카드 마음에 쏙 들 정도였다.

"일찍 일어나셨군요. 잠자리는 마음에 드셨나요?"

"덕분에."

"아침 식사를 준비했습니다. 토마스 님은 벌써 내려와 계십니다."

"그러고도 남을 녀석이지."

메리가 시녀장으로 들어오면서 가장 신 난 사람은 토마스였다. 메리가 만든 음식을 먹을 때마다 최고라며 주책 떠는 행동을 보면 누가 시녀장이고 누가 귀족 출신인지 의심스러울 정도였다.

고개를 돌리고 조심스럽게 웃는 메리를 뒤로하고 아카드는 식당으로 걸어갔다. 토마스는 침을 꿀꺽 삼키며 아카드가 오기만 기다리고 있는 듯했다.

"숨 넘어 가겠다?"

"마스터, 얼른 앉으시지요. 어제 무리를 했더니 배에서 아주 난리 났습니다."

"또 야설 봤냐?"

"마스터! 마스터가 해야 할 일을 대신 하느라 한숨도 못 잤는데 위로는 못 해줄망정 너무하십니다."

그 모습을 지켜보던 메리가 '풉!' 하고 웃음을 터트렸다.

아카드가 앉자마자 시녀들이 음식을 내오며 식사가 시작됐다. 제국 내 상계와 정계에 대해 보고를 하던 토마스는 아카드 앞으로 무언가를 내밀었다.

"뭐야?"

"전에 말씀하신 윌슨 사신단에 포함된 인사들에 관한 기록입니다."

보고서를 받은 아카드는 다 읽고 난 뒤 불 정령 라그니스의 힘을 이용해 불태워 버렸다.

"사신단장은 안톤 백작이지만, 사실상 그들을 이끄는 이는 라르손 왕자라는 말이네."

"그렇습니다. 하지만 안톤 백작도 주의하셔야 할 겁니

다. 윌슨 왕국에서 독사라고 불릴 정도로 철두철미하고 깐깐한 인물입니다."

"잘 아는 인물인가?"

토마스는 잠시 어두운 빛을 띠다가 대답했다.

"자유경제를 신봉하는 자로 제국은행이 기르는 개입니다. 왕의 말보다 제국은행의 명령을 먼저 따를 정도입니다."

"그런 자가 왕의 아들과 함께 온다는 소리는 둘 다 제국은행에서 기르고 있는 개라는 소리로군."

"제 생각도 그렇습니다. 제국은행에서 라르손 왕자를 차기 왕으로 밀고 있는 게 아닌가, 조심스럽게 예측됩니다."

"황태자가 있는데도 이런 중대사에 둘째 왕자를 보낼 정도면 말 다 한 거지. 윌슨 왕국도 머지않아 한바탕 피바람이 불겠어. 윌슨에 가 있는 아버지 가신들은 별일 없대?"

"바지 영주 하나 세워 두고 편안하게 잘 지내는 모양이던데요. 모건 백작님도 편안하게 주무시고 계신답니다. 그런데 칼빈 대장 말입니다……."

토마스가 고민을 하더니 침을 한 번 삼켰다. 뭔가 조심스러운 이야기처럼 보였다.

"뭔데?"

"산적 노릇 한다는 소문이…… 일반 산적도 아니고 산적연합 대빵질을 하고 다닌답니다. 마스터가 그만큼 사람 될 기회를 줬으면 정신 차리고 똑바로 살아야지 말이야. 그렇지 않습니까?"

"그래?"

아카드는 별 대수롭지 않다는 듯이 대답했다. 그 표정을 눈앞에서 보고 있는 토마스는 애가 탔다.

'그 인간이 옆에 없을 때 몰아내야 해. 내 앞길에 걸림돌만 될 인간이야!'

토마스는 이 기회에 칼빈을 몰아낼 생각이었다. 하지만 아카드는 그럴 생각이 전혀 없어 보인다.

"내가 시킨 거야."

"농담도 심하시지. 마스터가 산적 노릇 하라고 시켰다고요?"

"내가 비싼 밥 먹고 농담하게 생겼냐?"

"왜요? 최연소 중앙 귀족까지 되신 분께서 뭐가 부족해서요?"

토마스는 이해가 안 된다는 표정으로 물었다. 아카드는 밥을 다 먹었는지 숟가락을 내려놓고는 일어섰다.

"그루먼 상단의 본거지가 윌슨 왕국에 있잖아"

아카드는 거기까지만 말하고는 황급히 자리를 떴다. 토마스는 자신의 마스터가 한 말을 곰곰이 생각하다가 벌떡 일어났다.

"설마 그루면 상단을 치시려는 건 아니겠지? 그렇게 되면 월슨 왕국에서 가만히 있지 않을 텐데. 설마 전쟁까지 염두에 두신 건가? 그렇게 되면 또 예비군으로 끌려가야 하는데…… 그렇게 되면 또 칼빈 대장 밑으로 들어가야 하고…… 안 돼!"

토마스의 손에 들려 있던 숟가락이 힘없이 떨어졌다. 그는 핏기 하나 없는 얼굴로 부르르 떨더니 아카드 뒤를 쫓았다.

"마스터어어어어어! 전쟁은 절대 안 된다고요!"

*　　　　*　　　　*

사신단 환영을 위한 파티 준비가 끝나고 제국 황실 로비로 사람들이 하나둘씩 모여들기 시작했다.

정식 파티는 월슨 사신단이 도착한 뒤에 시작되지만, 많은 사람들이 눈에 띄는 곳에 자리를 잡기 위해 미리 도착해 뛰어다니고 있었다.

대부분 힘 있는 파벌에 들어가려는 자들이거나 자신의 파벌로 사람을 영입하려는 자들이다.

그들은 각각 서로의 목적과 의도를 가지고 로비에 모여들었다.

"이번 월슨 사신단에 왕자도 포함됐다지? 왕자까지 보내는 경우는 흔치 않은데, 이 상황을 어떻게 보나?"

"그만큼 우리 제국을 압박하겠다는 윌슨 왕국의 의도가 아니겠는가? 윌슨 왕국 국경 지대에 인접한 기름진 땅을 요구할 거라는 소문이 자자하네. 땅을 주지 않으면 양국의 무역에서 노틸러스 화폐는 받지 않겠다고 단단히 벼르고 있다던데."

"제길! 제국은행 때문에 윌슨 왕국 따위에게 이런 수모를 겪어야 하다니. 그래서 윗분들은 윌슨 왕국의 음모에 대책은 세웠다고 하던가?"

"대책은 무슨. 서로 자기 땅을 주라고 미루고 있는 상황이지. 아마 꽤 많은 영토를 윌슨 왕국에게 뺏길 거 같네."

두 사람 주변에 사람들이 점점 몰려들었다. 힘없는 지방 귀족들은 정보가 곧 힘이고 동아줄이기에 대화에 끼어들며 향후 일어날 일들을 예측하기 시작했다.

"이럴 때 클라우스 공작이 살아 있었으면 얼마나 좋아? 그분이라면 윌슨 왕국 따위에게 순순히 당하지 않았을 텐데. 제국의 여우라고 불렸던 분 아닌가."

"새롭게 클라우스 가문의 가주에 오른 루시르 공작은 평판이 어떻다고 하던가. 젊은 사자라고 불릴 정도로 유명하지 않은가."

"그래 봤자 애송이지. 아직 서른도 되지 않았는데 뭘 알겠나? 요즘은 재무대신인 골드만 백작이 원로원의 실세라고 하던데."

"그래서 이번 사신단 접견도 재무대신이 하는구먼. 보통 왕자가 껴 있는 사신단은 총리대신이 접견하는 것이 관례이지 않나."

"아무래도 연륜이나 경험적인 면에서 신임 공작이 재무대신을 따라가긴 힘들지. 클라우스 공작이 뒤에서 버티고 있으면 또 모를까."

그들은 고개를 끄덕이며 머릿속으로 계산기를 부지런히 두들겼다. 대부분 어떻게 하면 골드만 백작 눈에 들지 고민하는 표정이다.

"이번에 최연소 백작이 된 아카드 백작에 대해서는 어떻게 보고 있나?"

"글쎄. 소문으로는 소로스 은행장을 박살 낸 인물이라고 하는데, 말 그대로 소문이다 보니 어디까지 믿어야 할지 혼란스럽네. 올해 아카데미에 입학한 신입생인데 과연 그 말을 믿어야 할지, 조작된 것인지도 의심스럽네. 하지만 한가지는 확실하지."

지방 귀족들은 아카드에 대해 평가한 사내의 다음 말을 기다렸다.

"상재가 뛰어난 것은 틀림없네. 단기간에 상단을 세워서

4대 상단 두 군데를 박살 낸 인물이니 미래에 거물이 될 것은 확실하지."

사내의 평가에 지방 귀족들은 '아카드에게도 선을 대야 겠구나.' 라고 머릿속에 새겼다. 미래에 거물이 될 인물이라면 누구보다 빨리 줄을 서는 것이 이 바닥의 상식이니까.

*   *   *

아름다운 푸른 달이 하늘의 가장 높은 곳에 오르려 하고 있었다. 그에 맞춰 노틸러스 황실에서는 궁중 악사들이 연주하는 아름다운 선율이 울려 퍼진다.

파티가 열리는 메인 홀에는 벌써 대부분의 귀족들이 모여 있다. 그들은 투명한 칵테일 잔을 하나씩 들고는 오늘의 주인공인 윌슨 사신단을 기다리고 있었다.

"윌슨 왕국 사신단이 도착했습니다."

메인 홀 안을 울리는 황실 시종의 목소리에 사람들의 웅성거리는 소리가 멈췄다.

홀의 입구에는 윌슨 왕국 전통 복장을 입은 사신단 일행이 그 모습을 드러냈다. 토브라고 불리는 하얀 옷을 입고 구트라라고 불리는 천을 머리에 얹어 끈으로 고정한 사내들의 행렬이 시작되었다.

좋은 뜻으로 온 것이 아니기에 제국 귀족들의 날카로운 시선이 사신단에게 꽂혀 들었다. 그러나 사신단은 이들을 무시하듯이 꼿꼿한 걸음걸이로 재무대신 골드만 백작이 있는 곳으로 향했다.

윌슨 왕국 사신단 대표를 맡은 안톤 백작이 다가가자 골드만 백작도 앞으로 걸어 나왔다.

"골드만 백작님, 오랜만입니다. 한 5년 만이지요? 그동안 별고 없으셨는지요."

"나야 별일 없지. 얼마 전 외무대신에 올랐다면서? 축하하네그려."

안톤 백작의 말에 골드만 백작도 웃으며 안부를 묻는 것으로 화답했다.

"이번에 새롭게 클라우스 가문의 주인이 된 루시르 공작은 어디에 있습니까? 인사라도 드려야 할 거 같은데."

"하하하, 곧 도착할걸세."

안톤 백작은 독사라는 별명에 걸맞게 골드만 백작의 심기를 건드렸다. 골드만 백작은 잠시 움찔했지만 연륜이 있는지라 웃으며 넘겼다.

"아직 도착하지 않으셨나 봅니다. 그럴 수 있지요. 노틸러스 제국 만인지상의 자리에 오를 인물인데."

"커험!"

안톤 백작의 공격은 멈추지 않았다. 앞에 있는 재무대신의 심기를 불편하게 만들어 제국의 기를 꺾어 버리고, 사신단이 떠난 뒤에도 분열의 씨앗을 심기 위해 교묘하게 흔들었다.

'역시 흔들리는군. 그럴 만도 해. 임시 원로원장 자리를 통해 맛보았으니 쉽게 포기하기 힘들겠지. 잘하면 영토도 얻어 내고, 제국도 흔들 수 있겠구나.'

안톤 백작은 속으로 음흉하게 웃으며 재무대신의 불편함을 즐겼다.

사람들의 시선이 두 사람에게 집중되었다.

다가가서 이야기라도 나누고 싶지만, 두 사람 사이에 흐르는 분위기가 좋지 않다는 것을 알아채고는 쉽게 다가가지 못하고 있는 모습이다.

살짝 굳은 표정으로 사신단을 바라보던 골드만 백작의 눈에 유일하게 검은 토브를 걸친 인물이 들어왔다. 그는 검은 토브를 걸친 30대 초반으로 보이는 사내가 라르손 왕자라는 것을 한눈에 알아보았다.

윌슨 왕국에서 검은 토브를 입을 수 있는 사람은 왕실 직계로 한정되어 있기 때문이다

"딱딱한 이야기는 나중에 하기로 하고, 뒤에 계신 분은 누구신가?"

안톤 백작에게 당하고 있던 골드만 백작의 눈이 한순간에 빛났다.

'너도 골탕 한번 먹어 봐라.'

안톤 백작의 표정이 순식간에 굳었다.

외교 관계에서 왕실 직계를 못 알아보는 것은 큰 실례다. 더구나 직계임을 알면서도 대놓고 물어보는 것은 더 말할 것도 없다.

'골드만 백작이 미쳤나? 감히 왕자님 면전에서 이름을 물어?'

안톤 백작이 이를 뿌드득 갈며 항의하려고 할 때, 누가 그의 어깨를 잡았다. 뒤를 돌아보니 라르손 왕자가 고개를 흔들며 말렸다.

"제국의 재무대신을 만나 뵙게 되어 영광입니다. 운 좋게도 왕실 직계에 적을 두고 있는 라르손이라고 합니다."

라르손 왕자는 환하게 웃으며 골드만 백작에게 손을 내밀었다. 상대방이 이렇게 나오자 골드만 백작도 더 이상 상대를 비꼬지 못하고 손을 내밀었다.

"저야말로 라르손 왕자를 뵙게 되어 영광입니다."

두 사람은 서로 손을 맞잡으며 인사를 나눴다. 그리고 사람들이 있는 곳으로 내려와 건배를 하고 있을 때였다.

"클라우스 가문의 가주 루시르 폰 클라우스 공작과 에레나 폰 클라우스 영애 입장이시오."

황실 시종의 목소리가 들려와 뒤를 돌아보자 입구에는 아름다운 금발의 남매가 서 있었다. 순식간에 골드만 백작에게 쏠려 있던 귀족들의 관심이 입구 쪽으로 쏠렸다.

'새끼 사자가 등장했군.'

루시르와 에레나의 등장에 골드만 백작은 질투 어린 시선으로, 라르손 왕자는 흥미롭다는 시선으로 두 남매를 쳐다보았다.

*   *   *

부우우우웅!

황실 메인 홀에 지금까지와는 전혀 다른 큰 나팔소리가 울려 퍼졌다. 귀족들은 물론이고 윌슨 사신단까지 대화를 멈추고 로비에 연결된 2층을 올려다보았다.

비록 2층이라고 하지만 황실의 층간 높이는 다른 건물들과 다르다. 황실 2층이 다른 건물 3층 높이와 비슷할 정도로 높았기 때문에 메인 홀에 모인 사람들은 고개를 제법 높이 치켜들었다.

"노틸러스 제국의 위대한 황제이신 팔라디오 2세 전하 드십니다!"

커다란 외침과 함께 팔라디오 2세를 필두로 근위병 한 부대가 황제를 호위하며 메인 홀을 향해 천천히 내려왔다.

팔라디오 2세는 다른 귀족 남성들과는 다르게 눈에 확 띌 정도로 화려한 슈트를 입고 등장했다.

대부분의 귀족이 검은색 슈트에 넥타이로 멋을 부린 데 반해, 황제는 블랙 베이스에 글렌체크 무늬의 슈트를 입는 파격적인 패션을 선보였다.

다른 사람이 이런 자리에서 체크무늬 슈트를 입었다면 어울리지 않았을 수 있다. 하지만, 흰머리를 깔끔하게 뒤로 넘기고 온몸에서 위엄이 줄줄 흘러내리는 황제와 체크무늬 슈트의 조합은 파격적이면서도 클래식한 것이 제법 잘 어울렸다.

황제가 내려오자 사람들은 저마다 고개를 숙였다.

홀 제일 안쪽에는 1층 전체를 내려다볼 수 있는 곳이 있는데, 그곳에는 높은 등받이와 함께 황금으로 조각된 의자들이 나란히 배치되어 있었다.

1층으로 내려온 팔라디오 2세가 가장 중앙에 위치한 의자에 착석하자 사람들은 고개를 들었다. 황제가 윌슨 왕국 사신단을 천천히 살펴보며 인자한 미소를 지었다.

"이곳까지 오시느라 고생들 하셨소. 복잡한 이야기는 내일 하도록 하고 오늘 하루는 재밌게 즐기면서 쌓였던 여독이나 푸시오."

팔라디오 2세의 말에 사신단은 감사하다는 뜻을 전하며 고개를 숙였다.

"이렇게 폐하께서 직접 맞아 주시니 몸 둘 바를 모르겠습니다."

"그럼 모두 잔을 들까요? 양국의 번영을 위하여!"

황제가 잔을 들자 메인 홀에 참석한 사람들은 일제히 '위하여!' 라고 외쳤다. 사람들의 외침이 끝나자마자 황제 옆에 있던 궁내청장이 궁중 악사들에게 신호를 보냈다.

그러자 멈춰 있던 음악이 다시 흐르기 시작했고, 사람들은 저마다 무도회를 즐기기 시작했다.

＊　　　＊　　　＊

그 시각.

노틸러스 제국의 수도 그라프에서는 수많은 사람들이 거리로 나와 길게 줄을 늘어뜨리고 있었다. 사신단이 온다고 하자 시민들의 소요를 최소화하기 위해 황실에서 무료로 배급을 실시한 것이다.

빵을 받은 아이들은 기쁜 마음에 무리를 지어 시끄럽게 뛰어다니고, 그 모습을 지켜보는 부모들의 표정에는 내일 먹을 것에 대한 근심 걱정이 서려 있었다.

수도 곳곳에 배급이 실시된 가운데, 아카데미 정문을 피곤한 얼굴로 걸어 나오는 한 사람이 있었다. 가을바람이 제법 차가운지 로브로 몸을 가린 아카드가 교문을 나오자마자 뭔가 구시렁거리는 토마스가 눈에 들어왔다.

"금방 나온다는 양반이 왜 이렇게 안 나오는 거야. 혹시 황실 파티에 가기 싫어서 다른 곳으로 샌 거 아냐?"

아카데미 교문 맞은편에 택시를 세워 둔 토마스는 발을 동동 구르며 주위를 서성이고 있었다.

"파티가 싫어서 튄 건 아니겠지? 오늘같이 중요한 행사에 지각했다고 황제한테 밉보여서 제국은행 건은 물 건너가는 거 아냐? 아이고! 미치고 팔짝 뛰겠네."

제국에 속한 사람이라면 어떠한 행사든 간에 황제보다 먼저 도착하는 것이 예의다.

귀족가에서 태어나고 자란 토마스는 점심을 먹자마자 파티에 입을 예복을 가지고 아카드에게 찾아갔다. 그런데 당연히 있어야 할 아카드는 저택 어디에서도 모습을 찾을 수 없었다.

시녀장 메리에게 물어보니 아카데미에 리포트를 제출하러 갔다는 것이 아닌가. 2학기 초 출석을 거의 하지 못해 리포트로 대체하기로 했다는 이야기는 이미 들었지만, 그게 오늘일 줄은 몰랐던 것이다.

토마스는 급한 마음에 저택을 나가자마자 택시를 잡았다. 그리고 지금까지 붙잡아 두며 교문 앞에서 아카드가 나오기만을 기다렸다.

"하지만 왜! 꼭! 오늘이어야 한단 말인가! 내일 제출해도 되잖아?"

"참 남자 새끼가 불만도 많다. 리포트 제출 기간이 오늘까진데 내일 제출했다가 깐깐한 총장이 거부하면 네가 내 졸업장 대신 받아 올 거야?"

"헉. 마스터, 왜 이렇게 늦으셨어요. 빨리 가야 해요. 벌써 파티가 시작됐을 거라고요."

토마스가 급한 마음에 마차의 문을 열고 서둘렀다. 하지만 아카드는 태평한 표정이다. 느긋하게 인도에 놓인 벤치에 털썩 앉고는 하품까지 하는 여유를 보이는 것이 아닌가.

"리포트 쓰느라 밤새웠더니 피곤해. 조금만 쉬고 가지, 뭐."

"갑자기 사춘기가 오셨나? 왜 이렇게 말을 안 들으실까? 황제가 주관하는 파티에 황제보다 늦게 가면 어쩌겠다는 소리예요."

토마스는 다급한 표정으로 아카드를 달랬다. 그러나 소용이 없었다. 아카드는 심드렁한 표정으로 대수롭지 않게 대답했다.

"어차피 아쉬운 놈이 우물 파게 되어 있어. 연극에서 보면 주인공은 제일 늦게 등장하잖아."

도저히 이 인간은 말이 안 통한다고 생각했는지 토마스는 골똘히 고민을 하다가 눈을 팍 떴다. 그는 아카드에게 들릴 듯 말 듯한 목소리로 중얼거렸다.

"오늘 에레나 영애도 참석자 명단에 포함되어 있다고 하던데, 혹시 라르손 왕자와 관계가 있으려나?"

"뭐?!"

아카드가 언제 여유로웠냐는 듯이 벌떡 일어났다.

"에레나가 거길 왜 와?"

"그거야 제가 어떻게 압니까? 공작이 된 루시르한테 물어봐야지요. 라르손 왕자가 미혼이라는 소문이 있던데 혹시 뭔가 수작을 부리는 것이…… 마스터?"

한참 설명하고 있던 토마스의 시야에서 아카드가 사라졌다. 주변을 살펴보니 세워 두었던 택시까지 사라졌다.

"사랑은 남자의 가슴에 불을 지핀다. 캬! 역시 이 책은 명작이야. 버릴 만한 대사가 하나도 없네."

토마스의 손에는 어느새 '돌아와요, 공주님.'이라고 적힌 빨간 표지의 책이 들려져 있다. 책장을 넘기며 저택으로 돌아가는 토마스의 발걸음은 그 어느 때보다 가벼워 보였다.

아카드를 태운 택시가 황실 정문에 도착했다.

무도회가 열리는 황실 메인 홀 입구에 꽤 많은 사람들이 모여 있었다. 대부분 지방 귀족들의 자제들이다.

보통 황실에서 주최하는 파티는 가문의 가주 부부만이 참석할 수 있다. 하지만 지방에서 힘들게 올라온 자녀들이나 초대받지 못한 방계들을 위해 메인 홀은 아니지만 별실에서 파티를 즐길 수 있도록 공간을 마련하곤 했다.

그런데 오늘 따라 유난히 북적거렸다.

축복받은 핏줄로 유명한 클라우스 가문의 두 남매가 참석했을 뿐 아니라 타국의 왕자까지 참석했다고 하니, 그들의 눈에 들기 위해 황실에 몰려든 사람의 수는 어마어마했다.

"사람이 왜 이렇게 많아."

아카드는 들어갈 엄두도 나지 않을 정도로 입구에 모여든 사람들의 숫자에 인상을 찌푸렸다.

"실례합니다."

사람들에게 양해를 구해보았지만 순순히 비켜 주지 않는다. 그들도 지방에서는 나름대로 귀족으로서 떵떵거리며 사는 자들이기에 갑자기 끼어든 불청객에게 곱게 길을 양보해 줄 리 만무했다.

아카드는 도저히 이래서는 안 되겠다, 싶었는지 실리안을 소환했다.

'뚫어.'

'아, 씨! 내가 뚫어뻥도 아니고 꼭 이런 지저분한 일만 시켜.'

실리안은 오만상을 짓고 불평을 하며 엄청난 회오리를 만들어 냈다. 수도를 휘젓고 다니는 바람이라는 바람은 전부 모았는지 구름을 뚫어 버릴 정도로 높은 회오리가 천천히 다가왔다.

"피해! 엄청난 회오리다!"

회오리가 황실 가까이 다가오면서 예쁘게 다듬어 놓은 나무들과 가로등들이 휘청거렸다. 동시에 황실 입구에 구름 떼처럼 모인 사람들도 사방으로 흩어졌다.

'수고했어. 들어가.'

'맨날 이런 거만 시키지 말고, 멋있는 일 좀 시켜 달라고!'

'라그……!'

실리안은 아카드가 라그니스라는 말을 떠올리려고 하자 급격히 꼬리를 내리고는 사라졌다. 동시에 하늘을 뚫어 버릴 만큼 기세등등하게 다가오던 회오리도 언제 그랬냐는 듯 먼지처럼 흩어졌다.

아카드가 텅텅 비어 버린 황실 입구 쪽으로 다가가자 바스타드 소드를 찬 젊은 기사가 입구를 막아섰다.

"로브를 벗고 초대장과 신분을 밝혀 주시기 바랍니다."

기사의 말에 아카드는 이번에 새롭게 발급받은 신분증을 내밀었다. 예전 것은 미스릴 명패에 작은 루비가 두 개였지만, 지금은 루비 하나로 바뀌었다. 대신 작은 루비 두 개를 합친 것보다 훨씬 큰 것이 중앙에 박혀 있었다.

젊은 기사는 신분증을 보자마자 너무 놀라 헛바람을 삼켰다. 로브로 가렸지만 달빛 사이로 보이는 얼굴로 볼 때, 눈앞의 청년은 절대 이 신분증의 주인이 될 수 없다.

'이건 백작 이상의 중앙 귀족들만이 지닐 수 있는 신분증인데.'

의심스러운 눈빛으로 아카드를 쳐다보던 기사의 머릿속에 떠오르는 사실 하나가 있었다. 이번에 제국 최초로 20살이라는 나이에 백작이 된 사내의 이야기가 떠올랐다.

제국뿐 아니라 타국에서도 화제가 될 정도로 믿을 수 없는 소문을 만들어 내는 청년에 관한 이야기…….

보통의 기사 같으면 경례를 붙이며 통과시켰겠지만, 황실 기사답게 성급히 행동하는 실수를 범하지 않았다.

"백작님이시면 황실에서 발급한 초대장을 가지고 계시겠군요. 보여 주실 수 있겠습니까?"

정중히 말하는 기사의 태도에 아카드는 고개를 끄덕였다.

"여기."

아카드는 반짝이는 황금을 뿌려 놓은 네모난 종이를 꺼내 기사에게 건넸다. 기사는 아카드의 손에 있는 물건을 정중히 받아 살펴보았다.

틀림없이 황제의 직인이 찍혀 있는 진짜 초대장이었다. 평범한 종이처럼 보이지만 고급스러운 재질에 쉽게 구겨지지 않도록 마법 처리가 되어 있었다.

상대의 신분과 초대장의 진위를 확인한 기사는 떨리는 마음을 붙잡고 긴장된 목소리로 말했다.

"시종장님을 불러드리겠습니다. 잠시만 기다려 주십시오."

기사는 급하게 안으로 뛰어 들어갔다.

잠시 후, 사라졌던 기사와 함께 시종장이 헐레벌떡 달려왔다. 그는 아카드에게 고개를 숙이며 사과했다.

"기다리시게 하여 죄송합니다."

"미리 언질드리지 못한 제 실수도 있으니 넘어갑시다."

"너그럽게 용서해 주시니 감사합니다."

시종장은 미소를 보이며 말을 이었다.

"아카드 백작님의 첫 사교계 입성을 알리게 되는 영광을 주신 것에 대해 감사드리겠습니다."

아카드가 살짝 고개를 끄덕이자 오랫동안 황실을 지켜온 시종장이 헛기침을 몇 번하더니 자신의 복장을 살핀 후 자세를 잡았다. 그는 메인 홀에 있는 모든 사람이 들을 수 있도록 숨을 한 번 들이마신 후 큰 소리로 외쳤다.

"노틸러스 제국의 영웅, 아카드 폰 메디아 백작님께서 입장하시겠습니다!"

아카드의 등장에 귀족들은 할 말을 잃었고, 남편을 따라 황궁에 들어온 귀부인들의 얼굴이 순식간에 붉어졌다.

아카드는 달빛을 받아 신비한 분위기를 자아내는 감색 슈트와 하얀색 광채가 빛나는 실크로 만든 셔츠를 입고 있었다.

슈트의 스타일도 메인 홀 안에서 파티를 즐기는 귀족들과는 원천적으로 달랐다. 파티에 참석한 귀족들의 슈트는 단단한 상체를 강조하기 위해 어깨에 뽕이라고 불리는 보조물을 넣는 반면, 아카드의 슈트는 몸의 굴곡이 드러날 정도로 제작되어 있었다.

또한 다인산 실크로 제작된 하얀색 셔츠는 단추 두 개가 풀려 있어, 뇌쇄적이면서도 야성적인 기운이 물씬 풍겨 대고 있었다.

유난히 한 사람의 등장을 강조하는 시종장의 외침이 귀족들의 말소리와 궁중 악사가 연주하는 선율을 뚫어 버렸다.

"누가 왔다고? 제국은행장을 박살 내 버린 그 백작?"

"드디어 모습을 드러내는 건가."

시종장의 한마디에 메인 홀 내부에는 일순간 정적이 흘렀다. 왈츠곡에 맞춰 춤을 추던 사람들도, 뜻이 맞는 사람들끼리 모인 패거리도, 음악을 연주하던 궁중 악사들까지도 하던 일을 멈췄다.

제국의 귀빈으로 참석한 라르손 왕자와 뭔가 대화를 나누던 팔라디오 2세까지 메인 홀의 입구를 쳐다볼 정도였다.

그동안 궁중 파티에서 볼 수 없었던 감색 슈트에 넥타이까지 착용하지 않은 아카드의 패션은 단번에 눈에 띌 정도였다. 어떻게 보면 황제가 주관하는 파티에 넥타이를 착용하지 않는 것은 큰 실례라고 해석할 수도 있다.

하지만 메인 홀에 모인 그 누구도 아카드의 패션을 무례하다고 생각하지 않았다. 보수적인 색깔이 강한 원로원 의원들도 생소하긴 하지만 꽤 잘 어울린다고 생각했을 정도다.

아카드는 느리지만 우아한 발걸음으로 메인 홀에 한 발자국 내디뎠다.

그때 어디선가 불어오는 가을바람으로 인해 아카드의 짙은 검은색 머리가 찰랑거렸다. 그의 몸에서 흘러나온 진한 머스크 향이 바람을 타고 홀 전체로 은은하게 퍼져 나갔다.

바람의 정령 실리안의 활약은 거기서 끝이 아니었다.

가을의 청명한 기운을 타고 온 실바람은 아카드의 하얀 셔츠까지 파고들었다. 단추 두 개가 풀린 셔츠가 나긋한 움직임으로 펄럭였다.

"아하……."

딱 벌어진 아카드의 단단한 가슴이 슬쩍 보이자 귀부인들과 중앙 귀족 여식들은 자신도 모르게 탄성을 흘렸다. 넋이 나간 듯 그의 모습을 뒤쫓던 여인들은 자신의 얼굴이 붉어져 있는 것을 전혀 알지 못했다.

갈라진 사람들 사이로 천천히 걸어가는 아카드의 모습은 흡사 대관식의 황제처럼 보였다.

아카드는 한가운데 일직선으로 뻗어 있는 길을 당연하다는 듯이 걸어갔다. 길의 끝에는 제국의 황제가 황금 의자에 앉아 그가 오기만을 기다리고 있었다.

아카드가 지나갈 때마다 귀족들은 고개를 숙여 예를 표했다. 황제가 나타났을 때도 대충 습관적으로 고개를 숙였지만, 아카드가 지나갈 때는 공손하고 겸허해 보였다.

귀족들이 이런 태도를 보이는 것은 아카드의 외모 때문도 아니고 작위 때문에 그런 것도 아니었다.

소로스 은행장 손에서 제국을 구했다는 존경심과 고마

움, 거기에 자연스럽게 외부로 분출되는 거친 기질과 강력한 군주들에게만 나타나는 기질들이 하나로 합쳐지면서 자연스럽게 귀족들로 하여금 고개를 숙이게 만들었다.

'젠장. 급하게 오느라 넥타이를 택시에 두고 내렸군. 황제가 그걸 가지고 꼬투리 잡진 않겠지?'

자신에게 쏟아지는 시선을 느끼며 아카드는 점점 안으로 걸어갔다. 의자 위에서 그를 내려다보는 팔라디오 2세가 인상을 찌푸리면서 얼굴을 감싼다.

'망할 놈! 감히 황제인 나보다 늦게 와? 타국 사신 앞에서 이 무슨 망신이람. 저놈도 지 애비랑 똑같은 놈이야.'

'설마 나보다 늦게 나타나는 건 아니겠지.' 라고 생각했던 것은 크나큰 오판이었다. 모건 백작에게 워낙 호구 잡힌 것이 많아서인지 아카드를 보는 황제의 눈초리는 곱지 않아 보였다.

아카드는 황제를 향해 가볍게 고개를 숙였다.

"아카드 폰 메디아. 황제의 부름에 늦어 송구합니다."

"짐이 주최한 파티에 늦을 정도면 많이 바쁜 모양이오."

황제는 기분 나쁜 티를 팍팍 내며 비꼬듯이 말했다. 순식간에 주변의 공기가 딱딱해진다. 하지만 아카드는 황제의 힐난에 별로 신경 쓰지 않는 눈치다.

"당연히 황제 폐하의 초대가 우선이오나, 리포트를 제출하지 않으면 총장님께서 이곳으로 쳐들어오시겠다는 말에 그만……."

휘이이이잉.

아카드의 대답에 시끌벅적해야 할 파티장에 적막이 감돈다. 특히 제국 아카데미를 졸업한 귀족들의 얼굴에는 공포감마저 감돈다.

"총장님이라면 파티장에 쳐들어오고도 남을 분이지."

"쳐들어오시기만 하면 다행이지. 사치 어쩌고 하면서 몇 시간 동안 잔소리하고도 남을 분이 아닌가. 아직도 아카데미 다닐 때 총장님이 하셨던 훈화가 떠오르면 식은땀이 나고 몸이 으스스해질 정도네."

"맞아, 맞아. 총장님이 이곳에 쳐들어오는 것을 막았으니 아카드 백작이 참 장한 일을 하셨구먼."

"아암, 그렇고말고. 저 정도면 황제께서 훈장을 줘도 모자랄 일 아닌가."

"당연하지. 폐하께서 잘못했네. 큰일 하고 온 아카드 백작에게 상은 못 줄망정 타국 사신 앞에서 타박이나 주다니. 저러니 은행장한테 당하고 시민들한테 욕 얻어먹지."

갑자기 오만 비난의 화살이 황제에게 향한다.

팔라디오 2세는 이마에 식은땀이라도 났는지 손수건을 꺼내 얼굴을 계속 문질렀다.

'망할! 역시 그 아버지에 그 아들인가. 모건 백작 자식 놈 기 한번 죽이려고 하다가 나만 욕 얻어먹고. 이게 무슨 꼴이람.'

여기저기서 자신을 향한 불만들이 쏟아지자 황제는 언제 그랬냐는 듯이 번개같이 태세를 변환했다. 그는 온화하고 환한 표정으로 의자에서 내려가 아카드의 어깨를 두들겼다.

"하하하, 고생 많으셨소. 역시 제국의 영웅이라 그런지 뭐 하나 부족한 점이 없는 것 같소. 제국을 위하는 애국심 이라면 애국심, 학업이라면 학업. 뭐 하나 빠지는 것이 없 으니 백작을 보면 제국의 미래가 벌써부터 환해지는 것 같 소이다."

억지로 사람들 앞에서 호탕하게 웃으며 아카드의 어깨를 두들겨 줘야 하는 황제는 울고 싶은 심정이었다. 이치적으 로 볼 때 실례를 저지른 건 아카드인데, 욕이란 욕은 전부 자신이 먹으니 억울하고 미칠 지경이었다.

"폐하께서 넓은 아량으로 이해해 주시니, 감사히 받겠습 니다."

뿌드득.

황제는 '아차!' 하는 심정으로 입을 막았다. 혹시나 자신 의 이 가는 소리가 새 나가진 않았는지 둘러보았지만 다행스럽게도 다른 사람들이 알아챈 거 같지는 않았다.

'죄가 있어도 추궁하지 못하고 도리어 황제인 내가 사과 해야 하다니. 이 자리에 더 있다가는 내가 화병으로 죽고 말지.'

황제는 천천히 자리를 뜨려고 했다. 하지만 그냥 이대로 물러서기에는 자존심이 허락하지 않는지 아카드의 옷깃을 당기고는 귓속말을 속삭였다.

"이번 일 꼭 성공시켜라. 아니면 약속이고 뭐고 이판사 판이야. 알지?"

"그렇긴 합니다만. 아무리 생각해도 제가 더 손해 보는 거……."

갑자기 황제가 의자로 돌아가 잔을 들었다.

파티장에 있던 사람들이 갑작스러운 황제의 행동에 허둥 지둥 자신의 잔을 들어 올렸다.

"제국의 영웅 아카드 백작이 왔으니 짐이 어찌 가만히 있을 수 있는가. 짐은 아카드 백작을 위해 잔을 들고자 한 다. 아카드 백작과 찬란한 제국의 미래를 위하여!"

"위하여!"

역시 노련한 황제답게 아카드가 둘만의 밀약 조건을 수 정하려고 하자 재빨리 빠져나가 버린다. 아카드는 입맛을 다시며 어쩔 수 없이 사람들과 함께 잔을 들었다.

황제는 몸이 안 좋다는 핑계로 파티장을 빠져나가 버렸다. 곧이어 박수 소리가 들리고 여기저기서 '우와아아!' 하는 탄성이 쏟아진다.

아카드는 사방에서 쏟아지는 눈빛을 느꼈다. 부러움, 질시, 호기심 등이 뒤섞인 감정들이 한꺼번에 몰려들었다.

특히 황제 옆자리에 있던 윌슨 사신단들의 관심이 아카드에게 집중되었다. 소문의 주인공이 등장했으니 타국의 사신으로서 주의 깊게 살피는 것은 전혀 이상한 일이 아니다.

메인 홀이 점점 소란스러워지기 시작했다.

노틸러스 제국 사상 최고의 축복이라는 소문까지 도는 자가 저렇게 어리고 아름답게 생겼다는 것이 신기한 모양이다.

하지만 아카드는 주변 사람들의 목소리가 들리지 않았다. 아카드에게 중요한 것은 적의를 띤 눈빛으로 자신을 내려다보는 윌슨 왕국 사신들이었다.

아카드의 눈이 사신들을 휙 둘러보았다. 특히 검은 토브를 입고 있는 사내에게 눈이 갔다. 황제 옆자리에 앉아 있던 라르손 왕자도 아카드를 뚫어지게 바라보고 있다.

라르손 왕자는 겉으로 보기에는 호방하고 강인한 기질을 가진 인물처럼 보였지만 아카드는 눈살이 찌푸려졌다.

라르손 왕자가 속과 겉이 다른 인물인 것을 본능적으로 알아차렸기 때문이다.

'제국은행에서 키운 자라고 해서 그런가? 소로스 은행장과 비슷한 기질을 가지고 있군.'

옆을 돌아보니 라르손 왕자 옆자리에서 안톤 백작이 귓속말로 뭐라고 중얼거리는 모습이 아카드의 눈에 들어왔다. 윌슨 왕국의 독사라는 별명을 가진 자답게 라르손 왕자에게 귓속말을 하면서도 자신을 뚫어지게 쳐다보고 있다.

아카드는 그들에게서 관심을 껐다. 어차피 무역 협상에서 마주쳐야 하는 인물인데 벌써부터 힘을 뺄 필요는 없다는 생각에서다.

무엇보다 오늘 이곳에 온 목적은 사신단이 아니다. 한 번씩 그의 속을 뒤집어 놓는 한 여자 때문에 넥타이도 택시에 놓고 올 정도로 서둘렀다.

아카드는 파티장 주변을 둘러보았다. 황실에서 주최하는 파티답게 워낙 많은 사람들이 모여 있어서인지 목표물의 위치가 쉽게 나타나지 않는다.

'아무리 사람이 많아도 눈에 띄는 스타일인데. 벌써 나간 건가?'

그때, 중앙 귀족들 틈바구니에서 목표물은 아니지만 목표물의 행방을 누구보다 잘 아는 인물이 다가왔다. 외모로만 따지면 아카드와 견줘도 밀리지 않는다고 평가받는 루시르다.

"이제는 백작이라고 불러야 하나? 너에게 어울리진 않지만 어쨌거나 축하해."

"누구의 도움이 없었으면 아직 후계자 소리 들어야 할 인물에게 축하받으니 별로 기쁘지는 않네. 어쨌거나 고마워."

루시르의 이마에 힘줄이 살짝 튀어나왔다. 손이 살짝 떨리는 것을 보니 어지간히 열 받은 모양이다.

"내가 너보다 높은 위치에 있는 사람이란 걸 잊은 모양이군."

"임시 주제에 나불거리긴."

"뭐? 임시?"

"어차피 클라우스 공작이 살아나면 다시 후계자 자리로 물러나야 할 처지 아닌가?"

공작이라는 작위로 협박하는 루시르를 향해 아카드는 강한 일갈을 날렸다. 하지만 루시르의 반격도 만만치 않았다.

"비겁하게 밤에 여자나 불러내는 자식이 할 말은 아닌 거 같은데."

"무슨 소리야?"

지난 밤 에레나가 자신을 초대한 일을 알아챈 모양이다.

"한 번만 더 내 여동생을 밤에 불러내면 죽는다!"

"참, 나. 그게 아닌데."

아카드는 억울했다.

아카드가 에레나를 불러낸 것이 아니라 그 반대다. 마음 같아서는 당장이라도 에레나를 이곳으로 데려와 삼자대면 하고 싶은 마음이다.

하지만 이곳은 귀족이라는 귀족은 죄다 모인 파티장이 다. 에레나의 성격상 거짓말을 하지는 않겠지만, 클라우스 가문의 영애가 남자를 유혹했다는 추문이 퍼지게 될 것이 다.

가뜩이나 이곳은 남의 말 좋아하는 귀족들이 모여 있는 곳이 아닌가.

'하아, 미치겠네. 어떻게 그녀와 엮이기만 하면 나만 손 해 보는 느낌이야.'

루시르의 공격 한 방에 아카드는 제대로 된 반격도 못 하 고 꿀 먹은 벙어리가 됐다.

"그래도 귀족이라고 부끄러운 줄은 아는 모양이지?"

"앞으로 조심하도록 하지."

결국 아카드가 모든 죄를 뒤집어쓰고 사과하는 것으로 끝이 났다. 루시르는 기분이 풀렸는지 의기양양한 미소를 짓다가 고개를 갸웃했다.

"왕자라는 자식은 어디로 사라진 거야? 혹시 너한테 어디 간다는 말은 없었나?"

"무슨 소리야? 바로 앞에 있잖……."

아카드가 말을 하다가 갑자기 멈춘다. 갑자기 고개를 이리저리 돌려 누군가를 찾는다.

"화장실이라도 갔나?"

루시르는 불만 어린 말투로 중얼대더니 골드만 백작 일행과 이야기를 나누는 안톤 백작에게 다가갔다.

아카드는 약간 거리를 두며 그 모습을 지켜봤다. 설명할 수는 없지만 뭔가 불길한 예감이 스물스물 올라왔다. 테이블 위에 있는 물 잔을 들이켜 보지만 그럼에도 불구하고 갈증이 가시질 않는다.

라르손 왕자의 행방을 물으러 갔던 루시르가 아카드를 바라보았다. 그는 아카드를 향해 고개를 흔들었다.

뭔가 기분이 좋지 않다.

'실리안! 에레나를 찾아!'

아카드는 굳게 닫혀 있는 메인 홀의 문을 열고 밖으로 걸어 나갔다.

* * *

불길한 예감은 항상 들어맞는다.

답답한 파티장을 벗어난 에레나는 황실이 자랑하는 공중 정원에 발길이 머물렀다. 형형색색의 자태를 뽐내는 꽃밭을 구경하던 그녀에게 불청객이 접근했다.

검은 토브에 검은 바지를 입은 이국적인 사내는 처음에는 에레나에게 가벼운 인사말을 던지며 다가왔다. 하지만 점점 도를 넘는 언행에 에레나는 인상을 찌푸리며 정원을 벗어나려 했다.

"무슨 짓인가요? 비켜 주세요."

그는 유일하게 바깥으로 나갈 수 있는 길 한가운데에 서서 비켜 줄 생각을 하지 않았다.

"거 참, 이야기 좀 나누자는데 비싸게 구시네."

사내는 뒷짐을 진 채로 에레나를 향해 어슬렁거리며 다가왔다. 그의 입가에는 보일 듯 말 듯한 미소가 걸려 있었다.

"과연 제국 최고의 미녀라는 소문이 사실이군. 주변에서 내 짝으로 손색이 없다는 말에 과장이 심하다고 생각했는데, 실물을 보니 욕심이 나. 첩년의 딸이라는 추문을 충분히 상쇄하고도 넘칠 정도로 아름다운 얼굴이야."

라르손 왕자가 웃자 에레나의 고운 얼굴이 찌푸려졌다. 보기만 해도 구역질 날 것 같은 웃음이다.

"다가오지 마세요. 더 이상 가까이 오면 기사들을 호출할 겁니다."

"부른다고 해도 달라질 게 있을까? 어차피 혼담이 오고 가는 사인데 누가 뭐라고 할 수 있겠어? 거기다가 난 제국의 운명을 결정지을 수 있는 사람이라고."

라르손은 거침없이 에레나에게 다가왔다. 그러고는 그녀의 얼굴을 만지기 위해 손을 뻗었지만 허공만 잡힐 뿐이다.

"오호, 피해?"

짝! 하는 소리와 함께 라르손의 고개가 돌아갔다. 손을 뻗은 대가를 톡톡히 치른 셈이다.

"재밌네? 감히 첩년의 딸이 일국의 왕자 몸에 손을 대?"

그때 정원을 지나가던 황실 기사 두 명이 라르손의 말소리를 듣고 달려왔다.

"거기 누구냐!"

황실 기사가 두 사람을 향해 달려오자, 라르손의 팔에 검붉은 마나가 넘실거렸다. 그는 달려오는 황실 기사의 가슴을 후려쳤다.

팔 한 번 휘둘렀을 뿐인데 놀랍게도 황실 기사 두 명이 그대로 나뒹굴었다.

"컥! 으아악!"

라르손은 악에 받친 음성이 터져 나옴과 동시에 꿈틀거

리는 황실 기사의 목을 그대로 밟아 버렸다.

"벌레 같은 것들이 감히 누구에게 반말을 해."

라르손의 입에서 비웃음이 새어 나왔다. 황실 기사들도 강하지만 그의 상대는 될 수 없었다.

라르손은 어렸을 때부터 제국은행에서 파견된 흑마법사를 스승으로 삼았다. 당연히 라르손은 스승에게서 파괴 계열의 흑마법을 전수받을 수 있었다.

라르손의 양손에서 검붉은 빛이 발사되었다.

동료의 죽음을 옆에서 지켜보아야 했던 황실 기사가 남은 힘을 짜내 칼을 휘저었지만 의미 없는 행동에 불과했다.

콰쾅!

어둠의 구체에 적중된 기사가 낙엽처럼 허공에 떴다가 아래로 추락했다. 기사의 몸이 경련을 일으키며 입에서는 피가 분수처럼 뿜어져 나왔다.

"꺄아아악!"

에레나가 비명을 질렀다.

그녀는 자리에 털썩 주저앉고 말았다.

"기사를 부른다고 했나? 또 불러 봐."

라르손은 가까이 다가가 손을 뻗어 에레나의 턱을 잡았다.

떨고 있는 에레나의 고개가 올려졌다. 그녀의 눈빛은 심하게 흔들렸다.

두려움이 가득한 사슴 같은 눈망울이 라르손을 노려보고 있다.

"여자를 보고 욕심이 생기기는 또 처음이네. 처음 계획과는 다르게 내가 양보해야 할 일이 생길지도 모르겠어."

라르손은 알 수 없는 말을 주절대며 에레나의 얼굴을 손가락으로 어루만졌다. 눈을 질끈 감은 그녀는 울지 않으려고 입술을 꽉 깨물었다.

라르손은 자신을 두려워하는 에레나의 반응에 쾌감이 솟아났다. 마치 먹잇감을 앞에 두고 장난치는 듯한 눈빛이다.

'이거 잘 하면 꿩도 먹고 알도 먹는 상황이 벌어질 수도 있겠는데?'

감정적으로 행동하는 것처럼 보이겠지만 사실 라르손의 행동에는 철저한 계산이 깔려 있었다. 에레나가 메인 홀을 벗어나자마자 따라붙어 추행을 한 행동은 제국의 기를 꺾어 버리기 위해서다.

에레나를 목표로 삼은 것은 제국의 자존심이라 불리는 가문의 여식을 추행하고도 타국에서 무사할 수 있다는 자신감이 있어서다. 그녀가 정실의 자식이 아니기 때문이다.

어차피 제국을 조사할 때 중요 인물에 대한 조사는 철저히 해 두었다. 에레나가 클라우스 가문의 여식이고 미모가 하늘을 찌른다고는 하나 평민의 자식이다.

클라우스 가문 내부에 잠입한 간자가 보낸 보고서에는 에레나가 혈육으로 인정받지 못하고 있다는 내용이 적혀 있었다. 즉, 클라우스 가문에서는 에레나를 한 번 쓰고 버릴 패로 본다는 것을 의미했다.

'한 번 쓰고 버리기에는 아까운 얼굴이지. 제국의 기도 눌러 버리고 이년도 내 첩으로 삼으면 되겠는데.'

제국의 운명을 쥐고 있는 사람은 라르손이다. 윌슨 왕국이 소유하고 있는 제국의 채권들 중 만기가 도래하는 채권의 기간을 연장해 주지 않으면 제국은 파산한다.

윌슨 왕국 재무부가 조사한 바로는 지난 달 국채를 갚느라 제국이 소유하고 있는 윌슨 금화는 동이 났다. 윌슨 왕국은 제국은행이 파산한 후에 제국 금화 반입을 금지했다.

외화가 텅텅 비어 버린 노틸러스 제국은 채권자들이 만기를 연장해 주지 않는다면 파산하게 된다는 소리다. 그리고 제국이 발행한 채권의 80% 이상을 윌슨 왕국이 소유하고 있다.

소로스 은행장이 살아 있을 때, 제국을 자신의 손에 거머쥐기 위해 윌슨 왕국 지부를 통해 제국 국채를 사들이도록 명령했다.

타국의 국채는 제국에 있는 본점에 보관해 뒀지만 불필요한 오해를 피하기 위해 제국의 채권은 윌슨지부 비밀 창고에 보관하도록 했다. 그 후 은행장은 실종되었지만, 제국의 채권은 고스란히 윌슨 지부에 남아 라르손 왕자의 손에 들어왔다.

결론적으로 제국이 파산하느냐 생존하느냐는 라르손 왕자의 손에 달렸다고 봐도 과언이 아니었다. 제국의 황제라고 해도 그에게 함부로 할 수 없다는 뜻이다.

"잘 생각해. 네 행동 하나에 따라 제국이 내일 당장 망할 수도, 흥할 수도 있다고. 명문이라 불리는 제국 아카데미 학생이라고 했나? 그 정도 사리 판단은 할 줄 알겠지?"

턱을 더듬던 손이 에레나의 고운 목선을 타고 천천히 내려간다. 그럴수록 그녀의 떨림은 점점 커지고 수치심도 커져 간다.

"살려 줘요, 아카드."

"살려 달라고 부탁해야 할 상대가 바뀐 거 아닌가? 너의 운명을 쥐고 있는 것은 난데 말이지."

라르손의 손가락이 그녀의 쇄골까지 다다랐을 때였다.

"똥개도 자기 집에서는 50점 먹고 들어간다는 말도 있는데, 왕자라는 놈이 개만도 못한 새끼라니."

살기가 뚝뚝 떨어지는 목소리. 자신을 개와 비교하며 조롱하는 목소리에 라르손의 얼굴이 일그러졌다.

"어느 미친 새끼가……."

에레나에게 향했던 음탕한 미소를 거둔 라르손은 천천히 일어나 몸을 뒤로 돌렸다. 그는 자신에게 다가오는 검은 머리카락의 사내를 보며 흥미로운 표정을 지었다.

자신이 유일하게 조사하지 못한 인물이 검은 머리를 휘날리며 다가오고 있다. 그 뒤로 새롭게 공작의 자리에 오른 루시르와 몇몇 귀족들이 뒤따라 왔다.

'오히려 잘됐군. 이년이 아니라 귀족들이 보는 앞에서 제국의 영웅이라는 놈을 뭉개 버리면 단번에 제국의 기세를 무너뜨릴 수 있다.'

라르손은 마치 자신이 황궁의 주인인 것처럼 여유로운 표정으로 양팔을 벌리며 아카드를 반겼다.

"이게 누구신가. 제국의 영웅이라는 아카드 백작이 아니신가."

"역시 제국은행의 인형답게 얼굴이 두꺼워. 방금 전까지 미친놈이라고 하더니 말이야."

"그런가? 내 기억에는 그런 말을 한 적이 없는데."

라르손은 능청스럽게 부정했다. 어차피 뒤에 있는 귀족들은 자신이 욕하는 것을 듣지 못했다는 것을 염두에 둔 행동이다.

'그래. 그렇게 흥분해라. 그래 봤자 손해 보는 것은 네놈이다.'

라르손은 아카드가 좀 더 흥분하여 자신에게 무례한 행동을 하도록 유도했다. 그것을 핑계 삼아 황실 기사를 살해한 책임에서 벗어나려는 생각이다.

"파티장에 계셔야 할 백작이 이곳에는 무슨 일이지?"

"제국 귀족이 제국 땅을 돌아다니는데 타국에서 온 놈의 허락을 맡아야 하나?"

"그건 아니지만……."

직설적인 아카드의 화술에 라르손은 순식간에 말문이 막혀 버렸다.

'젠장, 상황이 꼬이네.'

라르손은 조금씩 급해졌다. 아카드 등 뒤로 눈에 핏발이 선 루시르가 다가오고 있었기 때문이다.

'저자식이 오기 전에 아카드라는 녀석이 사고를 쳐야 하는데. 이 녀석의 이성을 잃게 할 방법이 없을까?'

어쨌거나 루시르는 에레나의 혈육이다. 아카드가 아닌 루시르가 끼어들게 되면, 라르손은 명분에서 밀릴 수밖에 없다.

'아하, 그게 있었지?'

라르손은 뭔가가 떠올랐는지 아카드에게 다가갔다. 그러고는 그의 귀에만 들릴 정도로 작은 목소리로 말했다.

"저년의 속살이 매우 부드럽던데 말이지. 너도 저년과

그렇고 그런 사이라지?"

　루시르는 얼마 전에 제국을 시끄럽게 만들었던 소문을 상기시키며 아카드의 반응을 기다렸다. 옆에 있던 에레나가 그 말을 들었는지 아카드를 향해 고개를 흔들었다.

　아카드는 그녀에게 안심하라고 고개를 끄덕였다. 그러고는 고개를 돌려 라르손이 한 것처럼 조용히 물었다.

　"그런데 너 몇 살이냐?"

　"뭐? 여기서 그 말이 왜 나오는 거지?"

　"두 번 묻는 거 싫어한다."

　예상과는 전혀 다른 아카드의 반응에 라르손은 얼떨결에 대답했다.

　"서…… 서른 살."

　"아하, 그러서?"

　아카드는 그러냐는 표정으로 라르손을 향해 웃으며 다시 말했다.

　"그렇군. 그런데 나보다 몇 살밖에 더 처먹지 않은 새끼가 나한테 반말을 해? 그리고 내 여자 어떻게 할 거야?"

　아카드의 말투가 갑자기 거칠게 바뀌었다.

　라르손은 황당한 표정으로 아카드를 보았다. 아무리 봐도 곱게 자란 거처럼 보이는 어린놈이 일국의 왕자인 자신에게 대든다는 사실이 너무 어이가 없었다.

'주변에서 제국의 영웅이니 최연소 백작이니 떠받들어 주니 보이는 게 없는 모양이군.'

라르손은 이해한다는 표정을 지었다. 거기다가 소문으로 엮였던 제국 최고 미녀가 저러고 있으니 점수를 따려고 이러는 거 같은데 번지수 잘못 잡았다.

자신은 제국의 운명을 쥐고 있는 사람이다.

만약 여기서 자신이 잘못되면 제국은 국채를 막지 못해 파산하게 되고, 제국의 영웅은 순식간에 역적으로 몰락하게 된다는 것을 모르는 거 같았다.

'제대로 걸렸군.'

라르손의 계략대로 아카드는 자신에게 먼저 시비를 걸었다. 이렇게 되면 황실 기사의 죽음 따위는 가볍게 묻어 버릴 수 있게 된다.

'루시르라는 녀석이 시비를 걸까 봐 고민했는데 잘됐군.'

라르손의 표정이 스산하게 변했다.

"고작 백작 따위가 사신으로 온 왕자에게 까불어?"

라르손의 막말에 아카드가 피식 웃었다.

한편 이 상황을 보고 있던 루시르가 휘청거렸다.

'저 망할 자식. 결국 대형 사고를 치는구나.'

이런 문제는 당사자가 나서야 한다. 그런데 아카드의 막말을 뒤에 있는 귀족들이 들은 이상 자신의 손을 떠나 버렸다.

이제는 개인과 개인의 문제가 아니라 국가 대 국가의 자존심 싸움으로 커져 버렸다. 그는 피식 웃는 아카드의 표정을 보며 상황의 심각성을 눈치챘지만, 설마 싶었다.

'아니야. 아무리 막 나가는 녀석이라도 타국의 사신을……?'

그건 있을 수 없는 일이었다.

제국 황실 한가운데서 사신을, 그것도 타국의 왕자를 팬다는 것은 전쟁을 하자는 것과 마찬가지다.

'망했다!'

루시르가 아카드를 말리기도 전에 사고가 터졌다. 바람의 힘을 실은 아카드의 주먹은 소드 익스퍼트인 자신의 눈에도 보이지 않을 정도로 빠르게 라르손 왕자의 면상을 향해 날아가고 있었다.

"감히 내 여자를 건드려?"

'퍽!' 하는 소리와 함께 라르손의 몸이 붕 떠 버렸다. 골이 흔들릴 정도로 극심한 고통을 느꼈지만 그는 멍한 상태였다.

'이게 뭐지?'

사람은 한 번도 당하지 않은 일을 당할 때 고통보다는 충격이 배가 되는 법이다. 라르손은 자신의 상황이 도대체 이해가 되지 않았다.

'국왕이신 아버지에게도 한 번도 맞지 않았는데, 누구에게 맞았다고?'

시야가 흔들리는 와중에도 라르손은 자신이 누군가에게 맞았다는 사실을 믿지 못했다.

믿지 못하는 것은 라르손뿐이 아니었다.

아카드 등 뒤에서 그 모습을 바라보고 있던 루시르는 물론 2층에서 이 모습을 지켜보는 귀족들까지도 입을 떡 벌리며 놀라고 있었다. 사람들은 상상도 못 하는 일이 벌어지면 잠깐 동안 자신의 눈을 의심하는 상황이 벌어진다.

지금이 바로 그런 상황이었다.

"우리 왕자님이 맞고 계신 것이 보이질 않소. 당장 저자를 잡아들이시오!"

사신단 대표로 파티에 참석한 안톤 백작이 고래고래 고함을 지르며 달려왔다. 하지만 자신의 목을 겨누고 있는 루시르의 칼에 멈출 수밖에 없었다.

"당신들 미쳤어! 전부 미쳤다고! 우리 폐하께서 이 사실을 들으신다면 가만히 계실 것 같아? 당장에…… 헉!"

"주둥아리 한 번만 더 놀리면 목이 날아갈 것이다."

루시르의 머리카락이 활활 타올랐다. 덩달아 그의 칼끝도 마나로 뒤덮이며 금방이라도 안톤 백작의 목을 뚫어 버릴 기세다.

'어차피 주사위는 던져졌다. 이제 저 녀석만 믿어야 하는 상황이군.'

루시르는 모든 판이 아카드 중심으로 흘러가는 것 같아 짜증이 났다. 하지만 에레나가 모욕을 당한 이상 두고 볼 수만은 없는 상황이다.

지금은 클라우스 가문의 가주로서, 중앙 귀족을 대표하는 공작으로서 아카드에게 힘을 실어 줘야 했다. 그렇지 않으면 타국에서 공격하기 전에 내부 분열로 무너질 판이다.

아카드는 잠시 고개를 돌려 루시르를 보더니 윙크를 했다. 루시르의 행동을 이해했고 또 고맙다는 표시다.

등 뒤에서 '미친놈!'이라고 말하는 루시르의 중얼거림이 들렸지만 상관하지 않았다. 아카드는 이글거리는 눈빛으로 라르손 왕자만 주시하고 있을 뿐이다.

'머리 잘 쓰는 놈을 만났을 때는 그냥 두들겨 패! 이유도 묻지 말고 그 자식의 변명도 듣지 말고 마구 패! 어느 정도 패면 되냐고? 네 얼굴만 봐도 오줌을 질질 싸게 만들 정도로 패.'

전쟁이 나도 할 말 없는 상황에서 아카드는 아버지인 모건 백작의 말이 떠올랐다. 어느새 아버지의 말은 아카드의 철학이 되어 있었다.

전쟁터에서, 또는 상단을 운영하면서 확실히 깨달았다.

섣부르게 건드리면 더 큰 화로 돌아온다는 것을.

물론 아카드는 큰 화를 당할 생각이 없었다. 그는 비실비실 일어나는 상대의 멱살을 잡고 들어 올리더니 그대로 땅바닥에 패대기쳤다.

라르손은 또 한 번의 고통이 느껴져서야 상황이 파악되었다. 그건 윌슨 왕국의 사신들도 마찬가지였다.

그러나 라르손은 믿는 구석이 있었다.

자신은 윌슨 왕국의 왕자다. 또한 그의 양손에는 제국을 망하게 할 수 있는 채권이 들려 있다. 그는 엄청난 고통을 참으며 겨우 입을 열었다.

"이…… 이……놈, 내 말 한 마디면 이 제국은…… 크아악!"

라르손은 제대로 말도 끝내지 못했다.

아카드가 그 잘난 라르손의 입을 걷어차 버렸기 때문이다. 왕자의 몸이 정원 커다란 나무에 처박혀 버렸다.

"이놈이 감히……."

라르손의 손바닥에 검붉은 마나가 넘실거린다. 수치심과 엄청난 고통으로 인해 이성은 이미 날아간 지 오래다.

"왕자님! 안 됩니다!"

안톤 백작이 죽음을 각오하고 소리쳤지만 이미 늦었다. 라르손은 어둠의 구체를 만들어 아카드에게 날렸다.

콰콰콰쾅!

어둠의 구체는 공중 정원이라 불리는 이곳에 구덩이가 파일 정도로 위력을 과시했다. 구덩이 속에서 시커멓게 타 버린 사내의 육체가 경련을 일으키며 목소리를 쥐어짰다.

"어, 어떻게……?"

어둠의 구체에 당한 대상은 아카드가 아니라 다름 아닌 라르손 왕자였다. 그가 시전한 어둠의 구체는 아카드에게 닿지 못하고 바람의 정령으로 인해 자신에게 되돌아왔다.

이 한 방에 모든 것을 건 라르손은 자신이 시전한 흑마법이 되돌아오는 것을 보면서도 움직일 힘이 없었다. 벌레처럼 꿈틀거려 보지만 피한다는 것은 불가능했다.

어둠의 구체가 자신이 시전한 속도보다 두 배 이상 빠르게 날아왔기에 피한다는 것은 불가능했다.

"이 새끼들, 소로스가 실종되고 나니 흑마법을 대놓고 쓰네."

아카드는 구덩이 아래로 내려갔다. 그러고는 시커멓게 타 버린 라르손을 무참하게 구타하기 시작했다.

그렇게 두들겨 맞는데도 숨이 붙어 있는 것이 신기할 정도다.

"사, 살려 줘."

라르손은 처음으로 자신이 죽을지도 모른다는 생각을 했

다. 그는 공포심과 고통을 어떻게 해서든지 벗어나고 싶었다.

이미 일국의 왕자로서의 자존심은 허공으로 날아간 지 오래다. 이 고통에서 벗어날 수만 있다면 개가 되어도 좋다고 생각할 정도였다.

하지만 아카드는 절대 멈추지 않았다.

자신의 왕자가 구타당하는 동안 안톤 백작과 윌슨 왕국의 사신단은 멍하니 구경만 했다. 제국의 귀족들과 소란을 듣고 달려온 황제도 마찬가지다.

루시르가 길을 막고 있는 이유도 있었지만, 압도적인 아카드의 존재감 때문에 그 누구도 다가갈 생각조차 하지 못했다.

다만 이 상황을 누구보다 가까이 지켜보고 있는 루시르만이 기가 찬 표정으로 중얼거렸다.

"미친놈! 결국 대형 사고란 사고는 다 터트리네. 그래, 사고를 치려면 이 정도 스케일 있는 사고는 쳐야 남자지."

루시르는 원수라는 사실도 잊은 채 어느새 아카드를 응원하고 있었다. 상대가 제국의 숨통을 쥐고 있는 타국의 왕자라는 사실이 걱정되기도 했지만, 여동생을 사랑하는 오빠로서 속이 시원해지는 쾌감이 들 수밖에 없었다.

순간 아카드에게 달려가 대견하다는 칭찬을 하며 어깨를 두들겨 줄 뻔했다. 하지만 내 여자라는 아카드의 선언이 발목을 잡았다.

'망할 자식! 감히 누구 허락 맡고 그딴 소리를 지껄이는 거야. 네깟 놈에게 내 여동생을 줄 듯싶으냐. 일단 사건이 조용해지면 두고 보자!'

절대 이루어질 것 같지 않지만, 루시르는 아카드의 말을 마음에 새겨 두며 후일을 다짐했다.

어느새 아카드의 구타가 멈췄다. 다 죽어 가던 라르손이 아카드의 신발을 건드리며 같은 말만 반복했다.

"살려, 살, 려…… 살……려……."

바람 빠진 풍선처럼 새는 소리를 내며 말도 제대로 못 하는 라르손의 모습에서 이미 왕자의 당당함은 찾아볼 수도 없었다. 오로지 살기 위해 비틀거리는 벌레 같은 인간 하나만이 있을 뿐이다.

이미 검은 토브는 온갖 핏물로 젖어 있고, 바지에는 지린 내가 진동했다. 아카드는 그의 머리를 지그시 밟으며 말했다.

"감히 벌레 같은 새끼가 내 여자를 모욕해! 잘 들어. 앞으로 윌슨 왕국 새끼들은 내 여자가 지나갈 때 눈도 마주치지 마라. 그렇지 않으면 걸리는 놈마다 갈아 마셔 버린다."

"네…… 네…… 네. 흑흑."

눈물 콧물로 질질 짜는 라르손의 모습은 가관이었다.

아카드는 자신의 발을 부여잡으려는 라르손을 사신단이 있는 곳으로 집어던지며 말했다.

"오늘은 첫 날이라 이 정도로 봐준다."

라르손의 몸이 사신단 머리 위로 떨어졌다. '쿵!' 하는 소리와 함께 사신들 몸 위로 떨어진 라르손은 충격으로 기절했다.

아카드가 라르손을 죽이지 않은 이유는 하나였다.

바로 제국 국채를 들고 있는 사신들과 협상도 시작하지 않았기 때문이다. 만약 사신이 죽게 되면 국제 관계에서 모든 협상은 무효가 된다.

당연히 이번 사신단과 협상을 해야 하는 아카드 입장에서는 라르손을 죽이기에는 기회가 아까웠다. 죽이더라도 자신에게 유리하게 협상을 맺은 후 쥐도 새도 모르게 죽여야 한다.

제국 황실에 들어와 제국을 깔보며 제집처럼 돌아다니던 사신들은 아카드의 눈치를 보며 쥐 죽은 듯이 조용해졌다.

＊　　　＊　　　＊

팔라디오 2세 잠자리에 들려고 할 때였다.

"저어어어언…… 하!"

바깥에서 '쿵!' 하는 소리와 함께 시종장이 뛰어들어 왔다. 평소의 황제라면 '이놈! 무례하다!' 라고 소리치며 기사들을 호출했겠지만 시종장의 얼굴을 보니 차마 그럴 수가 없었다.

"폐…… 폐…….."

시종장은 얼마나 급하게 달려왔는지 숨을 헐떡이느라 황제 앞에서 말을 하지 못할 정도다.

"무슨 일이냐. 말을 해 보거라."

팔라디오 2세가 답답한 마음에 시종장에게 물까지 건네며 대답을 기다렸다. 잠시 숨을 고른 시종장의 입에서 나온 말을 듣자마자 황제는 그의 뒤통수를 냅다 갈겨 버렸다.

"그걸 이제 말하면 어쩌자는 것이야."

팔라디오 2세는 헐레벌떡 침대에서 뛰어나갔다. 얼마나 급했는지 소리를 지르며 뛰쳐나가는 황제의 복장은 잠옷 그대로였다.

"진짜 이 망할 부자(父子) 놈들이!"

*　　　*　　　*

정원에는 이미 많은 수의 병사들이 도열해 있었다. 특히 병사들의 대다수를 이루는 클라우스 기사단원들의 눈에는 분노가 불꽃처럼 이글거렸다.

황제는 직감했다. 젠장, 망했구나.

"황제 폐하 납시오!"

기사단원들이 좌우로 물러나자, 그 뒤로 황비가 정성스럽게 꾸몄던 정원이 파괴되어 있는 게 보였다. 큰 구덩이가 파여 있고, 형체도 알아보기 힘들 정도로 검게 타 버린 무언가가 꿈틀거리고 있었다.

'설마 아니겠지. 저게 라르손 왕자는 아니겠지. 아카드 백작아, 넌 아버지랑 다르잖아. 그치? 제발 아니라고 해 줘!'

황제는 귀족들 무리를 헤치며 정원으로 내려갔다. 그가 정원에 발을 디디자마자 사신들에게 칼을 겨누고 있는 루시르의 모습이 눈에 들어온다.

"이게 어떻게 된 일인가, 공작."

"보시는 그대로입니다."

다행히도 황제라는 권력이 먹혔는지 루시르가 천천히 칼을 내린다. 입을 꾹 다문 그의 두 눈은 만신창이가 된 라르손 왕자에게 꽂혀 있었다.

황제는 본능적으로 느꼈다. 이미 루시르는 동생의 일로 아카드와 한 배를 탔다는 것을. 아마 이들을 물리치라고 해도 말을 듣지 않을 테지.

그때 안톤 백작은 이때다 싶었는지 그에게 쪼르르 달려와 지금까지의 만행을 일러바치기 시작했다.

"황제! 이게 무슨 짓이오. 이러려고 황실에 초대했소이까!"

"아니, 그게 아니라……."

"아니긴 뭐가 아니오! 지금 우리 왕자님 꼴을 보시오. 지금 우리랑 전쟁하자는 것이오!"

안톤 백작은 자신의 앞에 있는 사람이 황제라는 사실을 까먹은 거 같다. 그는 황제에게 삿대질을 하며 당장 라르손 왕자를 구하라고 소리쳤다.

'이 새끼가! 그냥 확 죽여 버릴까?'

안톤 백작의 무례함에 황제의 눈에 살짝 스산한 살기가 감돌았다. 하지만 이내 고개를 흔들었다.

또다시 전쟁이 나서는 안 된다. 안 그래도 내정이 불안한 상태인데 전쟁이 났다가는 시민들이 어떻게 들고 일어날지 알 수 없다.

'내 대에서 제국을 망하게 할 수는 없다. 어떻게 해야 하지? 넘겨야 하나?'

고민을 하는 동안 다 죽어 가던 라르손 왕자가 황제를 발견하고는 흉측한 몰골로 기어 왔다. 어떻게 해서든지 살아야겠다는 집념으로 황제 발 앞까지 다가온 왕자는 황제의 발을 붙잡고 용을 썼다.

"저…… 자식을, 죽여라. 그렇지 않으면, 제국은 파산할 것이야."

황제는 복잡한 생각으로 왕자를 내려다봤다.

"황제…… 지금 뭐하는 거요? 내 말이 들리지 않소? 진짜 전쟁이라도 해보자는 건가?"

라르손 왕자의 눈이 커지고, 옆에 있던 안톤 백작은 황제를 향해 무언으로 강하게 항의했다.

그야말로 누가 숨이라도 크게 쉬면 그대로 전쟁이 일어날 것만 같은, 숨 막히는 정적이 흘렀다.

그때 장내에 울려 퍼지는 살기를 품은 차가운 음성.

"황제 폐하, 약속은 유효한 겁니까?"

황제는 고개를 들었다. 저 멀리서 아카드가 당당하게 걸어왔다.

"무슨 소리냐?"

"아직까지 윌슨 사신단과의 협상 책임자가 저인지 묻는 겁니다."

황제는 아무 대답도 하지 않았다.

사신단이 돌아가면 당장이라도 전쟁 준비를 해야 하는 상황에 밀약에 대해 언급하는 아카드를 이해할 수 없었다. 하지만 아카드의 눈에는 자신감이 넘쳤다.

그의 눈에서는 '나를 끝까지 믿으시오!' 라는 뜻이 강하게 표출되고 있었다.

'어차피 수습하는 건 불가능해. 그렇다면…….'

황제는 눈을 질끈 감았다가 아카드를 쳐다보았다. 여전히 자신감 넘치는 눈빛에는 변함이 없었다.

"뒷감당을 할 자신이 있는가? 백작 어깨에 제국의 운명이 달렸네."

"행동으로 보여 드리지요."

아카드는 천천히 다가왔다. 단지 노려보는 대상이 황제에서 라르손 왕자로 바뀌었을 뿐이다.

아카드가 손을 뻗자 황제를 호위하던 근위대장의 허리춤에 있던 칼이 그의 손으로 빨려 들어갔다. 실리안이 아카드의 뜻을 알아채고 가져온 것이지만, 다른 사람의 눈에는 검이 저절로 움직인 것처럼 보였다.

그리고 천천히 걸어간다. 라르손 왕자에게로.

"너, 너, 너 대체 무슨 짓을……! 내 뒤에 누가 있는 줄 알고…… 컥!"

불길한 기분을 느낀 라르손 왕자는 얼굴이 하얗게 질린 채 소리를 질러댔지만, 그보다 먼저 라르손의 머리통이 허공으로 날아갔다. 그의 부릅뜬 눈이 이내 생기를 잃었다.

"……!"

"……!"

좌중이 모두 충격에 젖어 입을 쩍 벌린다. 황제는 두 눈을 부릅뜨고, 루시르는 당연하다는 듯이 고요한 눈빛으로 아카드를 쳐다본다.

챙그랑.

아카드가 검을 바닥에다 버리더니 소리쳤다.

"두 시간 후에 협상을 시작한다. 거부권은 없다. 그때까지 여기서 단 한 놈도 나가지 못하게 모두 막아!"

루시르가 주변 기사들에게 고개를 끄덕이자, 병사들은 재빨리 움직이며 정원을 에워쌌다.

아카드는 바닥을 구르는 라르손 왕자의 머리통을 내려다봤다. 라르손 왕자의 공허한 눈빛이 하늘을 향한다.

"네 뒤에 누가 있든 상관 안 해. 하지만 거기 가거든 한 가지만 기억해 둬라."

아카드가 차갑게 말을 이었다.

"내 여자를 건드린 놈은 죽는다."

Chapter 5.
둘만의 무도회

에레나는 꿈을 꾸고 있었다.

아름다운 정원을 노닐던 에레나 위로 무언가가 툭 하며 떨어졌다.

"에구머니나, 이게 뭐지?"

머리 위에 떨어진 물체를 확인하기 위해 손을 뻗었을 때 뭔가 물컹한 것이 잡혔다. 그녀가 손을 대자마자 머리 위의 물체가 날카롭게 반응했다.

쉬이이이이이이익!

뱀이다. 그녀가 세상에서 가장 싫어하는 파충류다.

"꺄아아아아아악!"

에레나의 비명 소리에 놀란 뱀은 날카롭게 반응하며 천천히 내려왔다. 그녀의 머리를 칭칭 감으며 말이다.

살려 달라고 비명을 지르고 싶었지만 입이 열리지 않았다. 또한 뿌리치고 도망가야 한다는 사실도 알았지만, 다리는 돌처럼 딱딱하게 굳어 버려 움직일 생각도 하지 않는다.

그러는 사이 에레나의 머리를 칭칭 감는 뱀과 눈이 마주쳤다. 흉측하게도 검은 색깔의 뱀이다.

검은 뱀은 빳빳하게 자신의 비늘을 바싹 세우며 에레나를 향해 혓바닥을 날름거렸다. 그녀의 눈을 바라보며 이렇게 말하는 것 같았다.

소리치면 잡아먹을 것이다.

스스스스스스스.

검은 뱀은 에레나가 겁먹었다는 것을 알고는 천천히 방향을 틀었다. 머리를 내려와 하얀 목을 타고 천천히 내려가는 것이 느껴졌다.

에레나는 온몸의 솜털이 곤두섰다.

금방이라도 검은 뱀이 아가리를 벌려 자신을 잡아먹을 것만 같았다.

'아카드, 도와줘.'

위험에 처하자 본능적으로 아카드를 찾았다.

하지만 아카드는 나타나지 않았다.

그러는 사이 주변은 온통 어둠으로 가득 차 버렸다. 한 치 앞도 보이지 않는 상황에서 하늘을 향해 꼿꼿하게 치솟은 뱀의 꼬리가 어지럽게 움직이고 있었다.

무서웠다.

이대로 죽는 것도 무섭지만, 마음속에 새겨진 그 사람을 더 이상 볼 수 없다는 것이 그녀의 마음을 무겁게 짓눌렀다.

'그래. 죽을 때 죽더라도, 이름이라도 실컷 불러 보자.'

그때, 아래에 있어야 할 뱀의 머리가 그녀의 코앞까지 다가왔다. 검은 뱀은 자신의 생각을 알아챘는지 독이 오른 표정으로 그녀를 위협했다.

"살려 달라고 부탁해야 할 상대가 바뀐 거 아닌가? 너의 운명을 쥐고 있는 것은 난데 말이지."

뱀의 입에서 놀랍게도 사람의 언어가 튀어나왔다. 그뿐만이 아니었다. 뱀의 머리가 천천히 라르손의 얼굴로 변하는 것이 아닌가.

에레나의 턱이 덜덜 떨려오기 시작했다. 머리 깊숙이 감추고 싶었던 기억들이 천천히 떠오르려 하고 있었다.

라르손의 얼굴을 한 뱀이 입을 크게 벌렸다. 검은 독이 뚝뚝 떨어지는 것이 한눈에 들어온다.

"아카드, 살려 줘!"

검은 뱀이 자신을 삼키려는 순간 에레나는 꿈에서 깨어났다. 눈을 번쩍 뜬 그녀는 상체를 벌떡 일으켰다.

* * *

"일어났어?"

익숙한 목소리가 에레나의 귓가로 흘러들어 왔다.

신기하게도 그 목소리를 듣는 순간 극도의 공포가 잦아들기 시작했다.

옆을 돌아보니 아카드가 그녀를 바라보며 있는 것이 아닌가.

"아직 시간이 남았어. 좀 더 쉬어도 괜찮아."

아카드의 목소리는 스스로도 어색하다고 느낄 정도로 부드러웠다.

"괜찮아요."

왜 그런지 모르겠지만 에레나는 기어들어 가는 목소리로 대답했다.

"그래도 쉬어."

아카드가 긴 팔로 그녀의 상체를 자신의 무릎 위로 눕혔다. 그러고는 말없이 그녀의 이마를 쓸어 올렸다.

한동안 두 사람은 말이 없었다.

아카드의 긴 손가락이 반복적으로 에레나의 이마만 쓰다듬고 있을 뿐이다.

'따뜻하다.'

어느새 에레나는 안정을 되찾았다. 아카드의 무릎에서 올라오는 열기와 이마에서 느껴지는 따뜻함에 악몽은 천천히 사라진다.

무엇보다 자신을 내려다보는 아카드의 눈빛은 병아리를 품은 어미닭처럼 그녀를 위로하고 있었다. 그녀는 자신이 마치 어미닭 품에 파고드는 병아리 같다는 생각을 했다.

'이대로 계속 누워 있으면 좋겠다.'

에레나의 입에서 시작된 미소는 점점 얼굴 전체로 퍼져가고 있었다.

"이제 앉을래요."

에레나는 천천히 일어나 벽에 등을 기대고 앉았다.

어디선가 서늘한 바람이 불어온다. 가을이라 밤바람이 제법 매섭다.

"에취!"

'오늘따라 왜 이렇게 바람이 세게 불지?' 라는 생각에 에레나는 주변을 둘러보았다.

그런데 뭔가 이상하다.

주변은 아무것도 보이지 않고 어둡다.

"여긴?"

"제국은행 옥상."

"네에?"

에레나는 일어나 담장 밖을 쳐다보았다. 그녀가 담장에 팔을 걸치고 내려다보니 수도 그라프의 모습이 한눈에 들어왔다. 걸어가는 사람들은 죄다 난쟁이처럼 조그맣게 보인다.

"그래서 추웠구나."

에레나는 '감기가 오면 어쩌지?' 라는 생각에 다시 아카드 옆에 쪼그려 앉았다. 조금이라도 바람을 줄여 보자는 생각에서다.

"추워?"

재채기를 한 그녀를 보고 묻는 말에 에레나는 고개를 끄덕였다.

아카드가 지체 없이 자신의 겉옷 재킷을 벗었다. 그러고는 에레나의 어깨에 걸쳐 주더니 팔도 끼워서 옷을 입혔다.

그때, 갑자기 옥상 한쪽에 커다란 불덩이가 떨어졌다. 바닥에 떨어진 불덩이는 마치 살아 움직이는 생명체처럼 옥상 담벼락을 타고 한 바퀴를 움직인다.

순식간에 사방의 담벼락에 불이 활활 타오른다.

이상한 것은 불덩이들이 두 사람에게 전혀 해를 입히지

않는다는 것이다. 일정 선 이상 넘어오지 않았다. 신기한
일이다.

서늘했던 옥상 주변의 온도가 급격하게 올라갔다. 이제
는 추운 게 아니라 더울 정도였다.

"아카드 군, 여기요."

에레나가 재킷을 벗어 아카드에게 내밀었다.

"날 위해서 입어. 괜히 감기 걸리게 만들었다고 당신 오
빠 길길이 날뛰는 모습을 보게 만들지 말고."

"그게 아니라, 이제는 더워요."

휘이이잉.

무심한 바람이 두 사람 앞을 쫓기듯이 도망갔다.

잠깐이지만 아카드는 아무 말도 하지 않았다. 무슨 이유
에서인지 뭔가 화가 난 눈치다. 그의 정성을 무시해서 화가
난 걸까?

에레나가 아카드의 눈치를 보며 다시 재킷을 걸치려고
하자, 그가 휙 하고 뺏어 간다. 얼핏 그의 옆모습을 보니 얼
굴이 붉어졌다. 더워서일까?

"이 망할 라그니스 녀석. 하라는 짓은 안 하고 쓸데없는
짓만 골라서 하네."

갑자기 불길이 심하게 흔들렸다. 자세히 보니 좀 줄어든
거 같기도 하고. 참 이상한 불이다.

"아카드 군, 무슨 말이에요?"

"아니야. 혼잣말이야."

에레나는 고개를 갸웃하며 그의 옆으로 다가갔다. 그러고는 그의 어깨에 머리를 살포시 올렸다.

"참 좋다."

"그래?"

에레나는 고개를 끄덕이며 아카드의 어깨에서 전해지는 따뜻한 온기를 마음껏 즐겼다. 활활 타오르는 불도 좋지만 사람의 체온이 더 따뜻하고 좋다.

어디선가 음악 소리가 들려오기 시작한다.

"어디서 나는 소리지?"

에레나가 아래를 내려다보기 위해 담벼락으로 달려가자 그쪽 방향에 있던 불덩이들이 순식간에 사그라든다. 그러고는 그녀가 덥지 않도록 하기 위해서인지 시원한 바람들이 몰려와 열을 식히고 있었다.

아래에는 거리 축제가 한창이다.

사람들은 황제가 무료로 빵을 나눠 준 것을 칭송했고, 아이들은 음유시인들이 내는 악기 소리에 맞춰 신나게 춤을 추고 있었다.

"MT 마지막 날 생각나요?"

"당신이랑 처음 춤췄던 거?"

"네."

에레나는 자유롭게 거리에서 춤을 추는 시민들을 부러운 시선으로 바라보았다. 마치 새장 안의 파랑새가 바깥세상을 그리워하는 눈빛으로.

"커험, 한 곡 어떠십니까? 춤을 추면 몸이 따뜻해지지 않을까 싶어서."

"지금도 충분히 따뜻한데요. 어어?"

에레나의 말이 끝나기도 전에 담벼락에서 활활 타오르던 불길이 순식간에 사라졌다.

그뿐만이 아니다.

어디선가 차갑고도 서늘한 바람이 불어와 옥상 주변을 맴돌았다.

"춥다니까. 얼른 입고 이리와."

아카드의 손이 에레나의 선택을 기다리고 있었다. 그녀는 잠시 고민하는 얼굴을 하더니 그의 손을 잡고 아래로 내려왔다. 그러고는 자신의 옷매무새를 가다듬었다. 정원에서 묻은 흙과 먼지들을 탈탈 털어 냈다.

춤의 기본은 예절에서 시작한다.

복장은 제대로 갖추어야 상대에게 실례가 되지 않는다고 생각했는지 흙을 털어 내는 에레나의 손이 바빠진다.

"춤춰 본 지 오래돼서 아카드 군의 발이 성하지 않을 텐데, 괜찮겠어요?"

이 정도면 됐다고 생각했는지 에레나는 손을 멈추고 아카드에게 물었다. 장난기 넘치는 그녀의 눈동자는 '당신 발을 가만히 두지 않을 거야. 각오해.'라고 말하는 것 같았다.

"나 해적왕의 아들이야. 춤에 대해서는 날 따라잡을 남자가 없을걸?"

"그럼 기꺼이 당신의 손을 받아들이겠습니다."

자신감 넘치는 아카드의 대답에 에레나는 손을 내밀었다. 두 사람은 옥상 중앙으로 걸어갔다.

"잠깐."

에레나가 눈을 동그랗게 뜨며 왜 그러냐는 눈빛을 보냈다. 거리에서 연주하는 악사들의 음률에 맞춰 움직이려고 했던 그녀의 발이 급하게 멈췄다.

"마음에 안 들어."

"뭐가요?"

혹시 옷에 묻은 먼지가 남아 있었나?

에레나는 자신의 하얀 드레스를 요리조리 살펴보며 더러워진 곳을 찾아보았다. 하지만 딱히 흠이 될 만한 얼룩은 보이지 않았다.

"아니, 그거 말고. 여기."

아카드가 에레나의 하얀 목을 가리켰다. 다른 귀부인들

은 기본적으로 갖추고 있는 그것이 그녀에게는 없었다.

"아하. 저 원래 액세서리 안 좋아해요. 엄청 비싸기만 하고…… 보기에 이상해요?"

"응. 이상해."

창피해서일까? 부끄러워서 그러는 걸까?

에레나는 아카드에게서 고개를 돌렸다. 약간 삐진 듯이 보인다.

"목걸이 한 숙녀분이랑 춤추시죠."

에레나는 잡고 있던 아카드의 손을 뿌리치려 했다.

옥상의 바람 탓일까? 에레나의 목소리는 어딘가 차갑게 들렸다.

"삐졌나?"

"안 삐졌거든요. 이 손 놓으시죠."

에레나가 고개를 휙 돌리며 아카드를 노려보았다. 아니 노려보려고 했다. 하지만 그녀의 눈이 함지박만 하게 커진다.

"어디서 난 거에요?"

너무나 아름다운 에메랄드 목걸이가 에레나의 눈앞에서 흔들렸다. 바닷물처럼 밝고 투명한 녹색의 돌멩이는 푸른 달빛을 받아 스스로 몽롱한 빛을 발한다는 착각을 일으킬 정도다.

에레나가 본능적으로 손을 내밀었다.

하지만 아카드는 목걸이를 낚아채며 뒤로 감춰 버렸다.

'그래. 남의 것에 욕심을 내면 안 되지. 정신 차려, 에레나!'

에레나가 눈을 감고 속으로 보석의 유혹을 물리치고 있을 때, 그녀의 쇄골 주변에 사내의 따뜻한 손가락이 닿았다.

"지……금…… 뭐하는 거예요!"

"빌려 주는 거야. 나와 춤추고 싶으면 이 정도 예의는 갖췄어야지."

"됐어요. 목걸이 따위는 필요 없거든요. 얼른 가져가세요."

에레나는 기분 나쁘다는 표정을 팍팍 내며 목걸이를 풀려고 했다. 하지만 그의 강한 손가락이 그녀의 손을 막았다.

아카드는 삐친 에레나의 귓가에 자신의 입술을 갖다 댔다. 그녀는 빠져나가려고 앙탈을 부려보지만 순순히 놓아줄 리가 없다.

대신 아카드의 달콤한 목소리가 그녀의 귓불을 타고 머릿속까지 파고들어 갔다

"영원히 빌려 주는 거야. 대신……."

에레나는 정신을 차릴 수가 없었다. 귓속으로 파고드는 그의 뜨거운 숨소리에 그녀의 온몸이 찌릿찌릿하다.

"딴 놈한테 꼬리 치면 죽는다."

에레나의 몸이 벼락을 맞은 것처럼 부르르 떨렸다.

Chapter 6.

협상

　라르손 왕자가 처참하게 죽임을 당한 뒤, 윌슨 왕국 사신단은 서둘러 황궁을 빠져나가려고 했다. 하지만 클라우스 기사단 앞에 그들이 움직일 수 있는 공간은 없었다.

　서슬 퍼런 기사들의 눈빛에 주눅 든 사신단은 누구도 황궁 밖으로 빠져나가지 못했다. 순순히 기사들의 감시를 받으며 황실 게스트 룸에 감금당해야 했다.

　그나마 한 공간에 가뒀으면 대책이라도 마련했겠지만, 제국의 젊은 공작은 사신들에게 작당할 시간과 공간을 줄 생각이 없어 보였다.

　사신단 모두에게 각각 방이 하나씩 강제로 주어졌다.

안톤 백작이 그 꼴을 두고 볼 리가 없었다. 독단적인 루시르의 행동에 안톤 백작은 국제 규약을 들먹이며 따지고 들었다.

아카드가 있을 때는 눈도 마주치지 못했지만, 아카드가 에레나를 안고 사라진 이후에는 길길이 날뛰었다. 황제고 뭐고 눈에 보이는 것이 없어 보였다.

특히 가문의 기사들을 동원해 사신단을 감금한 루시르에게 온갖 저주를 퍼부었다. 루시르가 칼을 꺼낸 다음에야 안톤 백작의 저주는 끝이 났다.

사신들이 각자의 방으로 들어간 것을 확인한 후, 귀족들이 메인 홀에 모였다. 방금 전까지 즐겁게 먹고 마시던 파티장이 순식간에 제국의 미래를 결정짓는 운명의 장으로 바뀌었다.

"대책을 말해 보시오."

팔라디오 2세가 귀족들을 둘러보며 입을 열었다. 아직까지 황제는 침실에서 입었던 잠옷차림 그대로다. 얼마나 제국이 위기에 처했는지를 보여 주는 장면이다.

신하들은 아무도 말을 하지 않았다. 옆 사람의 눈치만 보며 황제가 자신 쪽을 쳐다보려고 하면 시선을 피하느라 바빴다.

"이 사람들아! 아카드 백작을 못 믿는 건 아니지만, 안

됐을 경우도 생각해 둬야 할 게 아닌가. 이대로 아카드 백작만 바라보고 있어야 한단 말인가."

팔라디오 2세는 신하들의 모습에 힘이 쭉 빠졌다. 평소에 이권만 걸리면 개떼처럼 달려들던 자들이 나라가 위기에 빠졌는데도 쥐 죽은 듯이 조용하다.

황제는 도저히 이대로는 안 되겠다고 생각했는지 신하들을 향해 달콤한 제안 하나를 던졌다.

"좋은 계책을 내놓는 신하는 황제의 권한으로 귀족 작위를 한 단계 올려 주도록 하겠소."

황제의 말이 끝나기가 무섭게 여기저기서 귀족들의 눈알 돌아가는 소리가 들리기 시작했다. 그들은 주변 동료들의 눈치를 보더니 마치 짜기라도 한 것처럼 일제히 손을 들었다.

"폐하!"

"폐하!"

여기저기서 귀족들이 손을 들며 황제가 호명해 주기만을 기다렸다. 황제는 그들을 둘러보다 가장 계급이 높은 자를 지명했다.

"폐하!"

"오호, 내무대신. 무슨 좋은 계책이라도 있는 것이오?"

내무대신 사보이 백작이 입을 열자, 황제는 표정이 밝아지며 그의 발언을 허락했다.

"폐하의 말씀대로 보험이라는 걸 깔아 둬야 하지 않겠습니까."

"옳지! 그래서?"

"월슨 왕국이 어떻게 나올지 모르니, 우리도 만약의 사태에 대비해 전쟁 준비를 하는 것은 어떻겠습니까?"

"저어어어언쟁?"

사보이 백작의 발언에 팔라디오 2세의 눈초리가 올라가고 콧구멍이 벌렁거린다. 황제가 극도로 화가 났을 때 나타나는 표정 변화다.

"전쟁 치를 돈은?"

"그거야 세금을 거둬서 충당하면 될 일이지요."

"병사 모집은?"

"그것도 시민들을 강제로 징집해서 모으면 될 일이지요."

"병사들을 지휘할 기사단들은?"

"그거야 황실 소속의 근위 기사들을 파병해…… 헙!"

사보이 백작은 말하려다 말고 멈췄다. 주변의 분위기가 뭔가 자신에게 안 좋게 흘러간다는 것을 피부로 느낀 것이다.

주변에서는 자신을 한심하다는 듯이 쳐다보고 있었고, 황제는 빈 와인병을 들고 부들부들 떨고 있다.

'저런 놈들을 믿고 행정을 맡겨 놨으니 제국이 이 모양이지. 저것들을 여기서 확 다 죽여 버려?'

황제는 지금 제정신이 아니었다.

국채 만기는 다가오고, 제국의 숨통을 쥐고 있는 사신단 왕자의 목은 황제의 눈앞에서 날아갔다.

이런 상황에 대신이라는 자가 대책이라고 말하는 꼬락서니가 저 모양이니 황제는 폭발하고야 말았다.

"네놈이 그러고도 시민들을 보호하고 책임져야 할 내무대신이란 말이냐! 네놈이 그 모양이니 시민들이 저렇게 헐벗고 굶주리는 것이 아니냐!"

황제가 던진 빈 병이 사보이 백작의 이마 정중앙에 정확하게 박혀 버렸다. 백작은 그대로 기절해 버렸고, 황제는 손을 털어 내며 다른 귀족들을 향해 고개를 돌렸다.

"다음?"

"폐하!"

내무대신 다음으로 일어선 귀족은 농림대신 필더 백작이다. 황제는 '이번에는 참신한 대책이 나오겠지?' 라는 표정으로 그를 지명했다.

"윌슨 왕국의 목적이 무엇이겠습니까? 기름진 우리의 땅을 얻으려고 사신을 보낸 것이 아닙니까."

"그렇지."

"땅이 필요한 이유가 뭐겠습니까? 결국 식량이 목적이라는 말이지요."

"옳지. 그래서?"

황제는 이번에는 기대가 가득한 표정으로 필더 백작의 다음 말을 기다렸다.

"우리가 그 식량 줍시다. 윌슨 왕국이 원하는 식량을 제공해 준다면 그들과의 외교 문제는 간단히 해결될 것이라 사료되옵니다."

황제가 한숨을 길게 내쉰다. 치밀어 오르는 화를 억지로 누르려는 표정이다.

"윌슨 왕국이 원하는 식량을 다 주고 나면 우리는 뭐 먹고 사냐?"

"밥이 없으면 고기를 먹어도 살 수 있습니다. 일단 전쟁은 막아야 하지 않겠습니까?"

"좋다. 백번 양보해서 돈 많은 귀족들은 밥 대신 고기를 먹는다고 치자. 돈 없는 시민들은 어떻게 할 생각인가?"

"시민들이야 각자 알아서 잘 살겠지요. 여태껏 그래 왔지 않습니까?"

제국의 식량을 책임지고 농부의 생활을 안정시켜야 할 농림부 수장의 입에서 저런 말이 나오다니. 황제는 돌아가시기 일보 직전이다.

"근위대장."

"부르셨습니까, 폐하?"

옆에 있던 근위대장이 철컹철컹 갑옷 소리를 내며 다가
왔다.

"칼을 다오."

치이이잉!

눈치 없는 근위대장은 황제가 달란다고 또 준다. 황제는
날카로운 칼날을 스윽 한 번 살펴보더니 단박에 농림부 대
신을 향해 달려간다.

"네놈이 그딴 망발을 뱉고도 살기를 바라느냐? 망할 때
망하더라도 네놈은 죽이고 가리라!"

"폐하! 고정하셔야 합니다."

황제파고 원로원파고 관계없이 모두 나서 황제를 뜯어말
렸다.

"내 저놈을 단칼에!"

"참으셔야 합니다. 이럴 때가 아니옵니다!"

황제의 행동에 기겁을 한 농림대신은 재빨리 탁자 밑으로
몸을 숨겼고, 황제는 바닥에 칼을 내팽개치며 씩씩거렸다.

"제국을 위해 목숨을 바칠 인재가 이렇게 없단 말인가.
죽어서 선조들의 낯을 무슨 염치로 본단 말인가."

황제는 어깨를 실룩거리며 한탄을 했다. 부르르 떨고 있
는 것을 보니 아직도 분이 풀리지 않은 모양이다.

"폐하! 소신 궁내청장 어시스트이옵니다."

"그렇지. 내 옆에는 궁내청장이 있었지. 어서 말해 보라."

궁내청장 어시스트 백작이 황제에게 다가왔다.

황제는 긴급회의가 열린 후 한 번도 보여 주지 않았던 환한 미소를 보이며 궁내청장을 반겼다. 굳은 의지가 가득 담긴 표정으로 궁내청장과의 거리가 가까워질수록 황제의 기대감도 극에 다다랐다.

"폐하!"

"그대라면 이들과 다르겠지. 어려워 말고 기탄없이 말해 보시오."

궁내청장이 황제 곁으로 다가갔다. 동시에 모든 귀족들의 시선이 궁내청장의 입술을 향해 집중되었다.

"궁내청장, 어서 말을 해 보래도."

황제 팔라디오 2세의 재촉에 궁내청장은 복잡한 표정을 지으며 굳게 닫혀 있던 입을 열었다.

"약속했던 2시간이 다 되었사옵니다. 사신단과의 협상은 어찌해야 할지?"

콰다다당!

황제는 다리가 풀렸는지 휘청하며 의자 뒤로 넘어가고, 엉덩이를 들썩였던 귀족들은 옆으로 쓰러졌다.

"폐하, 협상 회의를 뒤로 미루오리까?"

황제는 근위대장의 부축을 받아 천천히 일어났다. 평소

에 인자함과 근엄함을 동시에 갖췄다고 평가받는 황제의 얼굴이 10년은 폭삭 늙어 버린 것처럼 보였다.

"일단 침실로 모시겠습니다."

황제는 자포자기한 심정으로 '제국은 이제 끝이야.'라는 말만 반복했다. 시종장의 눈짓을 받은 근위대장은 황제를 부축하며 밖으로 나갔다.

지나가는 길에 루시르 공작의 모습이 눈에 들어왔다. 그는 계단에 서서 한쪽 다리를 꼬고 팔짱을 끼고 있었다.

"아카드 백작을 믿으십시오."

"이번 협상이 잘못되면 아카드 백작뿐만 아니라 공작 그대도 각오해야 할 것이야."

황제가 루시르를 노려보았다.

황제의 위협에도 루시르는 표정 변화가 없다. 오히려 당연하다는 듯이 고개를 끄덕인다.

"알고 있습니다."

"그런데도 공작은 아카드 백작을 믿는가?"

황제의 질문에 루시르는 고개를 흔들었다. '그러면 그렇지'라는 표정으로 황제가 코웃음을 칠 때 이어지는 목소리.

"아니요. 저는 죽을 때까지 아카드라는 인물을 믿지 않을 겁니다. 하지만……."

루시르 공작이 잠시 말을 끊었다.

이 말을 해야 할지, 하지 말아야 할지 고민하는 눈치다. 다음 말을 뱉어 버리면 아카드를 인정하는 것 같아 후회하는 표정이다.

"하지만?"

황제가 다음 말이 궁금한지 물었다. 루시르는 한숨을 쉬며 자신의 생각을 간단하게 대답했다.

"아카드 백작의 불가사의한 능력은 믿습니다. 그러니 폐하께서도 그를 믿고 맡겨 주시지요."

*　　　*　　　*

정확히 2시간이 흐른 후 양국 협상 대표자들이 한자리에 모였다.

윌슨 왕국에서는 외무대신인 안톤 백작, 외무부 안보국장 스티그 자작 그리고 재무부 정책국장인 마티아스 자작이 참석했다.

노틸러스 제국에서 내세운 협상단에는 명목상 대표인 골드만 백작과 루시르 공작, 그리고 아카드가 이름을 올렸다.

아카드가 도착하지 않았지만 협상은 시작되었다. 골드만 백작이 상대에게 생각할 시간을 주지 말자는 논리를 펴면서 협상 테이블이 성사됐다.

그러나 골드만 백작의 의도는 완전히 빗나가 버렸다.

안톤 백작은 협상 테이블이 열리자마자 국경 지대에 인접한 동쪽 땅의 반을 요구했다. 골드만 백작이 어떻게 해서든 조건을 바꿔 보려고 하지만 씨알도 먹히지 않았다.

"협상이 뭐겠소. 서로의 조건들을 조율해 양측이 만족할 만한 결과를 얻어내는 것이 협상 아니오. 그런데 이렇게 일방적으로 요구만 해서야······."

"아직 우리의 조건은 끝나지 않았소."

"뭣이라!"

아카드가 이 자리에 없다는 것을 눈치챈 안톤 백작은 아예 작정을 한 듯이 연이어 무리한 조건을 걸었다.

"아카드라는 작자를 당장 교수형에 처하고, 제국 황제에게 아들이 없으니 대신 공주라도 인질로 보내 줄 것을 요구하오. 이 문제가 선결되지 않으면 협상은 없소!"

단호하게 끊어 버리는 안톤 백작의 요구에 골드만 백작은 발끈했다.

"이 사람들이 미쳤나. 보자보자 하니까 못 하는 소리가 없군."

"왜요! 우리나라의 왕자님을 이곳에서 처참하게 죽였는데 내 요구가 과하다고 생각하시오! 피의 복수는 물론이고 그쪽 황제의 혈육도 희생해야 하는 건 당연한 거 아닙니까."

"안톤 백작, 그러지 말고 대화로……."

"대화는 없소! 아카드라는 그 인간이 교수형에 처해지면 다시 이야기합시다. 이만 돌아가겠소!"

안톤 백작과 나머지 사신들이 자리에서 벌떡 일어나 입구로 향했다. 하지만 클라우스 기사단은 입구를 철통같이 막고서는 비켜 줄 생각이 없어 보인다.

"오호! 우리를 황궁에 가두어 보시겠다? 좋소. 죽이든지 감금하든지 그쪽 마음대로 하시오. 하지만 명심해야 할 것이 있소."

안톤 백작은 입구에 등을 기대고 서 있는 루시르를 노려보며 경고성 메시지를 보냈다.

"이러면 이럴수록 우리의 조건은 점점 올라갈 것이고, 제국은 파산하게 될 거요."

안톤 백작은 다시 자리로 돌아가 의자에 몸을 던졌다. 눈을 감고 등을 기대는 모습이 마음대로 해 보라는 표정이다.

루시르의 얼굴은 굳어지고 골드만 백작이 어떻게 이 문제를 해결해야 할지 안절부절못하고 있는 사이, 입구가 열렸다. 동시에 그 앞을 막고 있던 기사단이 좌우로 쫙 갈라졌다.

양쪽으로 갈라진 물결의 중심에서 검은 머리카락의 청년 하나가 회의실 안으로 천천히 걸어 들어왔다.

"이 새끼들 아직도 정신 못 차렸네."

＊　　＊　　＊

　실내의 분위기가 급격하게 바뀌었다.

　윌슨 왕국의 사신들에게 질질 끌려가던 분위기는 순식간
에 팽팽하게 바뀌었다. 또한 제국의 두 귀족을 농락하던 안
톤 백작의 얼굴도 하얗게 바뀌었다.

　"문밖에서 들리는 소리를 들어 보니 가관이더군. 날 죽
이고 공주를 인질로 달라고?"

　"왕자님처럼 우리를 죽일 생각이오? 할 수 있으면……
크흠, 당신 하나 때문에 제국이 멸망할 수도 있소. 제국의
영웅이시니 알아서 잘 판단할 거라고 믿소."

　안톤 백작은 패기 있게 죽여 보라는 말을 꺼내려다가 급
하게 말을 바꿨다. 아카드의 눈을 보니 말을 꺼내면 진짜로
죽일 것 같았기 때문이다.

　윌슨 왕국에서 독사라고 불리는 이답게 눈치가 보통이
아니다. 아카드의 기에 눌리면서도 절대 요구 조건을 바꾸
지 않는 모습에서 왜 그가 무역 왕국의 외무대신인지 알 수
있었다.

　"내가 죽는 것이 제국을 살리는 유일한 길이라면 그럴
수도 있지."

안톤 백작과 사신단은 무슨 개풀 뜯어먹는 소리냐는 듯이 아카드를 쳐다봤다. 금방이라도 '무슨 개소리냐!' 라며 화를 내야 정상인데 순순히 자신을 희생한다고 하자 의심스러운 눈초리로 아카드를 쳐다봤다.

사람이란 예상을 벗어나면 더 수상해지는 법이다.

아카드가 이렇게 나오자 불안해지는 것은 윌슨 왕국 사신단이었다.

"정말이오? 정녕 제국을 위해 자신을 희생하겠다는 것이오?"

"내가 희생하지 않으면 전쟁이라며? 대륙 전쟁이 끝난 지 1년도 되지 않았는데 또 전쟁이 일어나게 할 수는 없지."

아카드는 초연한 얼굴로 담담하게 대답했다.

"아카드 백작! 그건 있을 수 없는 일이오!"

"제정신인가?"

아카드의 충격적인 발언에 골드만 백작이 경악한 얼굴로, 루시르는 수상하다는 표정으로 소리쳤다.

"그런데 말이야……."

아카드가 제국의 두 귀족들을 지나치더니, 탁자에 펼쳐진 지도를 보며 못마땅한 표정을 지었다. 지도에는 윌슨의 사신단이 요구하는 토지가 깃발로 표시되어 있었다.

"내가 희생한 대가치고 이건 너무하잖아. 제국의 곡창지

대 중 1/4이나 가져가겠다는 소린데."

"우리 왕국의 왕자님이 죽었는데 그 정도 보상은 해 주셔야 하지 않겠소."

"협상은 한쪽이 양보하면 상대도 양보해야 하는 거 아닌가? 이런 식으로 나오면 나도 희생하기 어렵지."

"자신의 말을 뒤집겠다는 거요?"

"뒤집겠다는 것이 아니라, 당신들도 양보하라는 말이지. 당신들이 일방적으로 요구만 하면 나도 욱하는 수가 있잖아. 예를 들어 사신이고 뭐고 다 죽여 버리고 전쟁하자고 할 수도 있고…….

아카드가 은근히 윌슨 사신단을 협박했다.

그러자 안톤 백작은 머리를 열심히 굴렸다.

'저 자식이 저렇게 나올 정도면 황제에게 뭔가 언질을 받았음이 틀림없다. 아마도 라르손 왕자를 죽인 것에 대한 책임을 지라는 언질을 받았겠지? 그렇다면 더더욱 양보할 수 없지. 어차피 양보하지 않아도 황제가 저 녀석을 가만히 두지 않을 것이다. 최소 작위 박탈이고, 잘하면 죽이는 것도 가능하다. 그렇다면 뜯어낼 수 있을 때 확실히 뜯어내고 황제와 거래를 하자.'

과연 독사라는 별명에 걸맞게 안톤 백작은 두 수 앞을 내다보았다. 그는 단호한 표정으로 아카드를 향해 고개를 흔들었다.

"양보는 없소. 국채를 갚든지, 연장하는 대가로 토지를 양도하든지, 우리와 전쟁을 택하든지 알아서 선택하시오. 대신 하나는 명심해야 할 것이오."

안톤 백작은 탁자의 와인을 한 모금 머금더니 비릿한 웃음을 지으며 말을 이었다.

"두 나라가 전쟁을 한다면 명분은 우리에게 있다는 사실을 명심하시오. 빚을 갚기 위해 전쟁을 일으키는 제국의 행태를 어떤 나라도 지지하지 않을 것이오."

안톤 백작의 최후통첩에 아카드는 갑자기 뒤를 돌아보았다. 아카드가 바라보고 있는 사람은 두 사람의 외교전쟁을 안타깝게 바라보고 있는 골드만 백작과 루시르 공작이었다.

"두 사람은 자리를 좀 비켜 주십시오."

"설마 사신을 또……?"

골드만 백작이 놀란 얼굴로 아카드를 쳐다보며 말했다. 차마 사신들 앞에서 '또 죽이려는 게 아니오?' 라는 말은 못 하겠는지 말끝을 흐렸다.

"아직 협상이 끝나지도 않았는데 어디 간단 말이오, 골드만 백작. 협상단 대표라는 사람이 이렇게 무책임하게 갈 수는 없소."

갑자기 안톤 백작이 놀란 표정으로 소리쳤다. 절대 아카드와 자신들만 내버려 두고 가지 말라는 표정이다.

　루시르도 불안한지 꼼짝도 하지 않고 아카드의 대답을 기다렸다.

　"그런 거 아닙니다. 조용히 이야기 나눌 것이 있어서 그러니 안심하시고 나가시면 됩니다."

　"확실한가? 사신을 죽이지 않는다고 약속할 수 있나?"

　"그렇게 말하니 마치 내가 살인자라도 된 기분인데? 좋아, 약속하지. 그러니 이제 좀 나가 주시지?"

　곁에 있던 안톤 백작은 '사실이지 않느냐! 네놈은 왕자를 죽인 살인자다!' 라고 말하고 싶지만 억지로 참는 표정이다.

　"잠깐만 기다리시오. 우리가 요구하는 땅이 과해서 그런 거라면 약간의 조정을 해 주겠소."

　안톤 백작과 사신단은 제발 가지 말라는 애원 섞인 표정으로 소리쳤다.

　하지만 제국 협상단의 실질적인 책임자는 아카드다.

　사신단을 죽이지 않는다는 약속을 한 이상, 책임자의 말에 따르지 않을 수는 없다.

　"그럼 좋은 소식 기다리겠소."

　골드만 백작은 의심스러운 표정으로 나갔다. 확답을 들은 루시르가 밖으로 나가려고 하다가 잠시 멈췄다.

　"내가 도와줄 일이라도 있나?"

루시르의 질문에 아카드는 뭔가 생각났다는 듯이 대답했다.

"파티에 초대받았던 귀족들은 돌아간 건가?"

"아직 메인 홀에 있다. 협상 결과를 기다리고 있지."

"협상 결과가 발표될 때까지 아무도 황실 밖으로 못 벗어나게 해 줘. 그거면 돼. 그리고 말이지……."

아카드는 루시르에게 다가가 귓속말로 속삭였다. 루시르는 뭔가 고민하더니 고개를 끄덕였다.

"알았다."

아카드에게 무슨 말을 들었는지는 알 수 없지만, 루시르는 짧게 대답한 후 문 앞을 지키고 있는 클라우스 기사들에게 뭔가를 지시하더니 밖으로 사라졌다.

"아카드 백작, 잘 생각하시오. 극단적으로 생각하면 안 되오."

제국 측 사람들이 회의장에서 사라지고 아카드가 천천히 탁자 쪽으로 걸어왔다. 그가 점점 다가올수록 안톤 백작의 표정도 창백해진다. 정원에서 일어났던 공포가 되살아난 듯하다.

"날씨 참 좋아. 그지?"

아카드는 테이블 의자에 앉았다. 그는 편안하게 의자를 뒤로 재끼고 다리를 탁자 위에 올렸다.

"아카드 백작, 다시 말하지만 잘 생각하시오. 사신을 죽이는 즉시 전쟁이오."

방금까지 당당하게 요구하던 안톤 백작은 어디로 가고, 목소리가 점점 기어들어 갔다.

"아직까지도 같은 생각인가?"

"뭘 말이오."

아카드는 지도를 흘깃 바라보며 눈짓을 했다.

"이 만큼의 땅을 주지 않으면 제국의 채권 만기를 연장해 주지 않겠다는 당신들의 생각."

"물론이오. 양보는 없소."

"그렇단 말이지."

"사신단의 결심은 변함이 없소."

아카드가 '그렇군.'이라는 말을 반복해서 중얼거릴 때, 입구에서 문이 열리는 소리가 났다. 돌아보니 기사 하나가 가방 하나를 가지고 아카드에게 다가왔다.

"수고했습니다."

"이 정도 일은 수고도 아니지요. 먼저 나가 보겠습니다."

클라우스 기사단으로 보이는 기사 하나가 아카드에게 힘내라는 표정을 지으며 문밖으로 빠져나갔다.

"당신들 요구 다 수용하지."

"정말이오? 전부 다?"

"당신들이 요구한 땅과 나의 희생 전부 수용하지. 대신 질문이 하나 있는데."

"말하시오. 아는 것에 한해서는 모두 대답해드리겠소."

안톤 백작은 자신의 요구가 양보 하나 없이 관철되었다는 사실에 뛸 듯이 기뻤다. 곧 죽을 놈인데 무슨 대답인들 못 해 줄까, 라는 생각이다.

"어차피 제국 화폐로 갚는다고 해 봤자 그쪽은 받을 생각이 없어 보이고."

"당연하오. 제국이 빚을 청산할 능력이 없다면 제국 화폐는 휴지 조각에 불과한 거 아니겠소?"

"만약 제국이 채권을 모두 회수하고, 오히려 윌슨 왕국에게 받을 빚이 있다면 어떻게 되는 거지?"

"흥, 우리를 바보로 아시오? 제국 창고가 바닥났다는 것을 모든 나라가 다 알고 있거늘."

안톤 백작은 코웃음 쳤다. 그는 절대 그럴 리 없다고 확신했다.

윌슨 왕국 내 은행 관계자를 통해 제국이 보유한 타국 화폐 보유량은 이미 바닥났다는 정보를 입수했기 때문이다. 제국은행끼리는 서로 정보를 주고받기 때문에 금고에 있는 화폐 보유량을 알아내는 것은 그리 어려운 일이 아니었다.

"사람 참 성격 급하시군. 그러니까 만약이라고 하지 않았나. 만약 우리가 당신들의 빚을 다 갚고, 도리어 당신네들에게 받을 빚이 있다고 하더라도 이런 요구를 받아들일 수 있을까? 내 생각으로는 연장해 주는 조건으로 당신들이 요구하는 것이 너무 과한 거 같아서 말이지."

아카드의 질문에 안톤 백작은 지체 없이 대답했다.

"당연히 요구할 수 있소. 국제적인 관례로 볼 때 우리의 요구는 전혀 과한 것이 아니오."

안톤 백작은 자신만만하게 대답했다. 어차피 아카드의 질문은 포커 게임의 허세나 마찬가지다.

빚을 탕감해 주는 것도 아니고 연장해 주는 조건치고는 너무 과한 것이 맞지만, 외교 관계에서 이런 일은 빈번하게 일어난다. 상대의 약점을 잡은 이상 뼛속까지 우려먹는 것이 외교의 기본 원칙이기 때문이다.

"시간 길게 끌지 말고 결정하시오. 어떻게 하시겠소."

안톤 백작은 감금당해 있는 2시간 동안 작성해 놓은 협약서를 가방에서 꺼내 내밀었다. 서류의 내용에는 아카드를 교수형에 처하고 요구한 땅을 양도한다는 내용들이 포함되어 있었다.

"대답했잖아. 요구를 전부 수용한다고."

"그럼 여기에 사인하시오."

안톤 백작은 자신만만한 표정으로 서류와 펜을 내밀었

다. 그의 눈에는 '네놈이 날뛰어 봤자지.' 라는 비웃음과 성취감이 골고루 섞여 있었다.

아카드는 안톤 백작이 내민 서류를 읽어 보고는 사인을 했다. 그런데 사인만 하는 것이 아니라 아래에 몇 가지 추가 조항을 달았다.

"난 사인했어. 당신들도 사인해."

아카드가 내민 서류를 본 안톤 백작은 큭큭거리며 웃었다. 추가 조항에는 이런 조건이 추가되어 있었다.

노틸러스 제국 협상단은 윌슨 왕국의 조건을 모두 수용한다. 대신 제국이 발행한 채권에 대해 일시불로 원금을 지불할 시에는 윌슨 왕국의 조건은 무효로 인정한다. ……또한 윌슨 왕국이 제국에 갚아야 할 빚이 발생했을 경우에는 윌슨 왕국에서 같은 크기의 토지를 노틸러스 제국에 양도해야 한다.

"공평한 조건이군요."

안톤 백작은 잠시 생각해 보자는 다른 사신들의 의견을 뿌리치고 사인을 마쳤다. 같은 내용의 협약서 두 개를 하나씩 나눠 가진 두 사람이 동시에 일어났다.

"생각보다 쉽게 마무리되었습니다."

안톤 백작은 고소를 지으며 아카드에게 손을 내밀었다.

그 말에는 '멍청한 녀석이군!' 이라는 속내가 묻어 있었다.

"백작의 말대로 일이 쉽게 풀려서 얼마나 다행인지 몰라. 혹시나 사인하지 않으면 어떻게 하나 걱정을 했거든."

"무슨 말을 하는지 도저히 알아들을 수가 없군."

안톤 백작의 비아냥거림에 아카드는 커다란 가방 하나를 탁자에 턱하니 올렸다. 그러고는 가방을 열어 안에 있는 내용물을 탁자 위에 쏟아 내기 시작했다.

순식간에 탁자 위에는 종이 뭉치들이 산더미처럼 쌓였다.

"직접 눈으로 확인하시지. 안톤 백작."

백 장이 한 묶음으로 된 직사각형의 종이 뭉치들이 셀 수 없을 만큼 탁자 위에 쏟아졌다. 종이 하나하나마다 채권으로 발행할 수 있는 최고 금액이 정중앙에 표시되어 있고, 우측 아래에는 윌슨 왕국 국왕의 인장이 선명하게 찍혀 있었다.

"이게 뭐야? 이런 게 어떻게 제국에……."

안톤 백작은 느긋하게 탁자 위의 뭉치 하나를 들고 살펴보더니 그대로 주저앉았다. 충격을 받았는지 손으로 종이 뭉치를 풀고는 일일이 살펴본다.

"조심해서 다뤄 줘. 누구에게는 종이 쪼가리에 불과하지만 누구에게는 나라를 망하게도 할 수 있는 아주 중요한 무기거든."

아카드가 내민 히든카드는 윌슨 왕국에서 발행한 무기명

채권.

만기일이 기입되어 있는 일반 채권과는 달리 무기명 채권은 소유자가 요구하는 날짜에 채권에 표시된 화폐로 바로 지급해야 한다.

즉, 아카드가 무기명 채권을 제출하면 윌슨 왕국은 즉시 제국 화폐로 지급해야 한다.

윌슨 왕국 사신단의 얼굴은 사색이 되었다.

이 정도 양의 무기명 채권이라면 윌슨 왕국이 보유하고 있는 제국 채권보다 3배 이상이다. 윌슨 왕국이 보유한 제국 화폐 보유량을 다 털어도 모자란 금액이다.

아카드가 내민 무기명 채권은 제국은행 본점 지하 금고에서 털어 낸 것이다. 협상 시간에 지각한 것은 토마스에게 지시해 저택 비밀 창고에서 무기명 채권을 가져오라고 지시하느라 늦은 것이다.

아카드의 설계에 윌슨 왕국 사신단은 제대로 낚여 버렸다.

이제는 서로의 위치가 완전히 바뀌어 버렸다.

노틸러스 제국의 영토를 차지하려고 했던 윌슨 왕국 사신단은 오히려 자국의 영토를 눈뜨고 빼앗길 상황에 직면했다. 망연자실한 사신단의 귓가에 마왕보다 더 살벌하고도 공포스러운 한 줄기의 목소리가 흘러들어 왔다.

"자, 이제 다시 계산 시작해야지?"

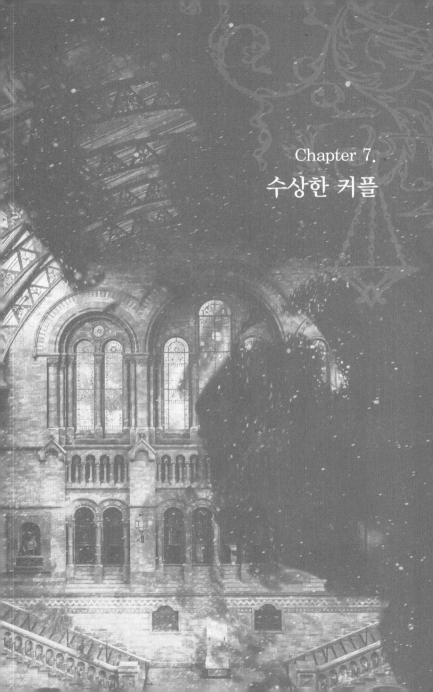

Chapter 7.
수상한 커플

　노틸러스 제국과 윌슨 왕국 양측의 협상 결과가 신문의 1면을 장식했다.

　아카드와 윌슨 왕국 사신단은 기존의 협약서를 파기하고 새로운 협약서를 작성하였다.

　주요 내용은 다음과 같았다.

　윌슨 왕국이 보유하고 있는 제국 채권은 아카드가 보유한 무기명 채권과 2:1 비율로 맞교환하는 것으로 합의했다.

　윌슨 사신단이 무기명 채권 가격을 산출해 보니 자국이 보유한 제국 채권의 세 배 이상이었다. 제국은행이 파산한 후 제국 화폐를 처분해 버린 윌슨 왕국 입장에서는 아카드가 무기명 채권을 제국 화폐로 바꿔 달라고 요구하면 보상해 줄 방법이 없었다.

윌슨 사신단은 눈물을 머금고 무기명 채권과 제국 채권을 2:1이라는 말도 안 되는 비율로 교환하는 것에 합의했다. 사신들은 제국의 영토를 뺏으러 왔다가 도리어 엄청난 손해만 보게 되었다.

두 번째로 국채 문제가 해결이 되자 양국 간에 무역 장벽으로 작용했던 화폐 문제는 자연스럽게 해결되었다.

양국은 자국의 통화가치를 안정시키기 위해 통화 스왑 계약을 맺었다. 이로서 떨어진 제국 화폐가치는 제국은행 파산 전보다 더 상승하는 호재를 맞이했다. 불안했던 제국 환율이 안정되고 타국 상인들도 제국 화폐를 다시 받아들이게 되면서 경제는 점차 안정을 되찾았다.

마지막으로 모든 사람들이 가장 궁금해하는 라르손 왕자 죽음의 사인에 대해서도 밝혀졌다. 윌슨 사신단 대표인 안톤 백작이 직접 기자회견을 열면서 온갖 난무하던 추측들도 깔끔하게 자취를 감췄다.

안톤 백작은 기자들 앞에서 라르손 왕자는 아카드 백작과의 정당한 결투로 사망했다고 발표했다. 좀 더 설명해 달라는 기자들의 질문에 안톤 백작은 인상을 찌푸리며 사건의 진상을 밝혔다.

라르손 왕자와 아카드 백작이 클라우스 가문의 영애인 에레나 양과 첫 번째 파트너가 되기 위해 약간의 다툼이 일어났고, 그 과정에서 오해가 불거져 결투가 벌어졌다. 여러 귀족들이 지켜보는 가운데 두 사람의 결투가 시작되었고, 이 과정에서 치명적인 상처를 입은 라르손 왕자는 응급 처치를 받았으나 사망했다고 발표했다.

로맨스 역사에 길이 후자될 이 사건으로 라르손 왕자는 낭만적인 희생자로, 아카드는 사랑을 쟁취한 승자로 호사가들의 입에 오랫동안 오르내렸다.

제국 황실에서 일어난 타국 왕자 살해 사건을 조작할 수 있었던 것은 루시르 공작이 협상이 끝날 때까지 사신들과 제국 귀족들을 감금했기에 가능한 일이었다.

새롭게 가주 자리에 오른 루시르의 명령에 클라우스 기사단원들은 황궁을 철통같이 틀어막았다. 협상이 끝난 후에도 모든 귀족들에게 황궁에서의 일을 함구한다는 각서를 받은 후에야 풀어 주었다.

이로서 모든 일은 해결되고, 협상단의 숨겨진 책임자로 알려진 아카드 백작은 또 한 번의 기적을 만들면서 시민들의 머릿속에 단단히 각인되었다.

아카드는 협상이 끝난 후, 아무 일도 없었다는 듯이 평소의 일상으로 돌아왔다. 달라진 것은 아무것도 없었다. 겉으로 보기에는 아카데미와 집 외에 왕래를 하지 않는 것처럼 보였다.

사교계와 행사에 일절 모습을 드러내지 않았다. 이런 행동이 아카드를 더욱 빛나게 했다.

자랑할 만한 공을 세웠으면서도 은둔 생활을 하는 것처럼 보이는 아카드의 모습에 시민들은 칭찬을 멈추지 않았다. 어디를 가나 술자리에서는 아카드 백작에 대한 이야기들이 주된 이슈였다.

제국 내에서만큼은 아카드 백작의 입지가 독보적이었다. 스스로의 힘으로 자신의 가치를 입증한 그의 인기는 하늘로 치솟고 있었다.

✻　　　✻　　　✻

월슨 왕국 사신단과의 협상이 끝나고 며칠 후, 팔라디오 2세는 아카드와 독대 자리를 마련했다.

사실 황제 입장에서는 피하고 싶은 상대였다. 실제로 황제는 아카드의 독대 요청을 한 달 가까이 피했다.

두 사람 사이에 맺은 밀약 때문이다.

팔라디오 2세는 제국 채권 문제를 해결해 주면 아카드가 요구한 대로 제국은행 지분을 반으로 나누기로 약속했다.

그런데 채권 문제가 해결되자 황제의 마음이 조금씩 바뀌었다. 자신이 직접 제국 내 돈줄을 움켜쥐고 싶은 욕심이 슬슬 생겨난 것이다.

독대를 계속 미루자 아카드는 원로원을 움직이기 시작했다. 윌슨 왕국 사신단이 방문한 이후 원로원 내 아카드의 입지는 확 바뀌었다.

그동안 원로원을 장악했던 클라우스 공작이 의식 불명 상태가 된 이후 중앙 귀족들은 여러 계파로 갈렸다. 리더가 사라지면서 중앙 귀족들은 갈라졌고, 분열된 원로원은 예전보다 약해진 모습이다.

현재 상황만 보면 클라우스 공작의 시대가 끝나면서 팽팽했던 균형의 추가 황제파로 많이 기운 상태다.

이런 상황이 되자 원로원에서는 차세대 리더로 아카드의 이름이 많이 거론되는 상태다. 실제로 원로원에서 가장 작위가 높은 루시르의 의견은 번번이 반대에 부딪히는 반면, 아카드의 의견은 대다수의 찬성으로 반영되고 있었다.

이번 황제의 독대만 해도 그렇다.

황제가 자신을 회피하자, 아카드는 원로원 의원들을 움직였다. 황제가 추진하는 정책이 번번이 막혔다.

아카드가 행정부를 쥐고 있는 계파 수장들을 움직여 황

실의 정책은 실행되지 못하게 만들었다. 수장들은 아카드가 귀족들의 비리 노트를 가지고 있다는 사실을 알고 있기 때문에 무리가 아닌 부탁에 대해서는 들어주고 있는 상황이었다.

결국 황제가 항복을 하면서 두 사람의 비밀스러운 자리는 성사되었다.

"약속대로 사인하시지요."

"끄응……."

황제는 아카드가 내민 양도 계약서를 보며 쉽게 사인을 하지 못했다. 사인을 하는 순간 제국은행 지분의 반이 날아간다고 생각하니 억울하다는 생각이 드는 건 어쩔 수 없는 모양이다.

"백작, 다른 걸로 대신하면 안 되겠나?"

"안 됩니다."

"작위로 대신하는 건 어떻겠나? 당장 황제 직권으로 자네를 후작으로 임명하도록 하지."

"작위 올라 봤자 나한테 돌아오는 이익은 하나도 없습니다."

"영지로 퉁 치는 게 어떤가? 자네도 백작이 되었으니 자신만의 영지가 있어야 하지 않겠나. 원하는 땅이 있으면 말하게. 얼마든지 주지."

"영지 생겨 봤자 지출만 늘어나고 신경 쓸 일만 많아집니다. 그냥 사인하시지요."

"그럼 둘 다 주겠네. 내가 손해 보는 거 같지만 자네가 원하면 들어줄 수도 있지."

"자꾸 그러시면 윌슨 왕국에서 제국 채권을 넘겨받자마자 다른 나라에 덤핑으로 넘길 겁니다."

아카드의 확고한 거절 의사에 황제의 얼굴이 실룩거렸다. 명예도 제시해 보고 영지도 제시해 보았지만 본인이 싫다고 하니 협상할 수 있는 길이 보이질 않는다.

"사인 안 하실 거면 일어나겠습니다."

"아이고, 젊은 사람이 왜 이리 성격이 급하신가. 자네 입으로 상인이라고 했으면 협상을 해야지, 협박을 해서 쓰나?"

"상인에게 약속은 목숨보다 소중한 겁니다. 어서 사인하십시오."

황제는 도살장에 끌려가는 가축과 같은 표정으로 사인했다. 서류에서 눈을 떼지 못하는 것을 보면 미련이 많이 남는 모양이다.

"그럼 제국은행 건은 이것으로 마무리 짓고 약속을 지켜주신 보답으로 제안 하나를 할까 합니다."

"뭔가?"

사인을 끝낸 황제는 퉁명스러운 표정으로 물었다. 아직까지 머릿속에는 제국은행 지분에 대한 미련이 떠나지 않았다.

"이번 일로 폐하께서 자존심의 상처를 많이 입으신 듯한데, 만회하고 싶은 생각은 없으신지요?"

"응? 그게 무슨 소린가?"

"윌슨 왕국이 주제도 모르고 우릴 공격했으니, 한 방 제대로 먹여야 폐하의 위신이 서지 않을까 싶은데……."

황제는 복잡한 표정을 지었다.

윌슨 왕국에 복수하고 싶은 마음은 굴뚝같다.

하지만 그 말을 꺼낸 상대가 하필 아카드다. 곱상하게 생긴 겉모습과는 다르게 속에는 능구렁이를 열 마리 이상 품고 있는 자다.

그러다 보니 황제는 먹음직스러운 먹이를 덥석 물지 못하고 의심부터 하고 본다. 일단 간을 보고 물지 뱉어 낼 지를 결정하겠다는 표정이다.

"일단 제시해 보게."

"윌슨 왕국에서 발행한 무기명 채권을 제국의 안정을 위해 기부할까 합니다. 아주 작은 대가만 허락해 주신다면 말입니다."

"아주 작은 대가?"

황제는 아카드의 제안에 속으로 만세를 부르다가, 마지막 말에 '그러면 그렇지'라는 표정을 지었다.

"제국은행 지분 1%만 주시면……."

"관심 없네."

무기명 채권은 탐이 나지만 황제는 단호하게 고개를 저었다. 이미 지분의 반을 넘긴 이상 여기서 0.1%라도 양보하면 제국은행 소유권 자체가 넘어간다.

"협상할 여지가 없습니까?"

"절대 없네. 더 이상 욕심 부리지 말게. 여기서 더 나간다면 나도 가만히 있지 않겠네."

"아깝군요. 윌슨 왕국 3년 치 예산에 달하는 금액인데. 폐하의 뜻이 그렇게 단호하다면 어쩔 수 없지요."

아카드는 슬슬 일어나며 황제의 눈치를 슬쩍 살폈다. 아무 말도 하지 않고 입술을 꾹 다문 황제의 눈썹이 파르르르 떨린다.

'걸렸군.'

아카드가 손해를 보면서까지 제국은행을 노리는 것은 채권과 관련이 있었다. 사신단과 합의를 통해 제국의 위기는 벗어났지만, 아카드 개인적으로는 엄청난 손해를 보았다.

양국 간의 채권 교환으로 인해 아카드가 소유하고 있던 윌슨 왕국 1년 예산에 달하는 금액의 무기명 채권이 제국 채권으로 교환되었다.

외부의 위기에서 벗어난 황제는 내수 경제를 활성화하기 위해 화폐를 찍어 낼 것이다. 그렇게 되면 제국 화폐가치는 하락할 것이고, 동시에 채권의 가치도 하락하게 된다.

채권 가치 하락을 막기 위해서는 화폐가치 하락을 막아야 한다. 그리고 화폐가치 하락을 막는 가장 손쉬운 방법은 제국은행을 통해 이자율을 올려 버리는 것이다.

이자율 통제를 위해 아카드는 엄청난 대가를 황제에게 지불하면서까지 제국은행 지분의 반 이상을 원하고 있었다.

"폐하, 아카데미 수업 시간이 얼마 남지 않아서 이만 가보겠습니다. 그럼 편히 쉬시지요."

팔라디오 2세는 아무 대답도 하지 않았다. 그만큼 윌슨 왕국에게 한 방 먹이고 싶은 갈등이 그를 괴롭히고 있었다.

아카드는 천천히, 티 나지 않게 아주 천천히 황제 집무실 입구로 걸어갔다.

"잠깐만."

황제가 아카드를 불러 세웠다. 돌아보니 뭔가 큰 결심을 한 표정이다.

"말씀하십시오."

"제국은행 지분 1% 주지. 대신."

아카드는 침을 꿀꺽 삼켰다. 드디어 그토록 원하던 제국 은행이 자신의 손아귀로 들어오는 순간이다.

하지만 신은 공평하다.

마지막 순간에 신은 변수를 만들어 내며 변덕을 부린다. 지금이 딱 그 순간이었다.

"대신 자네에게 줄 수는 없네. 개인이 유일한 은행을 소유했을 때의 부작용은 자네도 잘 알고 있지 않나."

"그래서요."

"나도 믿을 만하고, 자네도 믿을 만한 사람에게 지분을 양도하지. 어떤가? 그게 싫다면 나도 거절일세."

"그게 누굽니까?"

황제는 술잔을 기울이더니 천천히 입을 열었다.

"클라우스 가문의 에레나 영애에게 양도하는 것이 어떤가?"

아카드의 표정이 와락 일그러졌다. 얼마나 어이가 없었는지 황제 앞에서 헛웃음을 지을 정도였다.

"에레나 선배는 여잡니다."

"여자라는 게 어때서?"

"정말 몰라서 물으시는 겁니까? 여자는 원로원 의원이 될 수 없습니다. 그렇다는 것은 국정에 전혀 참여할 수 없다는 소린데, 제국의 일에 전혀 관여할 수 없는 사람에게 지분을 맡기겠다는 말씀입니까?"

"그러니까 에레나 양에게 맡기겠다는 걸세. 총장님에게 들으니 공작의 딸임에도 시민들을 우선으로 생각하는 기특한 성품을 가지고 있다고 하더군."

"성품이랑 이 일이 무슨 관계입니까?"

"관련 있지. 에레나 양은 공작가의 영애 신분이니 자네가 협박하기 힘들 테고. 또한 애국심이 뛰어나니 은행을 자네 마음대로 하지 못하게 막을 게 아닌가. 거기다가 정사에도 참여할 수 없는 여자의 신분이니 공정성도 가지고 있을 테고."

황제는 자신의 결정을 바꿀 마음이 없어 보였다. 황제는 아카드의 선택을 느긋한 표정으로 기다렸다.

독대 초반만 해도 황제의 선택을 종용하던 아카드는 궁지로 몰렸다. 맹수와 사냥감이 바뀐 형세다.

"어서 결정하시게, 아카드 백작. 수업시간이 얼마 남지 않은 것으로 아는데."

황제는 와인 잔을 들어 보이며 독대하는 동안 처음으로 웃음을 보였다.

*   *   *

'뭔가 수상하지?'

'많이 수상해.'

강의실에서 3학년 학생들이 숨죽이고 쪽지를 보내며 대화를 주고받았다. 제국을 구한 신입생 아카드와, 제국 최고의 미녀로 이번 결투 사건의 중심에 있었던 에레나에게 모든 학생들의 시선이 쏠렸다.

아카드 폰 메디아.

입학할 때부터 화제를 몰고 온 이슈 메이커였고, 제국에서 최연소라는 타이틀을 모두 갈아치우며 자수성가로 정점에 오른 학생이다.

성격이 차가워서 동급생들도 다가가 말 걸기가 힘든 인물이다. 하지만 운이 좋아서 한 마디라도 나누게 되면 부모님들이 손바닥을 치며 좋아할 정도로 제국에서 그의 인지도는 황제보다 높았다.

에레나 폰 클라우스.

제국에서 모르는 사람이 없을 정도로 미와 지성 모두를 갖춘 유명 인사다. 제국 최고 가문의 영애이면서도 시민 출신들에게 인기가 더 높을 정도로 겸손하고 공정하기로 유명했다.

외모를 보면 이슬만 먹을 것 같고, 꾸미느라 공부도 별로 안 할 것 같은데 매번 수석 혹은 차석 자리를 놓친 적이 없다. 벌써부터 내년 학생회장 선거에서 아카데미 역사상 첫 여성 회장으로 꼽힐 정도로 그녀의 인기는 확고하다.

아카데미 내에서 아카드와 에레나는 사이가 좋다고 알려져 있다. 단순히 사이만 좋은 것이 아니라 두 사람에 대한 소문을 들어 보면 특별하다고 해도 이상하지 않을 정도다.

'에레나 선배가 아카드를 피하는 거 같지?'

'두 사람이 사랑싸움이라도 한 건가? 에레나 선배가 저렇게 피할 정도면 아카드가 뭔가 단단히 잘못한 거 같은데.'

'그렇겠지. 성녀라고 불릴 정도로 순한 에레나 선배가 저렇게 피할 정도면 남자가 잘못했다고 봐야겠지.'

'도대체 무슨 일일까?'

'두 사람 사이에 뭔가가 있는 건 분명한데, 엄청 궁금하네.'

이런 내용이 적힌 쪽지가 학생들 사이를 누비고 있었다. 학생들은 두 사람을 유심히 살피며 바쁘게 손을 놀리고 있었다.

에레나의 고개가 움직일 때마다 학생들의 움직임도 그쪽으로, 교수님들이 눈치채지 못하게 미세하게 따라 움직였다.

'이래선 도저히 안 되겠어.'

학생들의 반응에 에레나의 친구들이 나섰다.

이런 분위기는 두 사람에게도 좋지 않다고 생각했는지, 피오라가 총대를 멨다.

"에레나, 이 부분 좀 가르쳐 줬으면 하는데."

피오라는 교재의 한 부분을 가리키며 에레나에게 물었다. 아버지의 상단 일로 바쁘긴 하지만 피오라도 성적이 우수한 편이다. 그녀가 이렇게 나선 것은 에레나를 곤란에서 구하기 위해서 스스로를 희생한 것이다.

"줄 쳐놓은 곳 좀 봐 줘."

"이거 지난 시간에 교수님이 강의한 부분인데, 요즘 상단 일로 많이 바쁜 모양이구나. 이건 그러니까……."

에레나는 워낙 수업을 열심히 듣는 편이라 설명에 거침이 없었다. 강의 시간에 설명해 준 것으로도 성에 차지 않는지 도움이 될 만한 도서까지 추천하는 모습을 보며 학생들은 생각했다.

'사람들이 괜히 미와 지성을 동시에 갖췄다고 하는 게 아니구나.'

겉으로는 모든 것을 가지고 태어난 것처럼 보이지만, 세상에 우연은 없다. 남들이 보지 않는 곳에서 피나는 노력을 했을 것이고, 그 노력이 차근차근 쌓여 찬란한 빛을 내는 것이다.

에레나의 설명을 들으며 피오라는 강의실 중앙에 걸려 있는 시계를 쳐다보았다. 아직까지 강의가 끝나려면 20분은 더 남았다.

피오라는 학생들의 관심을 막아 주기 위해 뭔가를 더 물어보려다가, 자신의 교재에 적힌 글을 보고는 질문을 멈췄다.

'피오라, 이젠 됐어. 고마워.'

에레나는 벌써 눈치를 채고는 친구에게 윙크를 보냈다. 괜찮다는 표정이다.

"오늘은 여기까지 하겠어요. 마지막 수업이고 하니 일찍 마치도록 할게요."

지겨웠던 역사 강의가 끝났다.

교수님의 말이 끝나기가 무섭게 에레나가 가방에 책을 집어넣었다. 평소와는 달리 그녀의 책 집어넣는 속도가 빠르다. 지나치게 서두르는 느낌이다.

"잠시 이야기 좀 하지."

아카드가 복잡한 표정으로 그녀의 팔을 잡았다. 제국은행 채권에 대한 이야기를 언제 꺼내면 좋을까 강의 내내 고민하던 그는 어렵게 이야기를 꺼냈다.

"왜 이래요!"

하지만 에레나가 소리치며 화들짝 놀란 표정으로 손을 뺐다. 강의실에 있던 학생들 모두 고개를 돌려 두 사람을 쳐다보았다.

학생들의 반응에 에레나는 자신이 너무 민감하게 반응했다고 생각했는지 황당한 표정으로 자신을 쳐다보는 아카드에게 사과했다.

"미안해요. 이야기는 다음에 해요."

에레나는 고개도 돌리지 않고는 자신의 가방을 들고 강의실을 빠져나갔다. 그녀가 나가는 것을 지켜보던 학생들의 시선이 아카드에게로 옮겨졌다.

"나 아니야. 아무 짓도 안 했다고."

아카드는 이상한 시선으로 자신을 쳐다보는 학생들에게 양손을 저었다.

그러나 학생들의 소요는 쉽게 가라앉을 것 같지 않았다. 그들은 마치 '네 이놈! 무슨 변태 짓을 했기에 에레나 양이 저렇게 소리칠 정도로 놀란 것이냐.'라며 추궁하는 눈치다.

"그런 거 아니라니까."

하지만 누구도 자신의 말을 믿는 표정이 아니다. 대부분 '네놈이 수상한 행동을 했으니 에레나 양이 저렇게 반응하는 것이 아니냐.' 라는 눈빛이다.

제국을 구한 영웅이 순식간에 아카데미의 변태가 되는 순간이었다.

아카드는 억울했지만 학생들에게 변명을 해 봤자 소용이 없을 것 같았다. 이 오해를 풀기 위해서는 당사자를 잡아오는 수밖에 없어 보인다.

"기다려 봐. 내가 에레나 선배를 데려올 테니."

아카드는 재빨리 강의실을 벗어났다. 에레나를 추격하는 그의 눈빛은 맹수처럼 사나웠다.

*　　　*　　　*

에레나는 강의실에서 나오자마자 달렸다. 딱히 정해 놓은 목적지는 없지만 하염없이 달렸다.

"왜 이래, 에레나. 정신 차려."

어딘지도 모를 건물 앞 잔디밭에 선 에레나는 자신의 양 뺨을 손바닥으로 두들겼다. 자신이 생각해도 아카드에게 소리친 행동이 부끄러웠다.

하지만 본능적으로 나오는 행동이라 주체할 수가 없었다.

그래서 더 답답하다.

왜 아카드의 얼굴만 보면 몸이 이상해지는지, 왜 가까이 다가오면 도망가고 싶은지 모르겠다. 그가 근처에만 와도 얼굴이 화끈거리고 가슴이 콩닥콩닥 뛴다.

변한 것은 신체뿐만이 아니었다.

최근 들어서 아카드의 존재 유무에 따라서 감정의 기복도 점점 심해졌다.

아카드와 한 강의실에서 같이 수업을 들을 때면 책이 눈에 들어오지 않았다. 그림을 봐도 아카드 얼굴, 글자를 봐도 아카드 얼굴뿐이다.

그렇다고 보이지 않으면 안심이 되느냐.

그건 또 아니다.

보이지 않을 때도 온통 머릿속에는 그의 생각뿐이다.

아카데미에서만 그러면 다행인데, 밥을 먹을 때도, 잠을 잘 때도 아카드에 대한 생각이 에레나를 지배하고 있었다.

지금 뭐 하고 있을까? 밥은 먹었을까? 누굴 만나고 있을까? 내일 만나면 뭐라고 인사하지?

평소에는 걱정거리도 되지 않았던 것들이 온통 근심으로 작용하면서 증상은 점점 심해졌다.

'사신단 파티 때문이야.'

에레나는 손톱을 물어뜯으며 그날 황궁에 간 것을 후회했다.

타국의 왕자에게 생각하기도 끔찍한 일을 당했지만, 제국은행 본점 옥상에서 아카드와 함께 있었던 그 짧은 시간 사이에 상처는 치유되었다.

하지만 그때부터 말할 수 없는 고통이 시작되었다.

자나 깨나 시간이 날 때마다 아카드와 춤추던 때를 떠올리 혼자 웃는 시간들이 많아졌다. 그러다 보니 점점 멍 때리는 시간도 길어지고, 시녀들이 몇 번을 흔들어야 정신을 차리게 되었다.

예전에는 이렇지 않았다.

아카드라는 존재는 자신에게 특이한 인물 정도였다.

잘생긴 후배, 상재가 말도 못 하게 뛰어난 후배, 머리가 뛰어난 후배, 승부욕이 지나치게 강한 후배, 남들 앞에 서면 빛이 나는 후배 정도였다.

좀 많기는 하지만 이 정도가 에레나가 생각하는 아카드에 대한 인상이다. 지금처럼 자나 깨나 에레나 머릿속에서 지분을 점점 넓혀 가며 괴롭히는 그런 존재는 아니었다.

그러나 황궁 파티 이후 모든 것이 바뀌었다.

곁에 없으면 우울해지고, 곁에 있으면 몸이 배배 꼬인다. 또한 아카드의 행동 하나하나에 의미를 부여하고, 그 행동에 따라 자신의 감정 기복도 심해졌다.

그러자 중앙 고위 귀족가의 여식이라면 절대 가져서는

안 되는 욕심이라는 것이 생겨나기 시작했다.

주변에서 팔짱을 끼고 행복하게 지나가는 커플을 보면 그 두 사람에게 자신과 아카드를 끼워 넣게 되고, 아이의 유모차를 끌고 가는 부부를 봐도 자신과 아카드를 투영하게 된다.

그럴 때마다 몇 번이나 정신 차리라고 다짐해 보지만 한순간이다. '넌 아카데미를 졸업하자마자 가문에서 정해 준 사람과 결혼해야 할 몸이라고.' 라며 스스로를 꾸짖을 때마다 점점 더 슬퍼지면서 하염없이 눈물이 났다.

'큰 욕심을 부리는 것도 아닌데…….'

단지 매일 아카드 군의 얼굴을 볼 수 있고, 함께 맛있는 식사 정도만 할 수 있다면 더 바랄 것이 없었다.

"어차피 아카드 군과 넌 이루어질 수 없는 관계야. 그러니 심장아, 지금이라도 제발 좀 멈춰 줘."

에레나는 노을이 붉게 지는 하늘을 바라보며 조그만 소리로 울먹였다.

야속하게도 에레나에 대한 모든 결정권을 가지고 있는 루시르와 자신이 사랑하는 아카드는 제국 내에서도 사이가 좋지 않기로 유명했다.

오죽하면 원로원 회의에서도 한 마디도 하지 않을 정도다.

바로 옆자리에 앉아 있어도 하고 싶은 말이 있으면 주변 사람을 보내서 의사를 전하는 이런 상황에서 아카드를 좋아하는 자신의 감정을 들키면 어떻게 될까?

당장이라도 가신들에게 에레나의 외출을 막으라 명할 것이 자명하다. 그 이후, 가문에 도움이 될 만한 사내를 데려와 그에게 시집가라 명령을 내리겠지.

어차피 평민인 어머니 밑에서 태어난 자신을 공작가에 데려온 이유는 한 가지다. 바로 가문에 유익한 집안의 남자와 결혼해 이바지하라는 것이다.

그러라고 공작가에 데려와 먹이고 키우고 아카데미까지 보내 준 것이다.

지금까지는 귀족가의 여식으로 태어나 가지는 의무와 운명에 대해 불만을 가져 본 적이 없었다. 귀족가에서 풍요롭게 자란 대가로 당연히 해야 할 의무였기 때문이다.

하지만 지금은 원망스럽다.

평범한 가정에서 태어나지 못하고 귀족가의 여식으로 태어난 것도 후회스럽고, 의무를 받아들여야 한다는 사실도 너무나 싫다.

에레나는 어둑해지는 하늘을 자유롭게 날아다니는 철새가 부러웠다. 온몸이 귀족가의 의무로 칭칭 감겨 마음대로 할 수 없는 지금의 상황을 말끔히 탈출하고 싶었다.

"저 새들처럼 아무도 나를 알아보지 못하는 곳으로 훨훨 날아갔으면 좋겠다."

에레나의 목소리가 하늘을 향해 힘없이 메아리쳤다.

＊　　　＊　　　＊

"아후, 도대체 어디로 사라진 거야!"

아카드의 입이 바싹 마른다.

몇 시간을 뛰어다니느라 숨이 가빠서 그럴 수도 있지만, 지금은 그것 때문이 아니었다.

그는 에레나가 갈 만한 곳을 다 뒤졌지만 도저히 찾을 수가 없었다.

"지분 문제에 대해 다짐받아야 할 게 있는데 도대체 어디로 사라진 거야."

제국은행 지분 1%가 에레나에게 양도되었다.

그렇다는 것은 황실과 아카드가 제국은행 문제로 대립할 때마다, 결정권은 에레나에게 있다는 것을 의미했다.

아카드가 그녀를 만나려는 것은 이 문제에 대해 상의하고 다짐을 받아 두기 위해서다. 그런데 강의만 끝나면 도망가 버리니 그의 입장에서는 미칠 지경이다.

아카드는 아무 죄 없는 돌멩이 하나를 걷어차며 화풀이

를 했다. 실리안을 소환해 찾아내도록 명령할 수도 있었지만, 그렇게까지는 하고 싶지 않았다.

그녀와 관계되는 일은 자신 스스로 해결하고 싶은 것이 아카드의 솔직한 심정이었다.

누구도 둘 사이에 끼는 것을 원치 않았다.

"잡히기만 해 봐. 아주 그냥……."

그때 저 멀리 마법학과 건물 앞 잔디밭에서 하늘을 멍하니 바라보는 여학생 하나가 눈에 들어왔다. 제법 거리가 있어 보이지만 절대 못 알아볼 수 없는 외모.

바로 그녀다.

아카드는 맹수와 같은 표정으로 살금살금 에레나가 눈치채지 못하게 다가갔다. 정확하진 않지만 자신이 다가간다는 걸 눈치채면 왠지 도망갈 것 같은 느낌에 최대한 조심스럽게 다가갔다.

"잘 걸렸다. 도망가 봤자 내 손바닥 안이지."

Chapter 8.
덫에 걸리다

"이 아가씨가 나랑 해보자는 거지?"

간발의 차로 먹잇감을 잡을 수 없었다.

금방이라도 손을 뻗으면 잡을 수 있을 것 같았던 먹잇감
은 눈치가 보통이 아니었다. 사정권에 들어오자마자 아카
드가 다가가는 것을 알아채고는 재빨리 도망갔다.

자신을 피해 도망가는 것만 해도 분노가 끓어오르는데,
괘씸하게도 먹잇감은 도망치면서 다른 늑대와 대화하는 여
유까지 보인다.

먹잇감은 건방지게도 3학년 남학생으로 보이는 늑대에
게 자신을 가리키며 미소까지 짓는 여유를 보인다.

먹잇감을 쫓던 맹수는 자신을 약 올리기로 작정한 먹잇감의 행태에 분노가 폭발하고야 말았다.

"저게 진짜! 지금 뭐하자는 짓이야!"

이쯤 되면 막 나가자는 거 맞지?

아카드는 이성을 잃었다. 눈에 보이는 것은 먹잇감 하나뿐이다. 그녀 이외에 보이는 것은 없다.

먹잇감을 쫓는 맹수 앞을 유혹당한 늑대 한 마리가 막아섰지만 가볍게 물리쳤다. 늑대의 정체는 아카드보다 2살 많은 3학년 남학생 선배다.

그러나 분노한 맹수에게 학번 따위는 중요하지 않다. 3학년 선배는 아카드에게 멱살을 잡혀 보기 흉하게 잔디밭에 나뒹굴었다.

"백작이면 다야! 선배한테 너무하잖아."

뒤에서 3학년 선배가 아카드에게 손을 뻗으며 소리 질렀다. 하지만 곧바로 입을 다물어야 했다.

"억울하면 너도 백작하든가."

아카드는 사나운 맹수의 눈으로 선배를 노려보며 손을 내밀었다. 다른 학생들이 보기에는 넘어진 선배를 일으켜 주려는 친절한 후배처럼 보였기에 주변 사람들은 상관하지 않고 지나갔다.

맹수는 치명상을 입은 3학년 늑대에게 차가운 경고를 남기고는 먹잇감을 열심히 쫓았다. 잠깐 늑대에게 시선을 돌린 사이 먹잇감은 이미 사라지고 없었다.

건물이라는 건물은 다 뒤지고, 먹잇감이 갈 만한 곳을 다 돌아다녔지만 머리카락 하나 보이지 않았다.

"하아, 거기에서 시간을 뺏기는 게 아니었는데."

아카드는 엄한 3학년 선배를 마음속으로 난도질하며 화풀이했다.

'다시 돌아가서 그 녀석이나 패 버릴까?'

맹수는 평소라면 절대 드러내지 않을 흉폭함까지 드러내며 먹잇감을 찾기 위해 모든 감각을 동원했다. 하지만 먹잇감이 사정권을 벗어났는지 기척도 느껴지지 않았다.

'이렇게 되면 실리안을 소환해야 하나?'

아카드는 심각하게 고민했다.

추적의 달인인 바람의 정령 실리안을 소환하면 찾는 것은 어렵지 않다. 단지 자존심이 상할 뿐이다.

'에레나를 잡기 위해 실리안을 부르는 건 싫은데.'

고민이 깊어지고 있을 무렵 저 멀리서 네 명의 여학생이 한곳에 모여 뭔가를 이야기하는 것이 아카드 눈에 포착되었다. 특히 피오라는 매직폰으로 누군가와 통화하며 '나만 믿어!'라고 상대를 안심시키는 모습이 눈에 띈다.

안 봐도 사이즈가 딱 나오는 상황이다.

아카드는 좋은 생각 하나가 떠올랐다.

"선배들, 나랑 잠깐 이야기 좀 하지?"

아카드가 다가갈수록 네 명의 선배들이 두드러지게 딴청을 피운다. 특히 피오라는 얼른 폴더를 닫으며 매직폰을 뒤로 숨긴다.

"선배들은 에레나 선배가 어디에 있는지 알 거 같은데."

도리도리.

네 여학생들은 모두 약속이나 한 것처럼 고개를 흔들었다. 하지만 아카드가 다가오면 다가올수록 눈동자가 흔들렸다.

"에레나 선배 찾는 것만 도와주면 내가 괜찮은 소개팅을 주선할 용의가 있는데 어때? 참고로 나 눈 높은 거 알지?"

의외의 대답에 네 여학생의 눈동자가 흔들렸다. 졸업까지 1년밖에 남지 않았지만 그녀들은 명성과 어울리지 않게 남자친구가 없었다.

네 여학생들의 명성과 미모, 그리고 뛰어난 집안 배경 때문인지 남자들이 쉽게 접근하지 못했다. 그러다 보니 사귀어도 오래가지 못했고, 남들은 그렇게 쉽게 가는 연인과의 여행 한 번 가 보지 못했다.

"관심 있어?"

솔로 여학생 네 명에게는 치명적인 제안이다. 아카드의

질문에 그녀들의 입이 갑자기 근질거리기 시작했다.

'폴과 토마스, 고스트. 너희들이 희생 좀 해줘야겠다. 나머지 한 명은 누구로 하지?'

소개팅에 어울리는 딱 한 사람이 떠올랐지만 아카드는 고개를 저었다. 그 자식은 절대 자신의 말을 들어줄 녀석이 아니다. 혼자 고고한 맛에 사는 녀석이다.

'일단 나머지 한 사람은 나중에 정하기로 하고, 이제 먹잇감이 덫에 걸려들길 기다리기만 하면 되는 건가?'

덫은 완벽하게 준비되었다.

이제 기다리는 일만 남았다.

*　　　*　　　*

지금은 학생회로 편입된 요리 동아리 방.

가늘고 투명한 손가락이 조심스럽게 동아리 방의 손잡이를 돌린다.

끼익! 소리와 함께 닫혀 있던 문이 열리면서 동아리 방에 한 줄기 빛이 비집고 들어왔다. 문이 열리면서 빛의 영역은 점점 넓어지고 길게 늘어선 그림자 하나가 모습을 드러냈다.

"아무도 없나?"

어둠 속에 한 발자국 발을 들인 인물은 에라나.

지금까지 아카드를 피해 기사학부 연무장에 숨어 있던 에레나는 친구들의 전화를 받고 동아리 방으로 왔다. 하지만 친구들이 보이지 않는다.

"아직 도착 안 했나?"

에레나가 동아리 방 중앙으로 다가서는 순간 '쾅!' 소리와 함께 문이 닫혔다. 자신의 영역을 넓혀 가던 빛의 영역이 순식간에 사라지고 방 안은 다시 어둠의 영역으로 바뀌었다.

"꺄아아아! 놀랐잖아."

얼마나 놀랐는지 에레나는 비명을 질렀다. 그러고는 몸을 돌려 친구들을 향해 소리쳤다.

"뭐하는 짓이야, 노크도 없이."

당연히 친구들이라 생각해 소리를 질렀는데 뭔가 이상하다. 자신을 향해 걸어오는 사람은 네 명이 아니라 혼자다.

또한 자신의 친구라고 생각하기에는 키가 너무 크다. 친구들 중 가장 큰 안나보다 훨씬 크다.

"누구세요?"

에레나가 놀란 토끼 눈으로 상대를 쳐다보았다. 정체를 물었지만 상대는 답이 없다.

"클라우스 공작가의 영애라서 그런지 이야기 한 번 나누기 참 힘들어, 그치?"

에레나의 몸은 점점 뒤로 밀려났다. 창문까지 밀려난 뒤에야 상대의 정체를 확인할 수 있었다.

"다…… 당신은. 당신이 어떻게 여길……."

창문에 비친 노을 사이로 모습을 드러낸 이는 아카드다. 그는 에레나를 향해 다가오며 분명하게 감정을 드러냈다.

화가 무지 많이 난 상태라고.

"우리 할 이야기가 아주 많을 거야. 긴 밤이 될 거 같은데."

에레나는 화가 난 맹수처럼 다가오는 아카드를 보며 자신이 처한 상황을 알아차렸다. 왜 이런 상황이 벌어졌는지 전말을 알 거 같다.

"이 배신자들!"

에레나의 애처로운 목소리가 동아리 방을 가득 메웠다.

*　　　*　　　*

"누가 욕을 하나? 귀가 왜 이렇게 가렵지?"

안나는 친구들과 함께 동아리 건물 입구를 지키다가 자신의 귀를 후볐다. 네 친구들은 에레나가 도망가지 못하게 입구를 지켜 달라는 아카드의 부탁을 받고 망을 서고 있는 중이다.

"우리 이래도 괜찮은 걸까요? 아무리 소개팅도 좋다지만 에레나 양을 생각하면 이건 아닌 거 같은데요."

케리가 죄책감에 고개를 푹 숙였다.

"우리가 소개팅 때문에 이러는 거 같아? 전부 다 그 숙맥을 위해서 이러는 거라고."

"그게 무슨……?"

피오라가 연애 박사답게 케리의 등을 두들겼다.

"최근의 에레나와 아카드, 그 둘 사이에 뭔가 느껴지는 게 없어?"

도리도리.

케리가 고개를 저었다.

"맞다. 얘도 에레나 못지않게 숙맥이었지. 너한테 대답을 기대한 내가 바보지."

피오라는 케리의 어깨를 잡고는 거만한 표정으로 설명했다.

"최근 에레나 행동을 보면 평소와 많이 다르지?"

끄덕끄덕.

"아카드만 보면 도망가질 않나, 아카드 목소리만 들어도 얼굴이 빨개지지 않나. 이 모든 걸 종합해 보면 딱 감이 오지 않아?"

"그러니까 피오라 양의 말은 에레나 양이 아카드 군을 좋아한다는 소리예요?"

"당연하지. 그러니까 우리는 둘 사이를 도와주는 거지, 절대 친구를 배신한 게 아니라고. 알겠어?"

"지금쯤 화가 많이 났을 텐데. 지금이라도 들어가 봐야 하지 않을까요?"

여전히 걱정 어린 표정을 짓는 케리에게 안나가 절대 걱정하지 말라며 장담을 했다.

"걱정도 팔자다. 시간이 지나면 에레나가 오히려 우리한테 고마워해야 할걸?"

"정말 그럴까요?"

"당연하지. 내가 누구니. 에레나의 십년지기 친구 아니겠어? 걔에 대해선 누구보다 잘 알고 있으니 에레나 걱정일랑 하지들 마시고 소개팅에 대한 이야기나 해 보자고. 그날 뭐 입고 나가야 할까?"

안나는 이미 에레나에 대해서는 머릿속에서 깨끗이 지워버린 모양이다. 소개팅에 뭘 입고 가야 할지, 어떤 남자가 나올지에 대한 생각뿐이다.

"안나야, 네가 걱정한다고 해서 해결될 거 같아? 이 언니만 믿어. 이 언니가 너희들 콘셉트 확실하게 잡아 줄게."

"오호, 그래 내 옆에는 아카데미의 연애 박사 피오라 양이 계셨지. 알았어, 너만 믿을게. 뭐부터 준비하면 될까?"

"일단 패션부터 내가 지정해 줄게. 잘 새겨들어."

피오라를 중심으로 나머지 여학생들은 빙 둘러 앉았다. 세 사람은 연애 박사 피오라의 주옥같은 조언을 가슴속 깊이 새겨들으며 소개팅에 대한 만반의 준비를 마쳤다.

네 친구들은 맹수와 한 방에 갇혀 버린 에레나에 대한 걱정 따위는 생각도 하지 않았다.

＊　　　＊　　　＊

"이유가 뭐야?"

"무…… 무슨 이유!"

역시 맹수의 추격은 피할 수 없었다.

거기다가 믿었던 친구에게까지 배신을 당했으니 에레나는 정신이 하나도 없었다.

"매번 날 피한 데는 이유가 있을 거 아냐."

맹수처럼 다그치는 아카드 앞에 선 에레나는 입을 꾹 다물었다. 일부러 다문 것은 아니다. 변명할 거리가 딱히 떠오르지 않아서다.

"피한 거 아니야!"

말도 안 되는 변명을 하려다 보니 에레나는 자신도 모르게 반말이 튀어나왔다. 자신이 생각해도 옹색한 변명이다.

"말이 짧다?"

어이없어 하는 아카드는 맹수처럼 에레나를 몰아쳤다.

"내가 선밴데…… 아카드 군도 나한테 존대해 줘……
요."

"인턴 주제에 고용주한테 존댓말을 바라는 건가?"

"치이, 상단 그만둔 지 두 달은 지났거든요?"

"두 달 전에 지 멋대로 사표 던진 인턴 하나 때문에 상단
하나 시원하게 말아먹었다지."

"그건 죄송……."

"그건 죄송?"

아카드의 윽박질에 에레나의 목소리는 점점 기어들어 간
다. 말싸움으로는 절대 이 남자를 이길 수 없다는 것을 깜
박했다.

결국 에레나는 꼬리를 말 수밖에 없다.

"상단 일은 정말 죄송합니다. 이제 됐죠?"

에레나는 사과를 빌미로 은근슬쩍 빠져나가려고 했다.
그러나 용감한 그녀의 시도는 미수에 그쳤다.

목덜미를 움켜쥔 거친 맹수의 손길 때문에 에레나는 난
생처음으로 공중 부양하는 기적을 체험했다.

"내 질문에 대답하지 않고 그냥 도망가려고?"

"도망이라뇨? 그리고 무슨 질문을 하셨어요?"

에레나는 시치미를 뚝 뗐다. 적절한지는 잘 모르겠지만 연애 박사인 피오라의 조언이 떠올랐다.

'남자 앞에서 곤란한 일을 당하면 시치미 떼는 게 최고야. 보통 남자들이라면 그 상황에서 넘어가 주는 게 에티켓이라고 생각하거든.'

하지만 에레나가 간과한 것이 있었다. 이 남자가 보통이 아니라는 사실이다.

"왜 피하냐고 물었는데?"

"아, 맞다. 그랬군요."

에레나는 웃음으로 상황을 모면해 보려 하지만, 그럴수록 분위기는 점점 더 어색해진다.

"몇 번은 그럴 수 있다고 쳐. 요 며칠간 바빴다고 핑계를 대면 내가 할 말은 없지. 하지만 도저히 이해할 수 없는 건 왜 내 얼굴만 보면 피하냐는 거야. 나 혼자만 그렇게 느끼는 건가?"

에레나는 이 상황을 벗어나기 위해 핑곗거리를 만들어 보려고 했지만 오늘따라 머리가 굳었는지 아무것도 떠오르지 않았다.

기껏 생각해 낸 핑계가 겨우 이거였다.

"바빠서요. 일찍 들어오지 않으면 오빠가 별로 안 좋아 해요."

"루시르 공작한테 늦게 들어왔다고 혼났다 말이지? 언제?"

"이틀 전에요. 다음부터 절대 늦지 않겠다고 약속했거든 요."

"확실히 이틀 전이란 말이지?"

"네."

에레나는 일단 우기고 봤다. 우물쭈물 대답하면 분명히 아카드가 의심할 것 같아서 강하게 밀고 나갔다.

하지만 또 막혀 버렸다. 그것도 완벽하게.

"루시르 공작은 원로원 회의에서 법안 상정 심사를 하느라 삼 일간 밤늦게까지 집에 못 들어간 걸로 기억하는데."

쾅쾅쾅~쾅!

망했다.

에레나의 머릿속에 떠오른 단어는 이 하나였다.

'맞아. 얼마 전에 원로원 의원이 되었지. 거짓말이 들통나 버렸네.'

아카드의 말대로 루시르 공작은 삼 일간 집에 들어오지 않았다. 집에 들어오지 못하는 오빠를 위해 속옷을 챙겨 준 사람이 자신이라는 사실이 왜 이제야 생각이 날까. 정말 난감한 일이다.

하지만 사자에게 물려가도 정신만 똑바로 차리면 살 수 있다고 했다. 이럴 때일수록 약한 모습을 보이면 안 된다.

기죽지 말고 상대의 틈을 보다가 재빨리……

결심이 끝나기도 전에 에레나의 발이 먼저 움직였다.

"어딜 튀시려고?"

에레나의 발보다 아카드의 팔이 먼저 움직였다. 또다시 공중 부양을 체험해야 했다.

"놔줘요. 놔 달라고요!"

"도망 안 간다고 약속하면 놔주지."

이대로 사자에게 물려가야 하는 건가.

두 발자국도 못 가 아카드의 긴 팔에 잡혀 버린 에레나는 팔딱거리며 몸부림쳤다. 결국 절망 어린 표정으로 상대에게 항복을 선언해야 했다.

"도망 안 갈게요."

"약속해?"

"약속해요."

에레나는 창피함에 얼굴이 더 붉어졌다. 창피하지만 엄마의 품을 벗어나 사탕 가게로 달려가려는 아이처럼 몸이 휘청했다.

에레나의 다짐을 받고서야 아카드는 그녀를 순순히 풀어 주었다. 하지만 안전장치가 필요해서일까? 그는 언제든지 금방 잡을 수 있도록 거리를 좁혔다.

"솔직히 말하시지."

정말 돌아 버리겠다! 누가 나 좀 살려 줘!

에레나는 더 이상 피할 수 없는 상황까지 왔다. 꼼짝없이 진실을 털어 놔야 했다.

"이런, 사람을 앞에 놔두고 딴생각하는 건 예의가 아닌데. 어떻게 생각해? 에레나."

아카드의 표정이 험악하다. 거기다가 또 자신의 이름을 부른다.

다른 건 다 참을 수 있겠는데 아카드의 입에서 자신의 이름이 나오면 어쩔 줄 모르겠다. 은근히 자신에게 화를 내는 거 같은데 왜 이렇게 그의 음성이 달콤하게 들리는지 모르겠다.

"선배라고 해 달라니까요!"

에레나는 아카드라는 거대한 벽 때문에 앞으로 나가지 못하고 최대한 뒷벽에 찰싹 달라붙었다.

"일단 왜 날 피하는지부터 대답해 봐. 그럼 선배라고 불러 주지."

치사하게도 당연하게 불러야 할 호칭에 조건을 붙이다

니. 이러면 대답하지 않을 수 없다.

에레나는 부끄러움이고 뭐고 심호흡을 크게 한 번 했다. 그러고는 아카드의 눈을 똑바로 바라보았다.

부끄러워서 오금이 오그라들 거 같다. 하지만 지금부터는 상대의 눈을 보고 이야기해야 할 거 같다.

"아카드 군이 무서워요."

"뭐?"

아카드는 황당한 듯이 쳐다본다. 전혀 예상하지 못했다는 표정이다.

"내가 왜 무서워?"

"수업시간에 힐긋 쳐다보는 것도 무섭고, 이렇게 막 쫓아오는 것도 무서워요."

"남들이 들으면 스토커인 줄 알겠네."

"하여튼 너무 무서웠어요. 그래서 도망간 거라고요."

아카드는 그 말을 듣는 순간 '내가 그랬나?' 하면서 강의실에서의 행동을 되짚어 보는 표정이다.

'제국은행 지분 때문에 따라간 건데 그렇게 무서웠나?'

그의 입에서 의외의 말이 나왔다.

"당신을 쫓아간 건 미안해. 꼭 해야 할 이야기가 있었어."

갑자기 에레나의 귀가 쫑긋한다.

'할 이야기? 설마 내가 예상한 그거? 안 돼!'

에레나는 고개를 세게 흔들었다. 골이 흔들릴 만큼.

"내 사과 받아 주는 거야?"

"네, 받아들일게요. 저는 이만 가 볼게요. 너무 늦었거든요."

에레나는 본능적으로 위험을 감지했다. 점점 시간을 끌다가는 절대 들어서는 안 되는 말을 들을 것만 같다.

"할 이야기가 있다니까. 그건 듣고 가야지."

"내일 이야기해요. 밖이 어두워요."

실제로 하늘은 어둑어둑해졌다. 노을도 이제 거의 손톱만큼밖에 보이지 않는다. 아카드를 이대로 놔뒀다가는 하늘에 반짝이는 별을 같이 볼 기세다.

"그럼 데려다주면서 말하지."

"아니, 그럴 필요 없어요!"

에레나는 강렬하게 거부했다.

'그에게 고백받으면 안 돼. 서로 상처만 될 뿐이야.'

그녀의 머릿속에는 빨리 벗어나고 싶다는 생각밖에 없었다. 감정적으로는 그의 고백을 받았으면 했지만, 이성적으로는 절대 그래서는 안 된다는 걸 알고 있었다.

자신의 행복 때문에 여러 사람을 불행하게 만들 수는 없다. 그냥 혼자 좋은 추억으로 남기고, 슬프지만 웃어넘기는 게 주변의 여러 사람들을 위하는 길이라는 생각이 들었다.

"자꾸 도망가면 곤란한데."

화난 아카드의 심정이 목소리에 고스란히 녹아 있다. 그는 귀를 막고 있는 에레나를 향해 다가왔다.

뭔가 눈치챈 게 분명해.

에레나는 아카드의 시선을 피하기 위해 고개를 획 하고 돌렸다. 내일 아침 목이 걱정될 정도로.

"내 눈을 보고 이야기해."

아카드가 에레나의 턱을 잡고는 자신을 향해 돌렸다.

'미치겠어. 심장이 왜 지 마음대로 뛰는 거야. 이래서는 안 되는데 나 어떻게 해야 해.'

아카드의 손이 닿는 순간 심장과 얼굴이 기다렸다는 듯이 반응한다. 가슴이 콩닥콩닥 뛰고 얼굴은 장작이라도 태웠는지 활활 타오르기 시작한다.

"싫어. 싫다고!"

자신도 모르게 에레나는 고개를 세차게 흔들며 반말이 툭 튀어나왔다. 이대로 그냥 놔줬으면 좋겠는데, 아카드는 먹이를 문 맹수처럼 절대 떨어지지 않는다.

"그러니까 왜 싫어? 이유가 있을 거 아냐."

"싫어. 그냥 싫다고. 그러니까 날 좀 놔줘."

"갈 때 가더라도 대답은 하고 가야지. 그냥은 못 보내."

"대답하기 싫다고 하잖아. 그러니까 날 좀 내버려 둬."

왜 그런지 모르겠지만 에레나의 가슴에서 뭔가가 울컥하고 올라왔다. 두려움, 부끄러움, 당황함 등이 뒤섞이다 보니 우는 목소리가 자신의 의지와는 관계없이 튀어나와 버렸다.

에레나는 아카드를 뿌리치고 도망가려고 했다.

그러나…….

'탁!' 하는 소리와 함께 긴 팔이 바리게이트처럼 내려왔다. 반대쪽으로 몸을 틀어도 '탁!' 도저히 꼼짝달싹도 하지 못하게 인간 철통 방어막이 내려왔다.

"그렇게 가 버리면 내가 이상한 사람이 되는 거잖아. 어서 이야기해."

아카드가 가까이 다가올수록 심장박동수가 빨라진다. '오지 마! 오지 마!' 가슴속으로 외쳐 보지만 그는 점점 더 가까이 다가온다.

"질문에는 대답하지 않고 딴생각하는 거 상당히 불쾌한데, 에레나."

에레나는 다시 심장이 쿵 하는 대참사를 겪었다. 아카드가 이름을 부르자마자 가슴속에서 찌릿한 전기가 올라오는 느낌이다.

꿀을 한꺼번에 입속에 넣으면 이런 느낌일까? 아카드가

자신의 이름을 부르자 너무 달아서 몸이 부르르 반응하는
느낌이다.

"이름 부르는 것도 싫고, 당신이 고백하는 것도 싫다고
요. 우리는 절대 이어져서는 안 될 운명이라고요!"

에레나는 눈을 질끈 감고 소리쳤다.

"고백? 무슨 고백?"

"……."

아카드의 표정이 묘하다.

마치 '요것 봐라? 빵 줄 사람은 생각도 하지 않았는데
무슨 스테이크 써는 소릴 하는 거야?' 라는 표정이다.

"누가 그래? 내가 고백한다고?"

"잉?"

에레나가 슬그머니 고개를 돌렸다.

아카드의 얼굴을 쳐다보니 진짜로 황당해하는 표정이다.
어? 이러면 안 되는데…… 진짜 고백하려는 것이 아니었나
보다.

"그럼 여태껏 왜 절 따라온 건데요?"

"얼마 전에 황제한테 제국은행 지분 받은 거 있지?"

"네. 오빠를 통해 받았어요."

"시세의 열 배 이상 쳐 줄 테니까 나한테 넘기라고 부른
거지."

"……."

몇 분이 흘렀을까?

에레나의 머릿속이 하얗게 변했다. 아무 생각도 나지 않았다. 단지 이 상황이 너무 부끄러웠다.

방금 전까지 느꼈던 부끄러움과 전혀 다른 성질의 부끄러움이다.

에레나는 갑자기 멍해졌다. 아무 소리도 들리지 않았다. 이제는 고개를 들고 아카데미를 다닐 자신이 없다.

"왜? 돈 대신 다른 걸 원해? 원하는 거 있으면 말해. 지분만 넘기면 최대한 맞춰 줄 용의가 있어."

혼란에 빠져 있는 에레나를 향해 아카드가 도화선을 당겨 버렸다. 그의 말을 듣자마자 에레나의 가슴 깊은 곳에서 뭔가가 터져 올라온다. 도저히 참을 수 없는 분노다.

"바보. 멍청이. 말미잘. 당장 내 눈앞에서 사라져!"

에레나는 새빨개진 얼굴로 아카드의 정강이를 걷어찼다. 얼마나 힘껏 걷어찼는지 아카드는 자신의 다리를 부여잡고 한 발로 폴짝폴짝 제자리에서 뛰었다.

"이 아가씨 진짜 이상하네. 가격이 마음에 안 들면 말을 해야지 왜 사람 다리를 걷어차고 그래."

"몰라요! 이제 말 걸지 마요. 한 번만 더 말 걸면."

"말 걸면?"

"지분이고 뭐고 확 불 질러 버리는 수가 있어요. 알았어
요?"

에레나의 협박에 아카드는 놀랐는지 아무 말도 하지 않
았다. 그저 영문도 모르고 고개만 끄덕일 뿐이다.

"비켜요."

"알았어."

제국은행 지분이 무섭긴 무서운지 아카드는 순순히 길을
내주었다.

맹수처럼 굴던 아카드는 에레나의 협박 한 방에 순한 양
이 되었다.

"어디 가?"

"남이사. 쫓아오기만 해 봐."

에레나의 얼굴에서 찬바람이 쌩쌩 분다.

'미치겠네.'

아카드는 에레나가 빠져나가는 것을 지켜볼 수밖에 없었
다. 문을 열고 나가는 그녀를 잡아야 하는데 엄두가 나지
않았다.

한 번만 더 잡았다가는 진짜로 아카드에게 소중한 제국
은행 지분 1%를 불태워 버릴 것 같았으니까.

"도대체 이유가 뭐냐고, 저 여자. 도대체 이해할 수가 없
네."

동아리 방에 혼자 남은 아카드는 아무리 생각해 보았지만 도저히 이유를 찾아낼 수 없었다.

＊　　　＊　　　＊

　아카드가 동아리 건물 입구로 나왔을 때였다.

　입구에는 에레나와의 만남을 성사시켜 준 네 친구들이 그녀를 둘러싸고 있었다.

　"어떻게 됐어? 잘됐어?"

　"어떤 고백을 받았어요? 아카드 군이라면 제법 근사한 말로 고백했겠죠?"

　안나와 케리는 싱글벙글 웃으며 에레나에게 질문을 던졌다. 다들 로맨틱한 그녀의 반응을 기대한 듯하다.

　그러나 에레나는 냉랭한 표정으로 침묵을 지켰다. 오히려 친구들을 질책하며 차갑게 대답했다.

　"너희들에게 실망했어. 그러고도 너희들이 친구라 할 수 있니?"

　네 여학생들이 일제히 입구 쪽에 서 있는 아카드를 쳐다보았다.

　'어떻게 된 거야? 무슨 짓을 했기에 에레나가 저렇게 화내는 거지?'

'나도 몰라.'

에레나의 친구들은 아카드에게 질책하는 눈빛을 보냈다. 아카드는 양손을 으쓱하며 모르겠다는 신호를 보낼 수밖에 없었다.

'누구한테 물어볼 사람도 없고. 정말 환장하겠네.'

아카드 입장에서는 너무 억울했다. 더 억울한 것은 에레나에게 이유도 물어볼 수 없다는 것이다.

'눈빛으로 볼 때 제국은행 지분을 진짜로 태워 버릴 기세였어. 이거 꼴이 우습게 됐군.'

맹수가 덫에 걸린 먹이를 잡으러 왔다가 도리어 쫓기는 형국이다. 아카드는 이러지도 못하고 저러지도 못하는 상황이 답답하다.

할 수 있는 일이라고는 에레나가 화가 풀릴 때까지 기다리는 것뿐이다.

저쪽에서는 화난 먹잇감을 달래느라 친구들이 쩔쩔매고 있다.

"아니 그게……."

안나가 미안한 표정으로 사과해 보려고 했지만, 에레나는 친구의 손을 뿌리치며 걸어갔다.

"에레나, 잠깐만 내 이야기를 들어 봐. 그게 아니라."

하지만 들은 체도 하지 않는다. 그녀는 찬바람을 쌩쌩 날리며 걸었다.

"에레나 양, 괜찮으신가요? 혹시 아카드라는 후배가 이상한 짓을 하지는 않던가요?"

저 멀리서 한 남학생이 자신의 먹잇감을 향해 달려온다. 자세히 살펴보니 에레나를 쫓을 때 겁도 없이 자신의 앞을 막던 선배다.

'저 자식이!'

아카드의 눈썹이 휙 하고 올라갔다.

방금 전까지는 에레나 때문에 황당했는데, 이제는 짜증이 나기 시작한다. 저 녀석과 에레나의 거리가 가까워질수록 아카드의 인상은 점점 찌푸려졌다.

"네, 괜찮습니다. 아까는 고마웠어요. 다음에 커피 한잔 대접할게요."

에레나는 방금 전까지 친구들에게 화를 내던 태도를 바꿔 특유의 상냥한 미소로 남학생을 대한다.

'웃어? 지금 상황에 웃음이 나오냐?'

아카드는 주먹을 부르르 떨었다.

이유는 모르겠지만 가슴속에서 축척된 짜증이 슬슬 분노로 바뀌려는 순간이다.

"아하하, 그럼 저야 영광이지요. 언제가 괜찮을까요?"

남학생이 에레나를 향해 머리를 긁적이며 애프터 날짜를

묻자마자 아카드 속에 있던 분노가 폭발하고야 말았다.

"누구 맘대로!"

아카드가 두 사람을 갈라놓으며 남자 선배를 노려보았다. 마치 원수를 쳐다보는 듯 살기 가득한 눈빛이다.

'좋은 말 할 때 순순히 물러나는 게 좋을 거야.' 라는 뜻을 눈빛에 담아 3학년 선배를 압박했다.

그때 에레나가 아카드의 팔을 잡고 방향을 돌렸다. 그녀는 아카드를 향해 허리에 손을 올리고는 다시 화를 냈다.

"그쪽이 무슨 자격으로 선배에게 이래라저래라 하는 거죠? 상관하지 마시죠."

에레나가 아카드에게 선포하듯 소리쳤다.

"자격 있어!"

아카드는 그녀의 눈을 피하지 않고 맞대응했다.

"무슨 자격으로요? 남들이 들으면 당신이 제 오빠라도 되는 줄 알겠어요."

순간 에레나가 남자였으면 좋겠다는 생각을 했다. 그랬다면 확 때려눕혀 버릴 텐데.

다른 남자 앞에서 꼬박꼬박 말대답하는 에레나가 그렇게 미울 수가 없다.

"당신 목숨 구해 준 자격. 이 정도면 차고 넘치는 거 아닌가? 그리고……."

“……”

에레나가 말문이 막혔는지 대꾸를 하지 않는다. 아카드는 그 틈을 놓치지 않고 쉴 새 없이 몰아쳤다.

“그리고 왜 사람 말을 끝까지 안 듣는 건데?”

“지분 이야기는 다음에 하자고 분명히 말씀드렸을 텐데요?”

“그거 말고!”

“지분 말고 또 필요한 게 있나요? 어디 말해 봐요.”

아카드는 순간 움찔했다. 일단 몰아붙인다고 용건이 더 있다고 말을 꺼내긴 했는데, 생각해 보니 없다.

‘일단 거슬리는 놈부터 처리하면서 시간을 벌자. 그러면서 천천히 생각해 봐야지.’

아카드는 자신의 기세에 눌려 멀뚱멀뚱 서 있는 남자 선배를 노려보며 차가운 목소리로 경고했다.

“그쪽은 좀 꺼져 주시지.”

“그게……”

3학년 남학생은 방금 전 아카드와 마주친 기억 때문인지 말을 하다가 멈췄다. 아카드를 압박하기에 선배라는 명분으로는 많이 부족하다.

백작이라는 신분과 현재 제국 내에서 그의 위치를 생각하면 감히 말 붙이기도 어려운 상대였다. 3학년 남학생은 말을 흐리며 아카드의 시선을 회피했다.

"선배에게 무슨 짓인가요?"

갑자기 에레나가 양팔을 벌리고는 3학년 남학생의 앞을 막았다.

"뭐? 지금 누구 앞에서 딴 남자 편을 드는 거야?"

아카드의 얼굴이 빨개졌다. 누가 곁에서 살짝이라도 건드리면 그 대상은 최소 경상, 잘못되면 사망에 이를 만큼 폭발 직전의 모습이다.

"아까 말씀드린 거 같은데요. 목숨을 구해 준 건 감사하지만, 그쪽이 제 일에 상관할 만큼 깊은 사이는 아니라고 생각해요."

그 말을 듣는 순간 아카드의 이성은 저 멀리 밤하늘 속으로 사라지고 말았다. 순전히 본능적으로 말과 행동이 튀어나왔다.

"정말 그런 사이가 아니라고 생각해?"

"네. 아카드 군과 저는 선후배 사이 그 이상은 아니라고 생각해요."

아카드와 에레나가 서로를 노려보자 금방이라도 무슨 일이 터질 것 같은 분위기가 형성되었다.

피식!

그 순간 아카드가 웃었다.

"오늘부터 그런 사이하면 되겠네."

"저는 아카드 군과 그런 사이 할 마음이 없거든요."

아카드는 강제로 그녀의 어깨를 붙잡았다.

"뭐하는 짓이에요!"

에레나의 날카로운 목소리에 아카드는 양손을 자신의 목으로 가져갔다. 그러고는 자신의 목에 걸린 목걸이를 풀었다.

평범해 보이는 금목걸이 중앙에는 반지 하나가 매달려 있었다. 아카드는 목걸이에 매달려 있는 반지를 빼내 손바닥에 얹었다.

그 흔한 돌멩이 장식 하나 없는 밋밋한 금반지다.

하지만 아카드에게는 어떤 보물보다 소중한 것이었다. 자신을 살리기 위해 돌아가신 어머니의 유품이기 때문이다.

원래의 시나리오는 이게 아니었지만 아카드는 다른 늑대의 등장에 본능적으로 위기감을 느꼈다. 그러다 보니 자신도 모르게 예정에도 없는 사고를 쳐 버렸다.

"받아! 내 목숨 같은 거니까 절대 잊어버리지 말고."

아카드는 에레나의 움켜쥔 손을 강제로 푼 뒤에 반지를 쥐여 주었다.

"이걸 왜?"

갑작스러운 상황에 당황해서 어쩔 줄 몰라 하는 에레나를 향해 아카드는 거부할 수 없는 눈빛으로 말했다.

"지금부터 나는 당신의 모든 일거수일투족에 상관할 자격이 생긴 거야. 그러니까 날 피할 생각은 죽어도 하지 마!"

아카드가 에레나의 귓가에 으르렁거리듯 속삭였다.

"고백하는 거야. 지금."

Chapter 9.
빅뉴스

　평소와 다를 것이 전혀 없는 강의실이었다.

　달라진 것이라곤 본격적인 가을이 오면서 좀 더 쌀쌀해
졌다는 것이다. 강의실로 들어오는 학생들 대부분이 손을
비비며 들어왔다.

　하지만 강의실에 들어오는 학생마다 표정이 이상하게 변
했다. 분명히 똑같은 강의실에 똑같은 학생들인데 분위기
가 달라졌다.

　아카드의 경고 때문인지 대놓고 쳐다보지는 않지만, 강
의에 참석한 학생들 대부분이 힐긋힐긋 두 사람을 바라본
다.

'확실한 거 같지?'

'저 정도면 도장 찍었다고 봐야지.'

썰렁한 강의실 구석 한곳에서 뜨거운 열기가 모락모락 피어난다. 아카드가 무서워 섣불리 다가가는 용자는 없지만 모든 관심이 그쪽으로 향했다.

'저거 봤어? 봤어? 지우개 빌리는 척하면서 에레나 선배 손등 만지는 거?'

'아카드 순진한 줄 알았는데. 은근히 고수네.'

'두 사람이 사귀기로 한 걸까?'

'에레나가 손을 빼지 않는 걸 보니 확실한 거 같은데?'

학생들 사이에서 오고 가는 쪽지의 속도가 급속도로 빨라진다. 쪽지의 내용을 확인한 학생들의 표정이 다채롭다.

화들짝 놀라 화장실 가는 척하면서 신문 동아리로 달려가는 학생과, '그러면 그렇지.'라며 현실을 받아들이는 학생, 그리고 '솔로 천국! 커플 지옥!'을 믿는 학생들은 험상궂은 표정을 지으며 이 상황을 믿으려 하지 않았다.

'지금 아카드의 행동 봤니? 슬쩍 다리를 움직이며 에레나의 발가락을 건드리는 거. 저거 보통 기술이 아닌데 능숙하게 해내는구나.'

'남자들은 어쩔 수 없어. 어렸을 때 좋아하는 여자애를 보면 괴롭히는 거랑 똑같은 행동이거든.'

'여자들도 똑같을걸? 남자를 좋아하면 만지고 싶고 그렇지 않나?'

아카드의 행동 하나하나에 학생들은 큰 의미를 부여하며 각자의 해석을 이리저리 쏟아낸다. 같은 장면을 보고 있지만 해석하는 방향도 각기 제각각이다.

'결국 에레나 양도 다른 여학생들과 다를 바 없는 똑같은 여자였어. 결국 다 가진 남자에게 안기는구나. 오늘부터 미와 강함을 모두 갖춘 안나 양으로 갈아타야지.'

에레나를 여신처럼 받들던 남자들은 배신감에 부르르 떨며 현실을 믿으려 하지 않았다.

'그러면 그렇지. 역시 끼리끼리 노는구나. 남자란 동물은 모두 외모만 보는구나. 아후, 짜증 나!'

또 한 명의 완벽남이 품절되는 모습을 바라보며 에레나를 차가운 눈으로 흘기는 여학생들.

'남자는 역시 성공하고 봐야 해.'

모든 것을 내려놓고 체념하는 학생들.

다양한 해석들이 흘러나왔지만 공통적으로 잘 어울린다는 데에는 누구도 부정하지 못했다. 검은 머리카락과 빛나다 못해 투명한 금발. 시리도록 차가운 아카드와 상냥하고 보기만 해도 따스해지는 에레나.

두 사람은 극과 극이라고 할 만큼 정반대의 모습이지만

묘하게 어울린다. 활활 타오르는 눈빛으로 노려보는 남학생과 긴 눈썹을 내리고 슬쩍 불꽃을 피하며 발그레해지는 여학생의 모습을 보고 있노라면 잘 어울린다고 인정할 수밖에 없다.

'좋아하긴 좋아하나 보네. 저 얼음장 같은 아카드가 저렇게 대놓고 따뜻한 눈빛을 보내는 걸 보면.'

'여자는 사랑에 빠지면 아름다워진다고 하더니 에레나 얼굴이 꽃처럼 활짝 피었는데?'

언뜻 보면 한쪽이 열심히 구애하는 것처럼 보이지만 에레나도 받아 줄 건 다 받아 주면서 대답하는 걸 보면 일방통행이 아닌 것은 분명해 보였다.

학생들마다 책상 위에 책은 펴 놓았지만 모든 신경은 구석에 있는 두 사람에게 집중되었다.

'와. 아카드 봤어? 노트 넘겨 주는 척하더니 은근슬쩍 손을 잡네?'

'보기와는 완전 딴판인데? 선수야. 그것도 노련한 선수.'

학생들 말대로 아카드에게 손가락을 잡힌 에레나는 난감한 표정을 지었다. 손을 빼려고 발까지 동동거려 보지만 맹수처럼 절대 놓아 줄 생각이 없어 보인다.

'오. 점점 재밌어지는데? 에레나가 슬슬 열 받아 하는

거 맞지?'

'조금만 더 자극해 봐. 재밌는 장면 나오겠다.'

다 그런 건 아니지만, 많은 학생들은 같은 마음이었다.

'이왕 이렇게 된 거 크게 한판 싸워라! 못 먹는 감 터지기라도 해 버려라!'

이미 소문은 아카데미 내에 파다하게 퍼진 모양이다. 강의실 창문 바깥으로 수십 명의 학생들이 까치발을 들어 안의 상황을 지켜보고 있었다.

하지만 학생들이 원하는 상황은 한 사람의 등장에 의해 무산되고 말았다.

"거기 학생들 무슨 일이지?"

강의를 맡은 교수님의 등장에 복도에 서 있던 학생들이 후다닥 도망갔다. 학생들의 모습에 고개를 갸웃한 교수님이 문을 열고 강의실 안으로 들어왔다.

"모두 좋은 아침. 여기 분위기가 왜 이렇게 뜨끈해? 무슨 일 있어?"

교수님은 평소와는 다른 강의실 분위기를 감지했는지 앉아 있는 학생들을 둘러보았다. 분명히 자신의 강의를 듣는 익숙한 얼굴들이지만 뭔가가 달랐다.

아침 1교시 수업을 듣는 학생들에게서는 전혀 찾아볼 수 없는 생기가 엿보였다. 첫 수업에 들어오면 엎드려 졸거나 책상 서랍 속에 숨겨 놓은 간식을 먹는 것이 보통이다.

하지만 오늘은 다르다.

자세한 이유는 알 수 없지만 확실히 다르다.

"누가 나에게 이 분위기에 대해서 말해 줄 사람?"

보통 이런 말을 하면 웅성거리기라도 할 텐데 아무도 대답하지 않는다. 학생들은 꿀 먹은 벙어리처럼 조용하다.

아무도 대답하지 않는 학생들 반응에 교수님은 섭섭한 모양이다. 하지만 강의를 더 늦출 수는 없는 일. 교수님은 단상에 올라 책을 펴다가 비어 있는 네 자리를 발견하였다.

"저 빈 자리는 누구 자리지? 출석을 불러야겠는데?"

교수님은 출석을 부른지 얼마 되지 않아 결석한 네 학생을 알아냈다. 케리와 안나, 피오라, 제이나가 결석한 주인공들이었다.

"이 아이들은 결석할 애들이 아닌데……."

매년 개근상을 도맡아 하는 아이들이 보이지 않자 교수님은 고개를 갸웃했다.

*　　　*　　　*

"얘들아! 빅뉴스! 빅뉴스!"

연습용 갑옷을 입은 학생 하나가 연무장 안으로 뛰어들

어 왔다. 그 학생은 자신을 바라보는 적대적인 시선에 잠시 당황했지만 폭탄을 터트리고 말았다.

"신입생 아카드랑 에레나 양이랑 사귄대!"

빅뉴스를 몰고 온 학생은 너무 당황했다. 기사학부 학생들뿐만 아니라 마법학부 학생들까지 소식을 가져온 학생을 노려본다.

"왜…… 왜 그래? 내가 뭘 잘못한 거야? 으아아아아!"

잠자코 노려보던 학생들이 자신의 손에 들려 있는 무기를 던지기 시작했다. 창, 칼, 화살뿐만 아니라 마법학부 학생들 손에서 발사된 파이어볼, 아이스볼까지 빅뉴스를 가져온 학생을 향해 날아간다.

잠시 후, 살기등등한 학생들 틈에서 함박웃음을 짓는 네 여학생이 승자의 표정으로 자리에서 일어났다. 그들은 바로 수업을 빼먹은 주인공들이다.

"돈 내놔."

"와, 치사하게 친구끼리 이러기야."

"내기는 내기지. 얼른 내놔."

네 여학생은 연무장에 모여 있는 기사학부 학생들과 마법학부 학생들 틈을 휘저으며 돈을 걷고 있었다. 몇몇 학생들은 망연자실한 얼굴로 순순히 돈을 내놓지만, 몇몇은 격렬하게 반항하며 벌떡 일어났다.

"난 믿을 수 없어! 내 눈으로 확인해야겠어."

"갈 때 가더라도 계산은 마치고 가셔야지. 어서 내놔."

"일단 보고 준다니까?"

몇몇 학생들이 연무장 탈출을 시도했다.

"제이나?"

오늘도 어김없이 케리 품에서 졸고 있던 제이나의 손이 천천히 올라갔다. 동시에 연무장 문이 잠기며 꽁꽁 얼어 버렸다.

"돈 주고 가."

제이나의 한마디에 탈옥수들이 좌절했다. 제이나의 실력은 마법학부에서도 으뜸이다. 그녀의 마법을 풀기 위해서는 다른 마법학부 여러 명의 도움이 절실했다.

탈옥수들이 마법학부 학생들을 향해 풀어 달라고 애절한 눈빛을 보내 보지만 대부분 외면했다. 제이나도 무섭지만 그녀의 아버지는 마법 공학 연구소 소장님이다.

마법학부 학생들이 꿈의 직장이라고 불리는 연구소에 취직하기 위해서는 제이나의 눈 밖에 나서 좋을 게 없다. 차라리 돈 주고 말자는 여론이 점점 퍼지고 있다.

안나와 피오라는 학생들 틈바구니를 돌아다니며 신나게 돈을 걸었다. 연무장을 다 돌았을 때, 두 여학생의 주머니는 터질 것만 같았다.

"어때 내 말이 맞지?"

"그러게. 하루 결석하고 두당 100골드씩 벌었으면 남는 장사지."

첫 수업이 시작하기 직전, 에레나의 친구들은 연무장에 모여 학생들과 내기를 걸었다. 오전 수업이 끝나기 전에 충격적인 소문의 진위를 두고 맞다, 아니다에 대한 내기가 열린 것이다.

주모자는 안나와 피오라.

주모자들은 케리와 제이나까지 포섭한 뒤, 자신들의 인맥을 이용해 기사학부와 마법학부 학생들을 한자리에 모았다.

그리고 시작된 돈 내기.

대부분의 학생들은 아카드와 에레나가 사귄다는 소식을 믿지 않았다. 그 덕분에 내기의 배분은 1:9까지 올라가 버렸다.

당연히 에레나의 네 친구들은 맞다에 걸었고, 대부분의 학생들은 아니다에 걸었다. 결국 대부분의 학생은 희생양이 되었고, 네 친구들은 자신이 건 돈의 9배라는 엄청난 잭팟을 터트렸다.

"이 돈이면 한 달간 신시가지에 존재하는 모든 제과점에서 간식을 사 먹을 수 있겠는데?"

안나는 제국 금화가 가득한 주머니를 흔들며 환하게 웃었다. 피오라와 케리, 매번 졸고 있던 제이나조차 티라미수와 치즈 케이크를 먹을 생각에 행복해하는 표정이다.

"부럽다."

네 여학생들이 설계한 사기도박에 제대로 걸려 버린 학생들이 울상을 지었다. 물론 그녀들만이 딴 건 아니었다. 희박한 가능성에 배팅한 몇몇 학생들도 있었다.

하지만 그녀들처럼 대박을 터트리진 못했다. 희박한 확률을 뚫고 돈을 딴 학생들은 잃어도 기분 나쁘지 않을 만큼만 걸었기 때문이다. 네 여학생들처럼 골드 단위로 올인하지는 않았기에 고작 1골드에서 2골드 정도만 손에 들어왔다.

"혹시 에레나 양이 알면 기분 나빠하지 않을까요? 자신을 내기 대상으로 걸었다면 화를 낼 거 같은데."

케리가 손에 들어온 골드에 기뻐하면서도 친구를 내기 대상으로 걸었다는 죄책감 때문에 걱정스러운 말투로 물었다.

"걱정 마. 우리한테 먼저 이야기하지 않고 애인 만든 에레나가 나쁜 년이지."

"그래두……."

"괜찮다니까. 만약 화내면 티라미수 케이크 한 판이면

끝나. 에레나가 티라미수 엄청 좋아하거든. 나만 믿어."

나중에 일어날 걱정은 안나가 흔드는 돈주머니 앞에 금방 사라졌다. 안나의 호언장담에 피오라를 제외한 나머지 두 명은 죄책감을 버리기로 결정했다.

"에레나는 그렇다 치고, 아카드가 알아차리면 어떻게 할 건데?"

피오라는 누구보다 아카드에 대해서 잘 안다. 아버지의 상단과 합병하면서 지금은 학생회 소유가 되어 버린 A&M 투자상단에서 인턴으로 재직했기 때문이다.

피오라가 걱정스러운 표정으로 반문하자 안나가 말문이 막혀 버렸다. 에레나에 대한 대책만 생각했지 아카드에 대한 대책은 세우지 않은 것 같았다.

"호호호. 설마 제국을 구한 영웅께서 이깟 내기에 기분 나빠하겠어?"

"응. 엄청 기분 나빠할걸? 예전 토마스 상단주님이 한 말이 있거든."

어색한 웃음을 짓던 안나가 조용해졌다. 나머지 친구들도 다음에 이어질 피오라의 말을 기다리며 침을 꿀꺽 삼켰다.

"아카드 좌우명이 '은혜는 열 배, 원수는 백 배로 갚아라.' 라고 하던데."

"설마……."

갑자기 승자들의 표정이 굳어진다. 누구보다 의기양양하던 안나조차 걱정이 되는 모양이다.

"하지만!"

역시 피오라는 연애 박사답게 안나의 돈주머니를 낚아채며 한마디 희망을 던졌다.

"남자는 여자하기 나름이라네. 친구들, 오늘 마음껏 먹고 마시자!"

＊　　　＊　　　＊

윌슨 왕국의 비행선 선착장.

윌슨 왕국 국왕 요하킴이 직접 마중을 나올 만한 인물은 한정된다.

국왕은 긴장한 표정으로 서 있었다. 주위에는 국왕을 경호하는 왕실 기사단이 철통같이 배치되어 있다.

잠시 후, 커다란 비행선 한 대가 하늘 저편에서 나타나더니 천천히 착륙했다. 모두가 비행선이 내려앉는 모습을 보며 숨을 죽였다.

비공식적인 행사지만 국왕이 친히 마중 나와야 할 인물이 도대체 누굴까?

드디어 비행선의 문이 내려오고 입구에는 두 남녀가 모습을 드러냈다.

꿀꺽!

국왕은 두 사람을 바라보며 침을 삼켰다.

두 사람 중 먼저 움직인 쪽은 이십 대 후반으로 보이는 여인이었다. 물결치는 검붉은 머리카락에 칠흑 같은 검은 드레스로 가냘픈 몸을 감싸고 있었다.

걸음걸이와 행동 하나하나가 기품이 넘쳤지만, 붉은 눈동자는 남자라면 홀릴 만큼 묘한 색기가 가득했다.

평범한 신분의 여인이었다면 납치해서라도 취하고 싶을 정도로 치명적인 매력을 가지고 있었다.

여인은 계단을 내려오자마자 국왕을 향해 살짝 고개를 숙였다.

'혹시 이 여인이 국왕이 마중 나온 인물일까?'

선착장에 모여 있던 윌슨 왕국 귀족들이 그런 생각을 하며 국왕의 얼굴을 보았다.

그러나 국왕의 눈은 여인을 향하지 않았다. 아직까지 비행선에서 내려오지 않은 50대 남자를 향해 고정되어 있다.

'설마 저자가?'

국왕이 친히 마중 나온 것치고는 너무나 볼품없는 자다. 하지만 국왕은 입을 떡 벌리고 있었다. 분명히 놀라는 표정이다.

"오랜만이군."

50대 남자는 아무리 둘러봐도 특별한 구석이 보이질 않았다. 관공서에서 오래 근무하다가 퇴직을 바라보는 평범한 공무원 같은 외모다.

유일하게 다른 점이 있다면 눈빛이다.

이글이글 타오르면서도 뱀 같은 차가움이 동시에 섞여 있다는 점이 특별하다면 특별하다고 할까. 멀리서 봐서는 국왕이 마중 나올 만큼 특별한 기세를 찾을 수 없었다.

남자는 국왕을 앞에 두고 뭔가 마음에 안 든다는 표정으로 턱을 긁고 있었다.

"윌슨 왕국에 왕림하신 걸 환영합니다. 소로스 은행장님."

헉!

여기저기서 귀족들의 웅성거리는 소리가 커지기 시작했다.

"저 사람이 소로스 은행장이라고?"

"그럴 리가 없어. 작년에 제국에서 봤을 때는 저런 모습이 아니었다고."

소동은 국왕이 손을 뻗을 때까지 계속되었다.

주변이 조용해진 후에야 국왕은 공손하게 사내를 향해

손을 뻗었다. 사내는 국왕을 한참 바라보다가 피식 웃으며 그 손을 잡았다.

"이거 참 모양이 우습게 됐어. 제국을 잡아먹을 기회를 놓쳤다며?"

"송구하게 되었습니다. 아카드라는 자 때문에 실패했습니다."

"실패한 사람치고는 너무 당당해 보이는데."

위험한 발언이다.

만약 다른 사람이 국왕에게 이런 말을 했다면 국왕을 능멸한 죄로 목이 날아가도 할 말이 없을 정도로 불경한 행동이다. 하지만 국왕은 몸을 부르르 떠는 것 말고는 아무 말도 하지 못했다.

불경한 발언을 한 사내에게 제재를 가하기는커녕 고개를 조아리고 있을 뿐이다.

"실패했으면 벌을 받아야지."

"은행장님! 저도 아들을 잃었습니다. 헤아려 주십시오."

"이거야 원, 안면이 있으니 기회를 안 줄 수도 없고. 난감하네."

부은행장으로 몸을 바꾼 소로스 은행장은 용서를 구하는 국왕을 바라보며 한참 고민했다.

"복수는 할 생각인가?"

소로스 은행장의 발언에 국왕의 표정이 환해졌다. 자신을 용서했다고 여긴 모양이다.

"당장은 어렵습니다. 대륙 전쟁이 끝난 지도 얼마 되지 않았고 제국과의 전략 격차도 있고⋯⋯."

"전략 격차를 한 번에 만회할 수 있다면, 내 말대로 할 텐가?"

소로스 은행장이 뒤에 있는 노스 상단주에게 눈짓을 했다.

짝짝!

노스 상단주는 비행선을 향해 손바닥을 쳤다. 그러자 검은 갑옷을 입은 남자들이 뭔가를 들고 내렸다.

얼굴 전체를 전신 갑주로 가린 기사들이 일정한 걸음걸이로 대포 하나를 들고 내려왔다. 기사들이 가까이 다가올수록 국왕의 얼굴이 파르르 떨렸다.

'저들인가? 죽음의 인도자들이?'

제국은행장 덕분에 왕위에 오른 선친은 임종 직전 당시 황태자였던 요하킴에게 고백했다.

막내였던 선친이 형제들을 제치고 왕위를 차지할 수 있었던 이유는 소로스 은행장 덕분이라고. 또한 은행장 뒤에는 짐작도 할 수 없을 정도로 거대한 세력이 있다는 비밀을 말해 주었다.

고대시대부터 거대한 세력은 은밀하게 대륙을 지배하고 있으며, 지금껏 그들에게 걸림돌이 된다고 판단되면 죽음의 인도자를 보내 그들을 제거해 왔다고 말했다.

실제로 선친을 왕위에 올리기 위해 형제들을 의문사하도록 만든 자들이 죽음의 인도자들이라고 고백했다.

임종 직전, 선친은 그들의 명령에 복종하고 절대 거부하지 말라고 말했다. 그것만이 왕국을 지키는 유일한 길이라는 말을 하고는 조용히 눈을 감았다.

검은 기사들을 보는 건 처음이지만, 요하킴 국왕은 그들이 죽음의 인도자라고 확신했다. 검은 갑옷의 가슴에 음각된 검은 드래곤과 어둠의 기운이 증명해 주고 있었다.

"내 선물이 어떤가?"

소로스 은행장은 뿌듯한 눈빛으로 대포를 쳐다본다.

"혹시 마법 대포가 아닙니까?"

국왕은 소로스 은행장의 선물이 별로 마음에 들지 않는 눈치다. 마법 대포는 윌슨 왕국도 보유하고 있었다. 뿐만 아니라 다른 나라들도 몇 개씩은 보유하고 있는 주요 화력 무기다.

마법 대포는 국가에서 엄중하게 관리할 정도로 전략적인 무기다. 두터운 성벽조차 마법 대포 두 방이면 무너질 정도로 막강한 화력을 가지고 있다.

그러나 결정적인 단점 하나가 있었다.

바로 마도사라 불리는 고위 마법사의 존재 유무다.

윌슨 왕국에서 엄청난 황금을 제시하며 타국의 마도사를 포섭했지만, 노틸러스 제국에 비하면 턱없이 부족한 숫자다. 윌슨 왕국이 마법 대포 5개밖에 없는 이유도 마도사의 부재 때문이다.

마법사라는 존재는 자신의 영역을 벗어나는 걸 아주 싫어하기 때문에 큰일이 아니면 자신의 영역에서 벗어나지 않는다.

그 말은 긴 역사를 자랑하는 나라일수록 마법사가 많다는 것을 의미한다.

아무리 많은 황금을 제시해도 대부분의 마도사들은 자신의 영토를 떠나지 않았다.

그러다 보니 윌슨 왕국이 보유하고 있는 마도사들의 숫자는 천 년의 역사를 자랑하는 노틸러스 제국이 보유하고 있는 마도사들에 비해 턱없이 모자란 수준이다.

"내 선물이 마음에 안 드나 보지?"

"아이고, 그럴 리가 있겠습니까. 단지 윌슨 왕국이 보유한 마도사들이 턱없이 부족한지라 은행장님께서 실망하시지는 않을까 걱정입니다."

"마법사는 필요 없네. 이건 마법으로 공격하는 대포가

아니거든."

요하킴 국왕이 '무슨 뜬금없는 소리냐?' 라는 표정으로 고개를 들자 소로스 은행장은 마법으로 불을 일으켜 대포 심지에 가져다 댔다.

치치치칙! 하는 소리와 함께 심지는 타들어 가기 시작했다.

잠시 후.

'쾅!' 하는 천둥소리와 함께 지진이 일어난 것처럼 땅이 흔들렸다. 사람들은 귀를 막으며 마왕이라도 본 것처럼 엎드렸다.

하지만 놀라운 변화는 그 다음에 일어났다.

우르르르르쾅!

선착장 건물이 구름 같은 연기를 공중으로 뿜어내며 대포 한 방에 서서히 붕괴되는 것이 아닌가.

"어떤가. 이 정도면 제국과의 전쟁에서 이길 수 있겠지?"

눈이 빠지게 대포를 쳐다보던 국왕이 정신을 차렸다. 소로스 은행장 말이 농담처럼 들리지 않았기 때문이다.

"설마 제국과 전쟁을 하란 말씀입니까?"

"이 정도의 무기를 손에 쥐어 줬는데도 못 이길 거 같아?"

"대륙 전쟁이 끝난 지도 얼마 되지 않았고 무엇보다 전쟁을 일으킬 명분이 없습니다. 명분이 있어야 주변국을 이해시킬 수 있고……."

"그만!"

소로스 은행장은 말을 끊었다. 그는 고개를 흔들더니 월슨 국왕을 향해 큭큭거리며 웃었다.

"내가 이 꼴이 됐다고 물로 보는구먼. 네 애비가 죽기 직전에 전한 말이 있을 텐데."

"……."

요하킴 국왕의 얼굴이 창백해진다.

덩달아 국왕을 지키는 왕실 기사단의 손이 자신의 무기로 향한다.

"내가 빵을 던져 주면 주는 대로 쳐 먹을 것이지 감히 나한테 짖어?"

소로스 은행장은 재밌다는 표정으로 옆에 있는 노스 상단주에게 고개를 돌렸다. 노스 상단주도 국왕을 장난감 쳐다보듯 하다가 천천히 손을 들었다.

노스 상단주의 가늘고 새하얀 팔목이 올라가자 검은 기사들이 철컥! 철컥! 금속음을 내며 앞으로 다가왔다.

"뭐? 자, 잠깐만!"

요하킴 왕이 기겁을 하며 뒤로 물러난다. 동시에 왕실 기사단이 국왕을 둘러싸며 두 사람에게 칼을 겨눴다.

한 발자국이라도 다가오면 베겠다는 기세다.

"국왕을 죽이세요."

노스 상단주의 딸기처럼 빨간 입술이 천천히 벌어진다. 하지만 억양이 없었다. 감정이 철저하게 배제된 음성이다.

말이 끝나자마자 검은 기사들이 별거 아니라는 듯이 고개를 좌우로 가볍게 움직였다.

"폐하를 보호해라!"

왕실 기사들이 미처 준비할 틈도 없이 검은 기사들의 모습이 사라졌다. 유성처럼 빠르고 그림자처럼 은밀하게 날아간다.

왕실 기사단이 국왕을 철통같이 보호하고 있지만 아무런 장애도 되지 않는다는 듯이 일직선으로 접근했다.

왕실 기사와의 거리가 1미터 정도 이르자 검은 기사들은 무기를 꺼냈다. 검은 연기를 풀풀 날리며 모든 빛을 흡수해 버리는 칼날의 모습은 반드시 상대를 죽이겠다는 의지를 강하게 표출하고 있었다.

왕실 기사들이 일제히 자신의 무기를 검은 그림자를 향해 찔렀다. 분명히 찌른 거 같은데 손에 촉감이 없다.

순간 그들의 목덜미에 끈적끈적한 바람이 휘몰아치며 피분수가 솟아났다.

꺼억! 꺼억!

왕실 기사들이 자신의 상처를 손으로 막으며 쓰러지기도 전에 검은 기사들은 그 사이를 헤집고 다녔다.

그들이 한 번 지나갈 때마다 바닥은 피바다가 되고 검은 연기가 피어나는 칼끝이 요하킴 국왕 목에 닿아 있다.

"주인에게 짖는 사냥개는 쓸모가 없는 법이지."

소로스의 중얼거림이 요하킴 왕이 생전에 들을 수 있는 마지막 음성이었다. 국왕의 목이 신체와 분리되어 허공으로 떠올랐다.

"사냥개를 다시 뽑아야겠군. 내일까지 쓸 만한 사냥개 후보를 데려오도록."

소로스 은행장의 모습은 비행선 안으로 사라졌다.

검은 드래곤 문양이 그려진 비행선은 왕실 기사들의 시체들과 목이 사라진 국왕의 시체만을 남긴 채 허공으로 사라졌다.

Chapter 10.
함께 떠나자

"에레나, 뭐 마실래?"

"오늘 쏘는 거야?"

"지난번 일도 미안하고 해서 쏘는 거야. 화 풀었지?"

"당근이지. 난 라떼."

에레나와 안나는 강의 중간 쉬는 시간에 매점으로 달려
왔다. 사람들이 많았지만 안나의 파워(?) 덕택에 빨리 먹을
수 있었다.

"아카드랑은 요즘 어때? 깨소금이 솔솔 쏟아질 때가 되
었는데."

"그 사람 많이 바쁘잖아."

에레나는 라떼를 한 모금 마시더니 목에 걸려 있는 반지를 만지작거렸다. 아무 장식도 없는 단순한 금목걸이지만 그녀에게는 더없이 소중한 반지였다.

'지금쯤 뭐 하고 있을까?'

요즘 아카드는 제국 일 때문에 수업도 자주 빼먹었다. 다행히 총장님의 배려로 국가 일을 하는 동안에는 출석으로 인정받아서 제적되는 불상사는 피할 수 있었다.

그러다 보니 아카데미에서 아카드를 구경하는 것은 일주일에 한 번 정도였다.

제국은행 재건 프로젝트로 가뜩이나 바쁜 사람이 원로원 의원까지 맡으니 남들이 하는 데이트는 꿈도 꿀 수 없었다. 그나마 다행인 점은 밤마다 매직폰으로 아카드와 통화를 한다는 것이다. 요즘 매일 밤마다 에레나와 아카드는 통화하다가 잠들곤 했다.

에레나에게는 이런 일상들이 충격적이면서도 신기하게 느껴졌다.

'몇 마디 하지도 않은 것 같은데 시간이 얼마나 빨리 가는지.'

매일 밤 통화하느라 에레나는 수면이 부족할 정도였다. 그러다 보니 수업 시간에 졸지 않기 위해 예전에는 가슴이 뛰어서 잘 먹지 않던 비싼 커피까지 입에 달고 살 정도다.

"나 세수 좀 하고 올게. 아직도 졸려."

에레나는 주머니에 손수건을 챙겨 넣고는 매점 밖으로 빠져나왔다. 슬슬 배고파지는 오후 시간이라 그런지 학생들이 확실히 많다.

찬물로 세수를 하니 확실히 졸음이 가시는 기분이다. 손수건으로 얼굴을 닦고 거울을 보는데 한숨이 나왔다.

"오늘은 통화 조금만 하다 자자고 해야지."

강의 시간이 얼마 남지 않은지라 서둘러 가려는 순간 갑자기 에레나 앞을 누군가가 막아섰다. 아카데미에서 유명한 빨간 머리카락 여학생과 그녀를 따르는 여학생들의 무리다.

"선배님, 이야기 좀 해요."

무리의 우두머리인 작은 여학생이 몰이를 하듯이 에레나를 밀어붙였다. 에레나는 자신을 향해 다가오는 작은 여학생을 보며 인상을 찌푸렸다. 1학년 신입생들 중 가장 성격이 더럽다고 소문난 마로니에 폰 마카디아 영애다. 에레나를 쳐다보는 결연한 눈빛이 심상치 않다.

"무슨 일이지?"

에레나는 상대에게 말을 놓았다. 교육 대신의 영애지만 아카데미에서는 후배다. 상대는 여러 명이고 에레나는 혼자지만 기선 제압을 했다.

"소문이 사실인가요?"

에레나는 순간 말문이 막혔다.

'소문? 무슨 소문? 아카드와 사귄다는 소식은 친구들밖에 모르는 비밀인데? 벌써 아카데미 내에 퍼졌단 말이야?'

에레나가 대답을 하지 않자 마로니에는 입술을 꾹 깨물었다. 그러고는 한 번 더 구체적으로 선배에게 질문한다.

"아카드 백작님과 교제하는 사이신가요?"

에레나는 설마설마했던 질문이 사실로 다가오자 어쩔 줄 몰라 했다. 어떻게 대답해야 할지 우물쭈물하고 있을 때 누군가가 그녀를 껴안았다.

"맞아. 그래서 뭐?"

익숙한 목소리. 자신에게는 따뜻하게 들리지만 남들에게는 차갑게 들릴 법한 목소리다.

긴 팔이 에레나의 상체를 감고 있어 돌아보기가 힘들다. 하지만 억지로 몸을 돌려 상대의 얼굴을 올려다보았다.

"우리가 사귀는 데 불만이라도 있어?"

도망가는 에레나의 등을 보며 아카드는 웃음을 지었다.

'이제 공개적으로 밝혔으니 접근하는 놈은 없겠지?'

이럴 계획은 아니었지만 교육 대신의 딸이 좋은 기회를 마련해 주었다. 또한 복도 주변으로 학생들까지 모여들었으니 완벽한 무대가 마련되었다.

"이런 기회를 걷어차면 남자가 아니지."

이 일을 통해 여자 친구 주변을 어슬렁거리는 모든 늑대들에게 강력하게 경고했다.

날 이길 자신 없으면 내 여자에게 접근하지 말라고.

아카드는 마치 대륙을 통일한 황제 같은 표정으로 자신의 연인을 뒤쫓았다.

하필 그때 교내 마법 확성기가 울렸다.

"1학년 아카드 학생은 총장실로 와 주시기 바랍니다."

아카드의 인상이 와락 구겨진다. 간만에 주어진 꿀 같은 휴식인데 방해자가 생겼다. 무시하자니 후환이 찝찝하고, 순순히 총장실로 가자니 짜증이 났다.

"그냥 째 버릴까?"

그렇게 마음을 먹고 있을 때, 또다시 마법 확성기가 쩌렁쩌렁 울리기 시작했다.

"참고로 총장님께서 아카드 학생이 오지 않으면 조기 졸업 건은 취소하겠다고 하시니 빨리 총장실로 뛰어오시기 바랍니다."

욕이 나올 만큼 짜증이 나는 영감이다.

하지만 조기 졸업이라는 강력한 볼모를 잡힌 이상 아카드가 갈 길은 결정되었다. 그는 투덜거리며 총장실로 향했다.

아카드가 총장실 문을 두들기자 안에서 두 사람의 음성
이 들렸다.

"태사님, 백작이 온 모양입니다."

"드디어 생명의 은인께 제대로 보답할 기회가 생겼군요."

생명의 은인?

아카드가 고개를 갸웃하고 있을 때 총장이 문을 열어 주
었다. 그곳에는 중후하게 생긴 인상의 노인과 진 제국 복장
을 입은 무사 둘이 서 있었다.

"저를 기억하시겠습니까? 백작님?"

"당신은 하룬 공?"

노인은 진 제국 특사 자격으로 노틸러스 제국을 방문했
던 하룬 공이었다. 제국은행 비밀 금고에서 시체처럼 피골
이 상접했던 모습과 너무 달라졌지만 깐깐하고 강철 같은
인상은 그대로였다.

진 제국에서 치료를 잘 받았는지 살이 제법 올라와 황제의
스승다운 당당한 모습으로 아카드를 향해 손을 내밀었다.

"그때는 사정이 여의치 않아 감사 인사도 제대로 못 드
리고 떠났습니다."

당연히 그때는 숨은 붙어 있었지만 생사가 오락가락하

는 상태로 노틸러스 제국을 빠져나갔다. 정신이 없는 상태
에서도 하륜 공은 아카드의 손을 잡고 '은혜는 반드시 갚겠
다.'는 말을 연신 하며 배를 타고 떠났다.

아카드는 특사의 방문이 자신에게 큰 도움이 될 것이라
는 느낌이 왔다. 방금 전까지 투덜대던 아카드는 언제 그랬
냐는 듯이 온화한 인상으로 바뀌었다.

"별말씀을요. 이렇게 건강하신 모습을 뵈니 제가 다 기
분이 좋군요."

아카드는 태사의 손을 잡고 함께 자리에 앉았다.

"헤어진 지 몇 달 되지도 않았는데 제국에서 가장 유명
한 인물이 되셨더군요. 젊으신 나이에 대단하십니다."

하륜 공은 노련하게 아카드를 한껏 치켜세워 주었다. 역
시 황제의 스승답게 간단한 말로 상대의 기분을 올려 주는
솜씨가 보통이 아니다.

"여기 계신 총장님을 비롯해 모든 대신들이 절 귀엽게
봐 주신 덕택이지요. 제가 한 건 아무것도 없습니다."

진심인지 아닌지 확인할 수 없는 아카드의 겸손한 발언
은 태사를 놀라게 했다.

'역시 보통의 인물이 아니구나. 노틸러스 제국에 무서운
호랑이 한 마리가 등장했군. 다른 놈이 나 대신 왔으면 간
과 쓸개를 다 빼 주고도 남겠구나.'

하륜 공 태사는 황제의 스승이다.

그는 상대의 말투만 듣고도 그 사람에 대한 모든 것을 정확하게 판단할 수 있는 혜안을 갖춘 인물이다. 오죽하면 진 제국 황제가 나라에 큰일이 생겼을 때는 가장 먼저 스승을 찾는다는 말이 떠돌 정도다.

'보통 저 나이의 혈기왕성한 청년이라면 상대방의 칭찬에 우쭐해하는 것이 보통이거늘, 전혀 좋아하는 모습을 찾을 수 없구나.'

뛰어난 능력을 갖췄음에도 자신을 낮추며 겸손이라는 무기를 적절히 사용하는 아카드의 모습에 태사는 감탄했다.

'무서운 놈! 진 제국의 지낭이라고 불리는 능구렁이를 잘도 상대하는구나.'

두 사람의 모습을 지켜보던 총장은 혀를 찼다. 뭔가 단단히 마음에 들지 않는 표정이다.

'지 애비는 절대적인 무력으로 대륙을 뒤흔들더니, 자식 놈은 세 치 혓바닥만으로 진 제국 황제의 스승이라는 자의 마음을 흔들어 버리는구나. 장차 제국은 저 녀석의 혓바닥에 놀아나겠어.'

레이놀드 총장은 지금까지 아카드의 모든 행적을 꿰뚫고 있었기에 점점 거물이 되어 가는 그가 잘못된 마음을 먹을까 두려웠다.

총장에게 손자뻘인 젊은 청년은 이미 노틸러스 제국 최고 실권자가 되어 있었다. 뛰어난 상재와 선을 절대 넘지 않는 정치적인 감각, 거기다가 시민들의 전폭적인 지지를 받고 있으니 무서울 것이 없었다.

레이놀드 총장 입장에서는 아카데미에 재학하는 동안만이라도 아카드를 제대로 된 제자로 만들고 싶은 욕심이 앞섰다. 하지만 제자 놈은 얼마나 요리조리 잘 빠져나가는지 이대로 있다가는 꼼짝없이 내년에 조기 졸업을 시켜야 할 판이다.

'이놈을 묶어 둘 안전장치가 필요해.'

총장이 아카드를 묶어 두기 위한 계략을 생각하는 동안 두 사람은 정담을 나누며 일상적인 이야기만 계속했다. 어느 누구도 만남의 목적에 대한 이야기는 꺼내지 않았다.

'상대를 기분 상하게 하지 않을 정도의 자존심과 끈기까지 갖췄으니 한번 모험을 해 봐도 될까? 과연 이 선택이 진 제국에 옳은 선택일까?'

특사는 대화를 나누면서도 머릿속에서 끊임없이 갈등하고 있었다. 그가 이곳에 온 목적은 단순히 '아카드에게 은혜를 갚는다.' 라는 수준이 아니었다.

특사가 입을 여는 순간 대륙에 제2차 전쟁이 일어날 수도 있고, 전쟁을 막을 수도 있는 상황이다. 어쩌면 역사를 바꾸는 한 페이지를 결정하는 자리가 될 수 있었다.

"언제 한번 진 제국에 방문해 주시구려. 미리 연통만 주시면 국빈으로 모시겠습니다. 우리 황제께서도 아카드 백작에 대해 매우 궁금해하십니다."

"태사님께서 그리 신경 써 주시니 몸 둘 바를 모르겠군요. 하지만 그쪽 황제께서는 절 별로 안 반기실 거 같은데요."

"그게 무슨 소립니까?"

"제가 듣기로 황제께서 검은 상인이라는 말만 들어도 이를 간다고 하던데, 사실입니까?"

하륜 공 태사는 아카드의 이야기를 듣다가 눈이 번쩍 뜨였다.

"설마 아카드 백작이 검은 상인이었습니까?"

"철없는 마음에 집을 뛰쳐나와 돈을 벌고 싶은 마음에 전쟁터를 떠돌며 그런 별명을 얻었습니다."

"하하하하하하."

태사는 총장실이 떠나갈 정도로 호탕하게 웃었다.

검은 상인.

진 제국이 대륙 정벌에 실패한 이유를 설명할 때 항상 거론되는 인물이다. 아직까지 정체는 밝혀지지 않았지만 기발한 머리로 연합군 진영을 발칵 뒤집어 놓은 전쟁상인이다.

문제는 연합군 진영뿐만 아니라 진 제국 진영까지 발칵 뒤집어 놓았다는 점이다. 양 진영을 오가며 장교들에게 고리채를 퍼트렸을 뿐만 아니라, 어떤 방법을 썼는지 진 제국 사령부의 일급 정보까지 빼낸 장본인이다.

특히 켈로스 남작 포로 교환 사기 사건은 진 제국이 전쟁에서 휴전할 수밖에 없는 결과를 초래했다.

당시 진 제국은 모건 해적단의 신출귀몰한 방해 공작으로 인해 보급이 끊겼다. 최전선에서 연합군과 대치하던 진 제국 사령부는 보급 책임자 켈로스 남작이 보급품을 들고 온다는 첩보를 입수했다.

진 제국 사령부는 막대한 희생을 감수하고 보급품을 끌고 오는 켈로스 남작을 덮쳤다. 연합군이 알아차리는 바람에 보급품을 약탈하지는 못했지만 연합군의 보급을 책임지는 켈로스 남작을 포로로 잡는 데는 성공했다.

그때 연합군 내에서 악명이 자자한 검은 상인으로부터 한 통의 편지가 왔다. 켈로스 남작과 진 제국군이 보름은 넉넉히 먹을 수 있는 식량과 교환하자는 내용이었다.

당연히 보급이 떨어져가던 진 제국 사령부는 포로 교환에 승낙한다는 의사를 보냈다. 그리고 보급선을 끌고 나타난 검은 상인 측 인물에게 켈로스 남작을 넘기고 보급선을 받았다.

문제는 그 다음이었다.

포로를 건네받자마자 안개를 뚫고 나타난 수십 척의 검

은 해적선들이 불화살로 보급선을 태워 버렸다. 워낙 순식간에 공격을 당하는 바람에 보급선에 실려 있던 식량은 하나도 건지지 못했다.

보급선은 순식간에 타 버리고 진 제국 병사들의 사기도 점점 떨어졌다. 보급선이 불타면서 병사들 사이에는 언제 굶어죽을지 모른다는 공포감이 확산되었고 사기는 점점 떨어졌다.

압도적으로 많은 진 제국 병사들의 숫자가 오히려 발목을 잡아 버린 셈이 되었다.

선택권은 두 가지.

최후의 결전을 벌이느냐? 아니면 이대로 군사력을 보존하고 휴전을 하느냐?

황제는 결국 후일을 도모하는 쪽으로 결론을 내고 연합군에게 휴전을 제의했다.

검은 상인 때문에 진 제국이 졌다고는 할 수 없지만, 휴전을 결정짓는 아주 중요한 계기가 된 것은 분명했다.

그 이후 황제는 검은 상인이라는 단어만 들어도 이를 갈 정도였고, 진 제국 내 상인들은 절대 검은 옷을 입지 못하게 금지했다는 소문이 들렸다.

"그랬구려. 아카드 백작이 바로 그 소문의 검은 상인이셨구려. 하하하."

아카드가 자신을 검은 상인이라고 밝히는 순간 태사는 결정을 내렸다. 이 사람에게 승부를 걸어 보자고.

하륜 공 태사는 맞은편에 앉은 아카드를 주의 깊게 쳐다보며 말문을 열었다.

"윌슨 왕국에서 개발했다는 신무기에 대해 들어본 적이 있으시오?"

*　　　*　　　*

황실에서는 제국은행 처리에 대한 마지막 회의가 끝이 났다. 예상대로 회의는 황실과 원로원에서 내세운 의견대로 아카드 백작이 함께 제국은행을 운영하는 것으로 끝이 났다.

중신들이 다 나가고 마지막에 나가려는 루시르 공작을 팔라디오 2세 황제가 불렀다.

회의실에는 황제와 루시르 공작만이 남아 있었다.

"이 문제는 다른 신하들에게 밝힐 수 없어 남으라 했소."

"말씀하십시오."

"윌슨 왕국의 왕이 바뀌었다는 소식은 알고 있소?"

"소식은 들었으나 제대로 된 정보가 없어 논의하기에는 시간이 좀 걸릴 것으로 파악되옵니다."

윌슨 왕국을 다스리던 요하킴 국왕이 의문사를 당했다는

소식이 전 대륙으로 퍼졌다. 그리고 10살도 되지 않은 어린아이가 새롭게 왕위에 등극했다.

보통 왕이 죽으면 한 달 동안 국상을 치른 후 후사를 결정하는 것이 보통이지만, 왕국을 안정시킨다는 명분하에 이례적으로 왕의 자리를 메워 버렸다.

노틸러스 제국에서는 진위 파악을 위해 윌슨 대사를 불러들여 추궁을 했지만 파악 중이라는 아리송한 말만 계속했다.

그랬던 윌슨 대사는 어젯밤 갑자기 팔라디오 2세에게 독대 신청을 한 후 본국에서 전해 받았다는 서신 하나를 전해 주었다.

"어젯밤 윌슨 왕국 대사가 나에게 이런 서신을 보냈소. 읽어 보시오."

황제는 품속에서 하나의 서신을 꺼내 루시르 공작에게 보여 주었다.

"10살도 되지 않은 어린 핏덩이가 왕이 됐다고 하더니 위험한 자들이 판을 치는 모양이오. 이런 말도 안 되는 요구를 하다니."

루시르는 서신을 읽어 내려가면서 억누를 수 없는 분노가 치솟아 몸을 떨기 시작했다.

"폐하! 이, 이것을 윌슨 대사가 준 것이 사실입니까?"

황제에게 한 발언치고는 위험한 발언이었지만 루시르는

과감하게 물었다. 그만큼 말도 안 되는 요구인 데다가 절대 받아들일 수 없는 굴욕적인 내용이 담겨 있었기 때문이다.

"서신 밑을 보시오. 윌슨 왕국의 인장이 찍혀 있지 않소. 무슨 배짱으로 그들이 이런 요구를 하는지, 원."

"폐하! 절대 들어줄 수 없는 요구라고 사료되옵니다. 무조건 거절하십시오."

"나도 대사 앞에서 말 같지 않은 소리 하지 말라고 소리쳤지. 그런데 윌슨 대사가 이 요구가 받아들여지지 않으면 전쟁까지 불사하겠다고 하니…… 공작은 뭔가 아는 게 없으시오?"

"아직 저도 윌슨 왕국에 대한 것은 들은 바가 없습니다. 하지만 이 요구는 절대 받아들일 수 없습니다."

"알겠소. 공작의 뜻을 알았으니 짐도 확실히 거절하도록 하겠소. 대신 한마디만 하도록 하지."

"말씀하십시오."

팔라디오 2세는 무거운 눈빛으로 루시르 공작에게 경고했다.

"황제나 공작과 같은 최고 권력을 쥐고 있는 자들은 일반 시민과는 많이 다르오. 대를 위해선 소를 희생할 줄도 알아야 그 자리에 앉을 수 있을 것이오. 내 말 무슨 뜻인지 알아듣겠소?"

황제는 망연자실해 있는 루시르를 보며 싸늘한 표정을 지었다.

"만약 전쟁이 일어날 위기가 생긴다면, 공작이 작은 희생 정도는 할 줄 알아야 그 자리를 유지할 수 있다는 말이오."

*　　　*　　　*

그 시각.

아카드의 저택에서는 네 사람이 모여 심각하게 회의를 열고 있었다.

토마스와 고스트는 물론이고 다인 왕국에 있어야 할 윌 크로우 2세까지 배를 타고 건너와 회의에 참석했다.

"확실해? 다인 왕국까지 윌슨 왕국 사신이 도착했다는 말이?"

"연합군을 구성해 노틸러스 제국을 공격하자는 말까지 했다고 합니다. 교황과도 독대한 것을 보면 뭔가 확실한 무기가 있는 것이 분명해 보입니다."

"제국을 차지하면 영토 분배는 어떻게 하겠다고 하는데?"

"그것 또한 이상합니다. 보통은 자신들이 우선권을 갖겠다고 하는 것이 정상인데 영토를 공평하게 나누겠답니다."

"이해할 수 없군. 여기까지 오느라 고생했어."

"마스터의 은혜에 비하면 아무것도 아닙니다. 필요하시면 언제든지 불러 주십시오."

월 크로우 2세는 아카드가 준 자금으로 다인 왕국에 큰 상단을 세웠다. 인맥 하나 없이 시작한 상단이지만 어느새 다인 왕국에서 가장 유명한 상단으로 승승장구하는 중이다.

아카드의 소개로 알게 된 나르스 영주인 안드레 폰 나르스와 성기사단장 안데르센 2세의 도움이 컸다. 데이비슨 상단이 나르스 영지에서 벌인 악행이 발각되면서 그 빈자리를 훌륭하게 메워 가고 있었다.

아카드는 월 크로우 2세의 어깨를 두들기며 토마스 쪽을 바라보았다.

"블라디우스 집사장에게서 온 소식이 있다고?"

"윌슨 왕국 전체에 징집령이 떨어졌답니다. 그 때문에 15세 이상 60세 이하의 남자들은 전부 끌려가고 있다고 합니다. 메디아 가신분들이 계신 곳에도 들이닥쳤으나 뇌물로 넘어갔다고 하는데, 한 번으로 끝날 거 같지 않답니다. 다른 곳으로 옮겨야 할지 그대로 남아야 할지 결정해 달라는 서신이 왔습니다."

"이것들이 진짜로 전쟁을 할 생각인가? 아무리 신무기를 만들었다고 해도 전력에서 차이가 날 텐데 무슨 자신감이지? 아무래도 직접 가 봐야 할 거 같군."

"신무기요?"

"그건 좀 이따가 이야기하고. 고스트, 뭔가 알아낸 것이 있다고?"

정보 상인으로 구시가지에 완전히 자리를 잡은 고스트가 머리를 긁적이며 다가왔다. 그는 지저분한 종이 하나를 건네며 아카드의 눈치를 살폈다.

"저희 조직원 중에 소매치기 하나가 있는데 말입죠."

"하지 말랬지? 조직원 전부 손 씻으라고 했잖아."

"저도 엄청 혼냈습니다. 하지만 어린 조직원 몇 명이 고아 출신이고, 태어나면서부터 배운 게 도둑질이다 보니……."

"그래서 나보고 조직원 빼 달라고 온 거야?"

"아닙니다. 절대 아닙니다."

처음 만날 때부터 고스트는 아카드에게 원초적인 두려움을 느꼈다. 그러다 보니 아카드가 조금만 음성을 높여도 깜짝깜짝 놀래곤 했다.

"이건 뭐야?"

고스트는 꼬질꼬질한 종이 하나를 내밀었다.

"어제 새끼 정보원 하나가 윌슨 왕국 사신 주머니를 털었는데 그게 나왔습니다. 아무래도 마스터와 연관이 있는 거 같아서 가져왔습니다."

아카드는 고스트가 준 종이를 폈다. 대충 슥 살펴보니 윌슨 왕국 인장까지 찍힌 진짜 서신이다.

"이게 무슨 개소리야?"

아카드의 반응은 황제를 독대한 루시르의 반응과 비슷했다. 차이점은 서신을 갈기갈기 찢어 불태워 버릴 만큼 아카드가 더 격렬하게 반응했다는 점이다.

"이 새끼들이 돌았나?"

"마스터, 갑자기 왜 그러십니까? 백작 체면에 어울리지 않게."

평소 같으면 토마스에게 곧바로 응징을 가했겠지만, 아카드의 표정이 초조해 보였다. 그는 외투도 걸치지 않고 나가려고 했다.

"마스터, 어디 가시려고요? 이야기는 끝내고 가셔야……."

토마스의 만류에 아카드는 단단히 결심한 목소리로 말했다.

"윌슨 왕국에 밀입국할 수 있도록 준비해. 아무래도 내 눈으로 확인해야겠어."

"지금 농담하세요? 윌슨 왕국의 왕자까지 죽인 양반이 혼자 가겠다는 말씀이십니까? 저도 같이 갑시다."

토마스는 절대 혼자 보낼 수 없다고 주장했다. 하지만 아카드는 고개를 저었다. 아무리 믿고 의지할 수 있는 가신이지만 위험한 곳에 데려갈 수는 없었다.

특히 토마스는 윌슨 왕국에서 역적으로 몰린 집안의 자손이다. 그를 데려가면 위험할 확률이 배가될 수 있다.

"넌 가면 안 돼."

"왜요! 마스터의 오른팔인 제가 왜 못 갑니까? 저도 갑니다."

"넌 제국은행을 지켜야지. 겨우 황제한테서 강탈하다시피 가져왔는데 너까지 가 버리면 누구한테 맡기겠어. 그러니까 넌 은행장 하면서 날 도와줘. 그게 최선이야."

아카드는 토마스를 간신히 떼어 놓고는 윌 크로우 2세를 쳐다보았다.

"안데르센 2세와 연락 되지?"

"마스터께서 보길 원하시면 언제든지 데려올 수 있습니다."

"좋아. 그럼 교황과의 독대 가능하겠나?"

윌 크로우 2세는 잠시 생각했다. 교황은 다인 왕국의 실질적인 권력자다. 그의 말 한마디면 민란을 일으켜서 왕을 교체할 수 있을 정도로 막강한 힘을 가지고 있다.

성기사단장을 통해 억지를 부리면 독대는 가능하겠지만, 중요한 건 그 이후다. 독대의 결과에 따라 잘못하면 겨우 일으켜 세운 상단이 날아갈 수도 있다.

그러다 보니 윌 크로우 2세는 대답에 신중을 기할 수밖에 없다.

"시도는 해 볼 수 있습니다. 하지만 자칫하면 겨우 일군 상단이 무너질 수도 있습니다. 그래도 괜찮으시겠습니까?"

"걱정하지 말고 교황과의 자리를 마련해 봐. 절대 내 제안을 거부할 수 없을 정도의 선물을 줄 테니까."

"마스터의 분부대로 하겠습니다."

아카드는 마지막으로 고스트를 바라보았다.

"저는 뭐 이분들처럼 대단한 능력이 없어서 마스터에게 도움드릴 게 없을 거 같네요."

고스트는 창가를 바라보며 딴청을 피웠다.

고스트는 말은 하지 않았지만 토마스와 윌 크로우 2세 앞에서 기가 죽은 상태다.

한 명은 다인 왕국 최고 상단의 주인이고, 한 명은 은행장이 될 인물이니 같은 가신이라고 하지만 위축될 수밖에 없었다.

점점 초라해지는 기분이다.

'후딱 집에 돌아가서 술이나 한잔 했으면 좋겠다.'

이런 생각을 하는 고스트에게 아카드는 피식 웃으며 명령을 내렸다.

"넌 나 따라와. 따라다니면서 심부름이나 해."

"마스터, 저도 바쁜 사람입니다. 제국에서 제가 없으면 정보계가 마비된다는 말씀입니다."

고스트는 절대 따라가지 않겠다는 의사를 내비쳤다. 가뜩이나 아카드 공포증이 있는데 따라갔다가는 제명에 못 살 거라는 예감이 들었다.

"일만 잘 마무리되면 미모의 아카데미 여학생과 소개팅 시켜 주려고 했는데 본인이 싫으면 어쩔 수 없지."

"마스터! 충성을 다해 수발들도록 노력하겠습니다."

고스트는 만고의 충신 같은 표정으로 아카드에게 무릎을 꿇었다.

*   *   *

자다가 중간에 깨는 것처럼 짜증스러운 일은 없다. 아무리 착한 사람이라도 순간적으로 인상을 구기는 건 어쩔 수 없고, 성깔이 있는 사람은 순간적으로 욕설까지 내뱉는다.

누구에게나 통용될 법한 이 사항은 에레나에게도 동일하게 적용되었다.

냐아옹. 냐아옹.

에레나는 귓가에서 고양이 우는 소리에 졸린 눈을 비비며 겨우 눈을 떴다.

"간만에 푹 자는 건데. 히잉."

매일 아카드와 밤샘 통화를 하느라 잠이 부족한 그녀는 간만에 주어진 꿀맛 같은 단잠을 물리쳐야 했다. 강철처럼 무거운 눈꺼풀을 살짝 뜨자마자 익숙한 고양이 한 마리가 그녀의 이마를 쿡쿡 찌르고 있었다.

"실리안, 여긴 어쩐 일이야? 설마……?"

에레나의 눈이 번쩍 떠졌다.

이런 야심한 밤에 실리안이 여기 있다는 것은 근처에 아카드가 있다는 말이 된다.

통화해도 될 일을 직접 찾아왔다는 것은 직접 만나서 이야기해야 할 만큼 아카드에게 중대한 일이 생겼다는 것을 의미했다.

"그 사람 여기 온 거야?"

냐아옹.

실리안은 침대에서 뛰어내리더니 자신을 따라오라며 긴 꼬리를 흔들었다. 에레나는 급히 외투를 걸치고는 밖으로 나갔다.

"대체 어디 있는 거야?"

에레나는 저택에서 나와 연무장을 지나 한참을 걸어갔다. 하지만 곧 발걸음을 멈출 수밖에 없었다.

"거긴 갈 수 없는 곳인데."

실리안은 가주와 후계자 이외에는 절대 출입할 수 없는

비밀의 화원 속으로 들어가고 있었다. 회색 고양이는 걱정하지 말라는 듯 울음소리를 내더니 이내 사라졌다.

"에잇! 모르겠다."

정원 안으로 들어가자 중앙에 아카드가 서 있었다. 달빛을 마주하고 서 있는 그의 모습은 아름다운 꽃들 사이에서도 감탄이 절로 날 만큼 빛이 났다.

에레나는 이내 표정을 바꾸며 새침한 목소리로 물었다.

"뭐예요? 이렇게 늦은 시간에."

말없이 하늘을 바라보던 아카드가 고개를 돌려 에레나를 바라보았다. 그의 눈동자에는 여러 가지 갈등이 묻어 있었다.

"그냥 보고 싶어서."

무언가 하고 싶은 말이 있는데 억지로 누른 듯한 말투다.

"치잇! 거짓말."

말은 그렇게 하면서도 에레나는 기분 나쁘지 않은 표정이다. 오히려 좋아하는 감정을 억지로 숨기고 있는 거 같다.

그녀는 아카드와 나란히 섰다. 그러고는 그가 바라보는 하늘을 아무 말 없이 함께 올려다보았다.

"윌슨 왕국에서 우리 제국에게 한 가지 요구를 해 왔어. 요구를 들어주지 않으면 제국과 관계를 끊고 전쟁을 일으킬 거래."

"그 사람들 왜 그런대요? 사신으로 왔을 때도 난리를 피우더니, 도대체 이번에는 뭘 달라고 요구했어요?"

아카드는 아무 말이 없었다.

무슨 이유에서인지 한참 동안 대답하기를 망설이는 것 같았다.

"말해 봐요. 내가 알면 안 되는 거예요?"

에레나가 아카드의 손을 슬며시 잡았다. 아카드는 갑자기 자신의 손을 잡은 그녀의 손가락을 바라보다가 한숨을 크게 내쉬었다.

"당신을 월슨 왕국 왕비로 달래."

"……."

에레나의 말문이 막혀 버렸다. 방금 전까지 잠이 덜 깨 흐리멍덩하던 눈이 커지고 찬물을 머리에 부은 것처럼 잠이 확 달아났다.

"다시 말해 봐요."

"이번에 월슨 왕국에서 10살짜리 꼬맹이가 왕이 되었는데, 라르손 왕자 일에 대한 책임으로 당신을 요구한대."

"말도 안 돼!"

외투를 거쳤음에도 불구하고 에레나의 몸이 사시나무처럼 파르르 떨렸다.

공작가의 소모품처럼 자란 자신에게 언젠가는 이런 일이 닥칠 줄 알았지만, 막상 그런 소릴 들으니 두려워진다.

"그래서요, 루시르 오빠는 절 거기로 보내겠다고 하던가요?"

"아직까지는 거부하고 있나 봐. 하지만 윌슨 왕국에서 제국과 전쟁을 할 만큼 뭔가를 준비했다면 황제뿐만 아니라 모든 대신들이 루시르 공작에게 희생을 요구하겠지. 제국은 전쟁을 무서워하거든."

"그래서요. 제 의사와는 상관없이 이렇게 팔려 가면 되는 건가요?"

에레나는 눈물이 핑 돌았다. 마치 장난감처럼 팔려 가야 한다는 생각에 서러움이 복받쳐 오른다.

"그래서 말인데……."

아카드는 에레나의 눈물을 소매로 훔치며 그녀의 얼굴을 감쌌다. 그의 손바닥은 따스했지만, 반대로 눈동자는 강렬하게 뭔가를 요구하고 있었다.

"함께 떠나자."

〈다음 권에 계속〉